HEYNE <

Estelle Maskame

Lost Hearts:
Wenn aus Rache Liebe wird

Aus dem Englischen von
Sabine Schilasky

WILHELM HEYNE VERLAG
MÜNCHEN

Die Originalausgabe THE WRONG SIDE OF KAI erscheint bei
Ink Road, an imprint of Black & White Publishing Ltd. Edinburgh.

MIX
Papier aus verantwortungsvollen Quellen
FSC® C014496

Verlagsgruppe Random House FSC® N001967

Vollständige deutsche Erstausgabe 7/2020

Printed in Germany
Umschlaggestaltung: Nele Schütz Design, München, unter Verwendung von Shutterstock (Nina Buday, Lotus_studio, Ermakov Evgeny, f11 photo, kiuikson)
Satz: Fotosatz Amann GmbH & Co. KG
Druck und Bindung: GGP Media GmbH, Pößneck
ISBN 978-3-453-59653-5
www.heyne.de

1

»Und, wie ist Harrison so?«

Beinahe spucke ich den Wodka aus. Ich schlucke ihn schnell hinunter und drehe mich zu Chyna um. Sie hockt umgeben von Flaschen auf dem Tresen und baumelt mit den Beinen. Gleichzeitig zieht sie eine Augenbraue hoch und verkneift sich ihr Lachen. Es ist ein abrupter Themenwechsel, denn eben haben wir noch darüber geredet, woher die anderen Mädchen wohl ihre coolen Outfits haben.

Lässig hebe ich ihr mein Glas entgegen und zucke mit den Schultern. »Besser als der Durchschnitt. Er weiß jedenfalls, was er tut.«

Jetzt lacht Chyna doch. »Ich meinte seine Persönlichkeit.«

»Oh, na, dann irgendwie langweilig.«

Ich sehe wieder zum Wohnzimmer. Auch wenn ich Madison Romy nicht ausstehen kann, sie schmeißt alle paar Monate gute Partys, wenn ihre Eltern geschäftlich unterwegs sind. Im Moment sind sie in Florida, weshalb sich das Haus in einen gesellschaftlichen Hotspot verwandelt hat. Es sind eine Menge Leute aus unserem Jahrgang hier, zu viele Menschen, die sich aneinanderdrängen, und zu viele Stimmen, die alle auf einmal schreien.

Die Musik ist laut, die Bässe wummern. Nur in Maddie Romys Haus ist Platz genug für solche Partys. Und hier geht der Alkohol nie aus, es kreuzen keine Eltern auf, und jeder ist für alles zu haben. Am Anfang haben die Feiern echt Spaß gemacht, aber jetzt sind sie einfach nur noch … vorhersehbar. Und das ist öde.

Ich schaue zu Harrison Boyd. Er lehnt an der Wand gegenüber, trinkt Bier und scherzt mit einigen Typen aus dem Team. Zwischendurch kratzt er sich an der Schläfe, wie er es immer tut. Er sieht auf und ertappt mich dabei, dass ich ihn beobachte. Grinsend zwinkert er mir zu. Wir haben seit zwei Monaten eine lockere Affäre, deshalb weiß ich, was das Zwinkern bedeutet. Es ist mir vertraut geworden, eine Art Gewohnheit. Es heißt, dass wir uns demnächst nach oben schleichen. Es heißt, dass seine Lippen meine finden werden.

Ich lächle betont schüchtern zurück, werfe mein Haar über die Schulter und drehe mich wieder zu Chyna um. Harrison ist nicht der Einzige, der flirten kann. »Was soll ich machen? Spiele ich weiter *schwer zu kriegen*?«

»Kannst du ja versuchen«, sagt Chyna und rutscht vom Tresen. »Aber du wirst weich, sobald er dir irgendwas ins Ohr säuselt.« Sie drängt sich dicht an mich und flüstert mit tiefer Stimme: »*Hey, Vanessa, ich bin's, Harrison. Wie geht's dir, Baby?*«

Ich schubse sie weg und versuche, nicht zu kichern. »Pst!« Andere in der Küche sehen uns schon komisch an. Es ist nicht so, als wäre mein Verhältnis mit Harrison Boyd ein Geheimnis, aber ich finde trotzdem nicht, dass es alle etwas angeht. Ich kippe den Rest von meinem Drink hinunter und werfe den Pappbecher in den Müll. »Ich rede mal mit ihm.« Ich zupfe an meinem Haar, schüttle meine Locken auf und hole meinen Lipgloss heraus, um ihn aufzutragen. Für Harrison will ich so gut aussehen, wie ich kann. Wir haben uns den ganzen Abend sorgfältig gemieden, und wieder mal bin ich diejenige, die den ersten Schritt machen muss. Es wäre schön, wenn er ab und zu mal die Initiative ergreifen könnte, nur ist Harrison viel zu sehr von sich eingenommen, um einem Mädchen nachzulaufen.

»Los geht's«, feuert Chyna mich an. »Isaiah holt uns nachher ab, also hau nicht einfach ab, okay? Oh, und pass auf dich auf.«

»Aber klar«, antworte ich, presse einen Kuss auf meine Handfläche und puste ihn ihr zu. Sie fängt ihn ein und tut, als würde sie ihn unter ihr Kleid schieben, ehe sie mir ebenfalls einen schickt. Das machen wir immer so.

In unserem ersten Jahr bekam Chynas Dad einen neuen Job in Cincinnati, und an dem Tag, an dem sie wegging, hatten wir uns Küsse zugepustet und getan, als würden wir sie verstecken, um sie für immer aufzubewahren. Sie zogen unter großem Drama fort, doch drei Monate später kündigte ihr Dad den neuen Job, und die Tates kamen wieder zurück. Seitdem ist es unser Ritual.

Ich verlasse die Küche und gehe hinüber zu Harrison. Es ist bald Mitternacht, also bleibt mir nicht viel Zeit, bevor Chynas Bruder uns abholt. Einige Leute hängen schon auf den Sofas und haben Mühe, wach zu bleiben, während die meisten noch richtig in Partystimmung sind. Ich fühle mich total fit, und jetzt muss ich handeln. Harrison und ich spielen dauernd miteinander, flirten aus der Ferne, tun so, als sei nichts, obwohl wir beide wissen, dass wir uns sehr bald gegenseitig die Kleider vom Leib reißen.

Ich berühre meine Haarspitzen, als ich mich Harrison und seinen Freunden nähere, und zupfe meinen Rock zurecht, weil ich nicht weiß, wohin mit meinen Händen. Ich ziehe ihn ein wenig höher, zeige mehr Bein, doch dann …

Aua.

Ich stoße gegen etwas Hartes, ein Drink ergießt sich auf mich, und ein Becher wird zwischen meinem Körper und einem anderen zerdrückt. Mein Tunnelblick auf Harrison endet, und der Rest der Party rückt wieder in den Fokus, während ich zu der Person vor mir aufblicke.

Ich erkenne den Typen nicht, was ungewöhnlich ist, weil ich so ziemlich jeden in meinem Jahrgang kenne. Er tritt einen Schritt zurück und starrt nach unten zu seiner Jeans, sichtlich unbeeindruckt von der Flüssigkeit, die den Stoff durchtränkt.

»Vanessa«, höre ich Chyna vorwurfsvoll sagen, als wäre ich ein Kleinkind und sie mein Babysitter. Sie nähert sich mir von hinten, packt meinen Ellbogen und reißt mich zurück. »Sorry, sie ist ein bisschen schusselig«, entschuldigt sie sich verlegen für mich, bevor sie sich dicht zu mir beugt und mir zuflüstert: »Pass auf, wo du hinläufst!«

Der Typ hebt den Kopf, um mich anzublicken. Obwohl ich jetzt sein Gesicht richtig sehen kann, erkenne ich ihn immer noch nicht. Seine blauen Augen leuchten in dem gebräunten Gesicht, und seine dichten Locken sind an den Seiten kurzrasiert. Er geht nicht auf die Westerville North – sonst hätte ich ihn bestimmt schon gesehen.

»Ja, Vanessa«, sagt er spöttisch, und mein Name aus seinem Mund klingt eigenartig, beinahe als wäre er amüsiert, nicht sauer. Er zieht die Augenbrauen zusammen, und ich kann nicht anders, als auf die eine Braue zu starren, in die ein Schlitz rasiert ist. »Pass doch auf.« Sein Mund formt ein Grinsen, dann schlendert er an Chyna und mir vorbei und taucht in die Menge in der Küche ein.

Schnuppernd atme ich den Rest seines Eau de Cologne ein, bevor es verpufft, und sehe Chyna verwundert an. »Wer *war* das?«

»Spielt das eine Rolle?«, fragt Chyna. Sie zeigt in Richtung Wohnzimmer, wo ich eigentlich hinwollte. »Gehst du jetzt zu Harrison, oder nicht?«

Genau, Harrison.

Ich nehme mir eine Sekunde, um mich zu fangen, und mache mich wieder auf den Weg. Harrison und seine Freunde albern noch herum, und ich dränge mich zwischen Noah Diaz und Anthony Vincent hindurch in den Kreis. Sofort begegnet Harrisons Blick meinem.

»Harrison, dein Bums-Date ist da«, witzelt Anthony und stößt mit seiner Schulter gegen Harrisons. Noah sieht nur nach unten und trinkt von seinem Bier. Es ist noch nicht allzu lange her, dass ich mit ihm herumgemacht habe. Keine große Sache. Die Jungs, mit denen ich etwas anfange, wissen Bescheid. Ihnen ist klar, dass es nur eine kurze Geschichte wird und bei mir immer ein Verfallsdatum vorgegeben ist.

»Ach, sei bloß nicht eifersüchtig, Ant«, erwidere ich grinsend, lege einen Arm um seine Schultern und küsse ihn auf die Wange.

»Hey«, sagt Harrison und räuspert sich. Er presst die Lippen zusammen und macht auf beleidigt, dabei sehe ich doch, dass er sich anstrengen muss, nicht zu lachen. Das ist das Beste an losen Affären: keine Eifersucht.

Keiner versucht, jemanden zu kontrollieren. Wir sind uns überhaupt nichts schuldig.

Ich sehe zu ihm, neige meinen Kopf zur Seite und verziehe keine Miene. »Oh, brauchst du irgendwas?«

Jetzt lacht Harrison doch, greift nach meinem Handgelenk und zieht mich zu sich. Meine Brust ist an seine gepresst, sein Mund nur Zentimeter von meinem entfernt, wir blicken uns an. Er hebt meine Hand an seinen Hals, sodass ich die Wärme seines Körpers fühle. »Hast du mich die letzten Stunden gemieden?«, murmelt er, was ich bei der lauten Musik nur knapp verstehe.

»Dasselbe könnte ich dich fragen.« Ich streife seine Lippen mit meinen, und weil ich verführerisch sein will, klimpere ich auch ein bisschen mehr mit den Wimpern als sonst. Ich merke, dass Noah und Anthony auf Abstand gehen, um uns ein wenig Privatsphäre zu geben, obwohl wir immer noch von anderen Gästen umzingelt sind. Aber das interessiert sowieso keinen. *Hierfür* wurden Partys erfunden. Verdammt, ich bin mir beinahe sicher, dass sich Matt Peterson und Ally Forde vor einer Sekunde noch auf der Couch richtig an die Wäsche gegangen sind.

»Okay«, sagt Harrison abrupt und legt seine Hand an meine Wange, den Daumen unter meinem Kinn, sodass ich den Kopf nicht bewegen kann. »Lassen wir den Quatsch«, murmelt er leise, doch ich schrecke ein wenig vor seinem Bieratem zurück. Sein Lächeln ist träge und selbstverliebt, als er seine Augen verengt. »Gehe ich vor nach oben oder du?«

Ich zögere nicht. Den ganzen Abend langweile ich mich schon, und es darf endlich ein bisschen prickelnder werden. Harrison hält meine Hand, als ich mich umdrehe und ihn durchs Wohnzimmer ziehe. Er hakt seine andere

Hand in den Bund meines Rockes, wo sich seine Haut an meiner heiß anfühlt. Vage nehme ich wahr, dass Noahs Blick uns durch den Raum folgt. Die der anderen Leute auch.

»Was machen die denn hier?«, sagt Harrison auf einmal, und seine Stimme wird grob, als er sich von mir losreißt. Er stürmt an mir vorbei.

Ich frage mich leicht wütend, was ihn von mir abgelenkt haben könnte. Dann bemerke ich, dass sich in der Küche ein Streit anbahnt. Soweit ich es durch die vielen Leute ausmachen kann, die auf die Szene zuströmen, sind einige Jungs aus dem gegnerischen Football-Team aufgetaucht. Und die sind weder eingeladen noch erwünscht.

Die Rivalität zwischen der Westerville North, der Central und der South ist kein Witz. Ganz besonders nicht zwischen der North – uns – und der Central. Letztes Wochenende hatten wir gegen die gespielt. Normalerweise interessiert mich Football nicht sehr, aber ich war bei dem Spiel, weil ich Harrison hinterher treffen wollte. Wir hatten verloren, was nicht weiter verwundert, denn unser Team ist wirklich schlecht, aber das echte Highlight des Spiels war die Rangelei, die im dritten Viertel auf dem Platz ausbrach.

Und wie es aussieht, ist der Kampf noch nicht vorbei.

Ich arbeite mich mit beiden Ellbogen durch die Menge in die Küche, da taucht Chyna neben mir auf. Ihre Zöpfe fliegen so wild umher, dass sie mir ins Gesicht peitschen.

»Ich werde nie verstehen, warum sich Highschool-Jungs benehmen, als wären sie in der NFL«, sagt sie, aber ich höre ihr nur halb zu, denn ich stehe auf den Zehenspitzen und versuche zu erkennen, was da los ist. »So ernst ist das nicht, aber all die verletzten Egos sorgen für reichlich Unterhaltung.«

»Das sind die von der Central, oder?«

»Ja, und darf ich sagen, dass ihr Team heißer ist als unseres?« Um ihre Aussage zu bekräftigen, fächert sie sich mit einer Hand Luft zu. »Russell Frederick allein. Wow! Zu den roten Haaren würde ich nicht Nein sagen.«

Apropos Russell Frederick, der steuert gerade auf Noah Diaz zu. Es wäre ja auch kein Highschool-Football, würden sich nicht die beiden Quarterbacks aus den jeweiligen Teams miteinander anlegen.

Hinter Russell bilden einige Central-Spieler die Verstärkung. Hinter Noah sind unsere Spieler. Unsere North-Spieler. Harrison.

»Das Ergebnis war wirklich … mies«, höre ich Russell sagen. Und ich würde schwören, dass sein Körper aus Stein gemeißelt ist. Seine Schultern sind so breit wie eine Brücke. Russell wendet sich jetzt direkt an Noah. »Da hätte ich auch geheult.«

»Willst du echt, dass ich dir noch eine Delle in deine Nase schlage?«, kontert Noah, der bereits eine Faust macht und sie zweifellos schwingen wird, wenn man ihn genügend provoziert. Es wird reichlich gemurmelt und geknurrt. Die übrigen Spieler beleidigen sich und fordern sich gegenseitig heraus.

Gähn! Ich finde das alles so öde, nicht mal diese dramatische Party-Vorstellung kann mich mehr vom Hocker reißen.

»Hey, Harrison, willst du noch mal mit diesen Händen Bekanntschaft machen?«, ruft einer von den Central-Typen, und als ich die Stimme orte, stelle ich fest, dass es der gut duftende Typ mit der bronzefarbenen Haut ist, dem ich erst vor ein paar Minuten begegnet bin. *Deshalb* kenne ich ihn nicht – er geht auf die Westerville Central, und er ist mit dem Rest des Central-Footballteams bloß hier, um Ärger zu machen. Noch dazu fordert er ausgerechnet Harrison heraus.

Was eine schlechte Idee ist. Wie üblich stürmt Harrison nach vorn, ist ganz wild auf eine Schlägerei. Letztes Wochenende ist ihm die Lippe aufgeplatzt, als ihm einer der Central-Spieler einen Hieb verpasst hatte – wahrscheinlich derselbe, der ihn jetzt provoziert. Aber wenigstens konnte ich ihm da den ganzen Abend mit Küssen den Schmerz versüßen. Vielleicht mache ich das heute auch wieder.

Als Harrison auf das gegnerische Team zustürzt, setzen sich alle anderen ebenfalls in Bewegung. Ich schaue unbeeindruckt zu, wie Noah sich gegen Russell wirft, Anthony seine Faust durch die Luft schwingt und Harrison diesen mysteriösen Typen packt, der eindeutig ein Problem mit ihm hat. *Jungs*. Manchmal hasse ich sie. Ihr Ego ist zu empfindlich, und sie müssen sich dauernd irgendwas beweisen.

Es gibt reichlich Gebrüll und Geschubse, und alle feuern unsere Jungs an, das Central-Team plattzumachen, während sich die Zuschauer näherdrängen, um mehr zu sehen. Ein paar Mädchen kreischen, dass sie aufhören sollen, aber keiner sonst gibt auch bloß vor, sich zivilisiert zu benehmen. Ich konzentriere mich ganz auf Harrison. Er hat den Typen im Schwitzkasten an den Tresen gepresst, doch der Central-Spieler ist schnell und stark. Er windet sich seitlich heraus, packt den ersten Becher, den er erwischt, und knallt ihn Harrison vor die Brust.

Maddie Romys schrille Stimme übertönt alles, als sie

in die volle Küche gerannt kommt: »Aufhören! Meine Eltern bringen mich um, wenn ihr das Haus verwüstet, echt jetzt!«, schreit sie. Sie fuchtelt mit den Armen, und ich glaube zunächst nicht, dass irgendwer auf sie hört, aber tatsächlich erstarren alle. Harrison schaut wütend auf sein durchnässtes T-Shirt. »Macht den Mist draußen, wenn es unbedingt sein muss. Das hier ist eine *North*-Party, keine South und erst recht keine Central.« Maddie rümpft die Nase und zeigt zur Tür. Ich bin verblüfft, welche Autorität sie auf einmal hat. »Raus, wer hier nichts zu suchen hat.«

Es gibt eine Rempelei, als die Central-Spieler gehen. Der Typ, der Harrison eben den Drink drübergeschüttet hat, grinst hämisch, als er an ihm vorbeigeht, und streicht sich das Haar glatt. Für einen Moment blickt er auf, und ich schwöre, dass er mir direkt in die Augen sieht, so intensiv, dass sich mein Magen verkrampft. Doch sofort gleitet sein Blick wieder ab. Wenn ich nur seinen Namen wüsste, dann könnte ich ihn im Geist wenigstens anders nennen als »heißer Typ, dessen Drink ich verschüttet habe«.

Wie ein Wolfsrudel ziehen er und sein Team leise knurrend ab. In dem Moment, in dem sie durch die Haustür verschwunden sind, ist es, als wären sie nie hier gewesen. Die Musik wird gleich wieder lauter, der Kreis der Schaulustigen löst sich auf, und alle setzen ihre Gespräche fort.

»Jetzt muss ich Harrisons Ego wiederherstellen«, flüstere ich Chyna zu. Lachend schubst sie mich in eine Richtung und lässt ihre perfekt geschwungenen Augenbrauen tanzen. Viel Ermunterung brauche ich nicht.

»Kai Washington«, murmelt Harrison, als ich bei ihm bin. Er zeigt auf sein T-Shirt, das nass an seinem gestählten Oberkörper klebt. »Der geht mir allmählich echt auf den Sack.«

So heißt er also, denke ich … *Kai Washington.*

Ich versuche mich auf Harrison zu konzentrieren, aber seine lahme Football-Rivalität ist mir komplett egal, deshalb würge ich ihn ab, ehe er mehr sagen kann. »Wen interessiert's? Ich ziehe dir jetzt jedenfalls das Shirt aus.« Mit diesen Worten packe ich den klatschnassen Stoff und ziehe Harrison daran zur Treppe, denn ich will dringend den Rest der Party hinter mir lassen und seine Hände auf mir spüren. Nach dem Kampf sind wir beide aufgeputscht – Harrison von dem Adrenalin, ich von Kai Washingtons irrem Blick, der mich wie ein Stromschlag durchfahren hat. Und ich muss dieses beunruhigende Gefühl loswerden und wieder an Harrison denken.

Gemeinsam stolpern wir nach oben. Ja, wir sind beide nicht ganz nüchtern, aber so mögen wir es. Matt Peterson und Ally Forde haben sich ebenfalls von der Couch nach oben begeben, und sie knutschen wild an der Wand. Sie bemerken Harrison und mich gar nicht, als wir an ihnen vorbeigehen und in das erste Zimmer schleichen. Ich mache nicht mal Licht, weil mir egal ist, wessen Zimmer wir benutzen.

Stattdessen packe ich Harrisons Shirt fester und ziehe ihn zu mir, sodass meine Brust im selben Moment gegen seine prallt, in dem sein Mund meinen findet. Im Dunkeln sind wir unsicher, stoßen gegen Möbel und treten uns gegenseitig auf die Füße. Ich kann das Echo der Musik im Haus hören, gedämpft und weit weg hinter den geschlossenen Türen.

Harrison knabbert an meiner Unterlippe. Meine Hände sind in seinem Haar, ziehen etwas grob daran. Er drückt meinen Hintern, und ich küsse ihn härter. Wir fallen auf das Bett, und ich hocke mich rittlings auf seine Hüften, bevor ich mich nach unten beuge, um sein Kinn und seinen Hals zu küssen.

»Vanessa«, sagt Harrison plötzlich, umfängt mein Gesicht sanft mit beiden Händen und hebt meinen Kopf. »Kann ich dich was fragen?«

Er verlagert sein Gesicht unter mir, um die Nachttischlampe einzuschalten. Es wird hell im Zimmer, und ich sehe ihn unter mir, erkenne, dass er schwer atmet. Sein T-Shirt ist nach oben geschoben, und ich lege die Hände auf seine Brust und blicke ihn fragend an. Was soll die Unterbrechung?

Sein Tonfall fühlt sich nicht mehr verspielt an, und sein ernster Blick ist untypisch für ihn.

»Jetzt gleich?« Ich lache und presse meine Lippen erneut auf seine, damit er still ist. Doch so sehr ich mich auch bemühe, den Kuss zu intensivieren, um Harrison abzulenken, es funktioniert nicht.

Abermals schiebt er mich weg und stützt sich unter mir auf die Ellbogen auf. Er wirkt so ernst, dass ich mich frage, ob er gar nicht so betrunken ist. »Hör mal«, sagt er und wischt sich das blonde Haar aus der Stirn. »Nächsten Monat will ich mit einigen von den Jungs für ein paar Tage rauf zum Mad River Mountain zum Skilaufen. Es sind auch einige von ihren Freundinnen dabei, und da habe ich gedacht, du kannst vielleicht auch mitkommen.«

Klingt cool, und ich fahre gern Ski. Trotzdem kriege ich Panik. Will Harrison jetzt … auf Pärchen machen? Ist ihm das hier etwa ernst? Er lädt mich zu einem Ski-Trip mit ihm und seinen Freunden ein, und das klingt verflucht nach Beziehung. Was nur eines heißen kann … Er will diese Geschichte auf das nächste Level heben, will mehr von mir, mehr gemeinsame Zeit, als Paar … Und das ist vollkommen ausgeschlossen. Schlagartig fühlt sich mein Magen an wie im letzten Schleudergang – er arbeitet auf Hochtouren, und ich kämpfe gegen einen vehementen Brechreiz an.

Die Antwort muss Nein sein.

Ich darf niemanden in mein Leben lassen. Nicht so. Das Risiko ist zu groß.

Also errichte ich Stein für Stein eine massive Mauer zwischen Harrison und mir.

»Äh, hallo?« Ich setze mich kerzengerade auf. Immer noch sind meine Hände flach auf seine Brust gepresst, und ich fühle seinen schnellen Herzschlag. Um uns herum ist es ganz still im Zimmer; selbst die Party draußen scheint irgendwie weg zu sein. »Du willst mit mir verreisen?«

»Ich habe nur gedacht, dass es lustig sein könnte …«

»Keine Dates, Harrison Boyd«, sage ich und wedle mit meinem Zeigefinger vor seinem Gesicht, wobei ich ein schüchternes Lächeln aufsetze, um meine Panik zu überspielen. Wir hatten das schon im Sommer klargestellt, als ich ihn in seinem Truck zum ersten Mal geküsst habe. Er hatte mich abgeholt, nachdem wir einen ganzen Tag lang per Textnachrichten geflirtet hatten, und wir zögerten nicht, direkt zur Sache zu kommen. Da hatten wir bereits geklärt, dass wir nur rummachen und nichts weiter. Reiner Spaß. Nichts Ernstes. »Wir halten das locker, schon vergessen?«

Ob er es vergessen hat oder nicht, ich habe soeben beschlossen, dass es hier vorbei ist. Mir bleibt keine andere

Wahl, sobald jemand Signale sendet, dass er mehr will. Im Grunde mag ich Harrison. Er ist scharf, recht begabt mit den Händen und nicht ganz so von sich eingenommen wie die meisten anderen aus seinem Team. Aber *so* mag ich ihn nicht. Ernsthaft, »echte« Beziehungen jagen mir eine Scheißangst ein. Bei denen läuft es immer darauf hinaus, dass jemand verletzt wird. Und ich werde den Gedanken nicht los, dass man die Person, in die man sich verliebt, unweigerlich verlieren wird.

Da bin ich mir einfach sicher. Unwillkürlich denke ich an meinen Vater, sehe ihn vor mir; wo sein Herz war, ist nichts als Asche, und sein Blick ist leer. Niemals will ich wie er enden.

Harrisons Stöhnen lenkt meine Aufmerksamkeit zu ihm zurück. »Manchmal habe ich keinen Schimmer, was in dir vorgeht.«

»Ach ja? Ist das so schwer zu verstehen?«, frage ich, beuge mich wieder zu ihm und lenke ihn ab, indem ich ihn zurück auf das Bett drücke. Ich lege die Hände an seine Wangen, und meine Fingernägel streichen über seine Wangenknochen, als ich meine Lippen auf seinen Hals presse. Mit Küssen arbeite ich mich zu seinem Schlüsselbein vor und hinterlasse dort einen Knutschfleck, gewissermaßen als letzte Erinnerung, denn hiernach werde ich ihn nie wieder küssen.

»Vanessa«, murmelt Harrison. Seine Stimme ist tief und rau, und er atmet aus, als er sich unter mir entspannt. Er hat eine Hand unten auf meinem unteren Rücken und die andere in meinem Haar, an dem er ein bisschen zieht.

Wir lösen uns lange genug voneinander, dass ich ihm sein nasses T-Shirt ausziehen kann. Ich werfe es zur Seite und setze mich wieder auf ihn. Nun lächle ich ihm spöttisch und verführerisch zu. Was mein Lieblingspart hierbei ist? Das Hinhalten. Sie wahnsinnig zu machen. Es fühlt sich wie das Einzige in meinem Leben an, das ich wirklich in der Hand habe.

Doch im Moment soll mich meine Vorstellung genauso sehr auf andere Gedanken bringen wie Harrison. Ich konzentriere all meine Energie darauf, ihn zu verwöhnen, um die Panik zu vertreiben.

Ich bewege mich auf Harrison, während er zu mir aufschaut. Seine Jeans reibt an der nackten Haut meiner Oberschenkel. Mein Blick ist fest auf Harrison gerichtet, als ich betont unschuldig mit meinem Haar spiele, an meiner Lippe nage und vorgebe, keinen Schimmer zu haben, was *genau* ich hier tue.

»Du bist so heiß, Vanessa«, raunt Harrison. »Heißer, als ich es verkrafte.«

Da hat er recht. Aber wenigstens genießt er das hier endlich und lässt Adrenalin und Lust übernehmen.

Dann kommt »Lächeln«, begleitet von einem Augenzwinkern, und erst jetzt bemerke ich, dass er sein Handy hervorgeholt hat und es in die Höhe hält. »Wie wäre es, wenn du mir eine Show lieferst?«

Das tue ich.

Ich lächle direkt in die Kamera und biete ihm eine Show, an die er sich morgen gerne erinnern wird.

2

Als ich aufwache, schnarcht Chyna mir ins Ohr und sabbert auf meine Schulter. Ich schiebe sie auf die andere Hälfte ihres riesigen Bettes, um meine Ruhe zu haben. Zwar weiß ich nicht, wie spät es ist, aber früh ist es definitiv nicht. Dafür grummelt mein Magen zu sehr.

Ich reibe meine Augen. Meine Wimpern kleben zusammen, weil ich letzte Nacht bei unserer Rückkehr zu müde war, um mich abzuschminken. Zumindest habe ich mich ausgezogen, denn als ich aus dem Bett steige, trifft die kühle Klimaanlagenluft in Chynas Zimmer auf meine nackte Haut. Eine Sekunde lang stehe ich still da und überprüfe, ob ich noch betrunken, verkatert oder auf wundersame Weise vielleicht doch fit bin.

Meine Sachen sind auf dem Boden verteilt, doch als ich sie hochhebe, stinken sie nach letzter Nacht. Ein klares Indiz, dass die Party gut war.

»Chyna?«, frage ich, aber sie rührt sich nicht. Sie atmet weiter schwer, bis sie wieder schnarcht und klingt wie ein beknackter Güterzug. Auf ihrem Nachttisch stehen drei unterschiedliche Bierdosen, die sie von der Party mitgehen ließ, als wir letzte Nacht abgeholt wurden. Das ist so eine typische Chyna-Nummer. Sie klaut auch schon die ganze Highschool über Schreibmaterialien aus den Klassenräumen.

Eigentlich muss sie auch nicht aufstehen. Ich habe schon so oft bei den Tates übernachtet, dass ich dazugehöre. Ein Teil vom Mobiliar, so dauerhaft gegenwärtig wie der Esstisch oder der Fernseher. Manchmal ist es einfacher, hier zu schlafen, wenn ich mich nicht dazu bringen kann, zu mir nach Hause zu gehen. Leise durchwühle ich Chynas Wandschrank und greife mir eines ihrer Sommercamp-T-Shirts von vor fünf Jahren und Shorts, die ich mir anziehe. Beides passt mir, und, ja, ich bin hier fast schon zu heimisch.

Da mein Magen nicht aufhört zu knurren, lasse ich Chyna schlafen und gehe nach unten in die Küche. Es ist beinahe Mittag, aber ich mache mir eine Schale Cornflakes und setze mich mit übergeschlagenen Beinen auf den Tresen, wo ich die Milch aus der Schale schlürfe.

Im Haus ist es heute ungewöhnlich ruhig. Ich sehe zu der Uhr an der gegenüberliegenden Wand und lausche dem Ticken des Sekundenzeigers. Es ist komisch, wie unterschiedlich Stille sein kann. Bei mir zu Hause ist sie immer angespannt, voller unausgesprochenem Kummer und dem Fehlen meiner Mom, als drohten die Wände meiner Kindheit zu implodieren. Bei Chyna ist die Ruhe wie eine willkommene Erleichterung, wie ein sicherer Hafen. Ich entspanne mich und genieße meine wenigen Minuten allein, ohne dass diese Wolke über mir schwebt … bis ich Schritte nahen höre.

Isaiah erschrickt, als er mich auf seinem Tresen hocken und um diese Zeit Cornflakes essen sieht. Er lächelt mir über die Schulter zu – seine Zähne sind auf ganz bezaubernde Art schief – und öffnet den Kühlschrank. »Morgen, Vans. Kein Kater?«

»Weiß ich noch nicht.« Ich konzentriere mich auf einen Punkt an der Decke und blende alles aus, um zu fühlen, wie es mir wirklich geht. Bisher ist alles verdächtig okay.

»Da hast du Glück. Ich wünschte, ich wäre wieder siebzehn und hätte eine Leber aus Stahl. Stattdessen trinke ich nicht mehr«, brummelt Isaiah, während er sich ein Gatorade und eine Flasche Wasser nimmt und den Kühlschrank hinter sich zukickt. Isaiah ist auf eine unangestrengte Art attraktiv. Vielleicht liegt es daran, dass er mich mit seinen ein Meter zweiundneunzig deutlich überragt. Allerdings ist er für mich auch wie ein Bruder, also ist alles andere definitiv kein Thema. Ich habe Chynas Familie adoptiert, was ihnen zum Glück nichts auszumachen scheint. Für mich sind die Tates die ideale Familie – vollständig.

»War ich betrunken?«, frage ich, aber da ich mich an alles von letzter Nacht erinnere, weiß ich die Antwort schon.

»Eigentlich nicht, nur meganervig«, antwortet Isaiah und grinst sarkastisch. »Im Wagen hast du dich immer wieder nach vorne gelehnt, um die Musik zu ändern. *Keiner* schaltet Tupac aus, also kannst du froh sein, dass ich dich nicht rausgeschmissen habe.« Er reicht mir die Wasserflasche, die sich feucht und eiskalt anfühlt. »Trink das.«

In diesem Augenblick kommt Chyna in die Küche geschlurft. Ihre Hausschuhe scharren über den Holzboden. Sie sieht aus, als hätte sie einen Frontalzusammenstoß mit einem Lkw gehabt und verblüffenderweise überlebt.

Es kostet sie merklich Mühe, ihren Kopf oben zu halten. »Ich will sterben«, verkündet sie ernst.

Isaiahs Schultern beben vor Lachen, doch er verhält sich anständig und reicht Chyna seine Gatorade-Flasche. Der enorme Größenunterschied zwischen den Tate-Geschwistern ist absurd – Chyna ist nur wenig über einen Meter fünfzig, und wenn sie neben Isaiah steht, könnte man glatt meinen, dass sie noch in der Grundschule ist.

»Wie kann es sein, dass du so munter bist?«, fragt Chyna und sieht mich an. Sie trinkt ihr Gatorade, als stünde ihre Kehle in Flammen. »Du hast doch viel mehr getrunken als ich.«

Ich zucke mit den Schultern und versuche, nicht zu lachen. »Ich schätze, Harrison hat mich nüchtern gemacht.« Was in gewisser Weise stimmt. Wir hatten unseren Spaß, jedoch ernüchtert mich nichts schneller als die Panik, wenn ein Typ eine *echte* Beziehung will. Noch jetzt rast mein Herz bei dem Gedanken daran.

»Uuuund das ist mein Stichwort für den Abgang«, sagt Isaiah. Er holt sich noch eine Flasche Gatorade aus dem Kühlschrank und nimmt sich eine riesige Chipstüte aus einem der Oberschränke, bevor er sich umdreht und die Küche verlässt. Natürlich hat er Angst, in ein Gespräch über die Ereignisse von letzter Nacht verwickelt zu werden, und das sollte er auch – es ist ein Mädchengespräch.

Kurz darauf sieht Chyna mich mit großen Augen an. Sie will den Klatsch hören, wie immer, und obwohl es ihr nicht gut geht, lebt sie ein bisschen auf. »Also, was war letzte Nacht mit Harrison? Raus damit!«

»Wir haben rumgemacht, aber …«

»O nein. Warum gibt es ein *Aber?*«

»Ich muss heute Abend mit ihm Schluss machen«, antworte ich. Es ist sinnlos, sich vor der Realität zu verstecken. Uns war von Anfang an klar, dass es irgendwann vorbei ist. Eine flüchtige Affäre soll genau das sein – flüchtig. Unmöglich kann ich mich weiter mit jemandem treffen, der eine Beziehung will. Allein bei der Vorstellung bekomme ich keine Luft mehr.

Chyna verschluckt sich und hustet wild. »Was? Jetzt schon?«

»Er hat mich zu einem Skiurlaub eingeladen«, erzähle ich ihr. »Das ist ziemlich ernst, oder? Wie *Feste-Freundin*-ernst.«

Ich streiche mir durchs Haar, das statisch aufgeladen ist und wie magnetisch an meiner Haut klebt. Gleichzeitig bemühe ich mich, Chynas Blick zu halten, was schwierig ist, weil sie das hier nicht versteht. Ich finde, dass Chyna eine Menge Glück hat; sie musste bisher nicht mal den Tod eines Haustiers verkraften – und ihre Familie, sogar die entferntere, besteht ausschließlich aus *Lebenden*. Die einzige Beerdigung, die sie jemals miterlebt hat, war die, bei der ich in der ersten Reihe saß. Sie hat keine *Ahnung*, wie furchtbar es ist, Menschen zu verlieren. Ich vermute, sie hält all ihre Beziehungen zu anderen für selbstverständlich, und das ist nicht mal ihre Schuld. Wie sollte sie auch nicht?

»Und was ist so schlimm daran, wenn du mit ihm wegfährst?« Der Blick ihrer großen blauen Augen durchlöchert mich förmlich, und da ist sie: diese schlichte Unschuld und Unfähigkeit, meine Gedanken in dieser Sache nachzuvollziehen. Ich weiß nicht, wie oft ich ihr schon gesagt habe, dass ich mich *niemals* auf eine Beziehung mit *irgendwem* einlassen werde. Anscheinend finde ich die richtigen Worte nicht, um sie zu überzeugen. »Harrison ist zumindest einer der netteren Jungs im Team«, sagt sie. »Du bist doch gerne mit ihm zusammen, oder nicht?«

Um ein Haar packe ich meine leere Schale und schmeiße sie nach ihr. Dass ein Typ nett ist, kann niemals ausreichen, damit ich es mir anders überlege. Aber ich bleibe ruhig. Na ja, und ich lache laut und gekünstelt. »Ach, komm schon. Kannst du dir ernsthaft vorstellen, dass ich mit Harrison Boyd zusammen bin?«

Chyna denkt nach. »Okay, nein. Ihr habt nicht sehr viel gemeinsam.«

»Es wurde sowieso langweilig«, sage ich achselzuckend, hüpfe vom Tresen und zurre am Saum von Chynas T-Shirt. »Und der spannende Teil ist, jemand Neuen zu finden«, lenke ich das Gespräch auf sichereres Terrain. »Glaubst du, Drew Kaminski ist solo?«

Chyna hakt sich bei mir ein und grinst mir zu. Ihr Lächeln bringt ihr Gesicht zum Leuchten, sodass sie mehr wie sie selbst aussieht. »Das lässt sich herausfinden.« Sie lacht, und deshalb liebe ich Chyna. Auch wenn sie nicht immer mit meinen Abenteuern einverstanden ist, verurteilt sie mich nicht. Wir sind jung, haben noch unser ganzes Leben vor uns und können tun, was wir wollen. Wir treffen unsere eigenen Entscheidungen, und bloß weil wir Freundinnen sind, müssen die ja nicht zwingend immer gleich sein.

»Warte mal«, sagt Chyna und zieht mich zum Kühlschrank. Sie plündert ihn und belädt ihre Arme mit einer Auswahl an Essen, von Käse bis hin zu kaltem Hähnchen. »Ich muss etwas essen, ich bin am Verhungern.«

Die letzten zwei Jahre habe ich es hassen gelernt, unser Haus zu betreten. Es fühlt sich nicht mehr wie ein Zuhause an. Da ist kein Gefühl von Wärme und Sicherheit wie vorher, als Mom noch gelebt hat. Im Herbst und Winter hatte sie immer Kerzen brennen, und sämtliche Räume rochen nach Zimt. Außerdem hörte man sie immer singen – bei ihren Yoga-Übungen, beim Kochen, wenn sie sich im Zeichnen versuchte. Ohne sie hat unser Haus keine Atmosphäre. Deshalb verbringe ich die Nächte lieber woanders, wenn ich kann, sauge die unbeschwerte Liebe einer anderen Familie in mir auf. Aber es ist nicht nur das. Wenn ich herkomme, befinde ich mich sofort im Krieg gegen die beklemmende Stille, die hier in jedem Winkel lauert. Und sogar wenn ich nicht herkomme, ist sie da. Ich wünsche mir, dass Dad sich *ein Mal* fragt, wo ich bin. Dass er sich Sorgen um mich macht, wissen will, wo ich war und mit wem. Stattdessen zuckt er kein einziges Mal mit der Wimper.

Ich winke Chyna von der vorderen Veranda zu, als sie mich abgesetzt hat und wegfährt. Immer noch habe ich ihre Sachen an und meine eigenen von gestern Abend in einer Einkaufstasche. Mir ist bewusst, dass ich übel aussehe, aber es ist ja nicht so, als hätten unsere Nachbarn mich noch nie zuvor an einem Sonntagvormittag so nach Hause kommen gesehen. Mrs. Khan, die alte Dame nebenan, rümpft die Nase und gießt weiter ihre Pflanzen, als sie mich sieht, also lächle ich ihr nicht zu. Stattdessen beiße ich die Zähne zusammen und öffne die Haustür. Drinnen ist alles ruhig und stinkt nach abgestandenem Zigarettenqualm. Aber das ist dieser Tage nichts Neues.

Ich gehe in die Küche, wo Dad über unseren alten Esstisch gebeugt ist, umgeben von Reiseführern, Zetteln und einer Zigarettenschachtel. Er ist in irgendwas auf seinem Laptop vertieft, dessen leuchtender Bildschirm sich in seinen Brillengläsern spiegelt.

»Vanessa«, sagt er, ohne aufzublicken. Er bedeutet mir, mich zu ihm zu setzen doch ich bewege mich nicht. »Komm und sieh dir diese Bilder an. Die Klippen von Moher. Sind die nicht fantastisch?« Er beugt sich näher zum Monitor.

Aber ich habe das alles schon gesehen. Eigentlich will er nicht hören, was ich von den Klippen oder irgendwelchen anderen Naturwundern in Irland halte. »Ich bin zu Hause, Dad«, sage ich laut und deutlich, damit er mich auch sicher hört. Doch er blinzelt nicht mal, klickt nur weiter auf seinem Laptop. Bisher hat er mich nicht angesehen. »Ich war die ganze Nacht aus. Ich war auf einer Party und habe getrunken«, fahre ich fort, und zwischen den Worten unterdrücke ich ein Seufzen. Mir ist klar, dass er nicht zuhört. Es ist, als würde ich mit einer Wand reden. »So richtig viel zu viel.« Ich übertreibe, um eine Reaktion zu bekommen. Wahrscheinlich könnte ich ihm erzählen, ich hätte eine Straftat begangen, und er würde es gar nicht registrieren. Ich gebe es auf, ihm irgendeine Reaktion entlocken zu wollen, und gehe hinüber zum Esstisch. »Also, warum sind die Klippen so besonders?«

Dad greift nach einem Stift und schreibt hektisch in einen Notizblock. Beim Anblick seiner Fingernägel zucke ich zusammen. Sie sind zu lang und gelb vom Nikotin. Es ist derselbe Notizblock, den er seit einigen Monaten benutzt, um die perfekte Irlandtour für uns im nächsten Sommer zu planen. »Oh, das hätte deiner Mom gefallen. Die Doolin-Höhle ist nur zwanzig Minuten mit dem Auto entfernt, da können wir beides an einem Tag machen. Sieh mal«, sagt er, ohne meine Frage zu beantworten, und dreht mir den Laptop hin. Auf dem Monitor sind Fotos von steilen Granitklippen über einem blauen, sonnenbeschienenen Meer. Ich bezweifle, dass es dort in echt so aussieht. Ich meine, Sonnenschein in Irland? Im Ernst?

»Klingt super, Dad«, sage ich, aber das Lächeln, das ich mir abringe, ist unerträglich gekünstelt. Eines Tages … Eines Tages *muss* er mal ausflippen. Irgendwann muss er mal ausrasten, wenn ich nachts nicht nach Hause komme. Sich wie ein Vater benehmen. Und dann werde ich ihm sagen: *Tut mir leid, Dad, du hast recht. Du machst dir Sorgen, wenn ich hinter deinem Rücken umherziehe und nicht nach Hause komme. Ich mache das nicht mehr.* Doch er ist überhaupt nicht besorgt, und das ist das Problem. Wie soll ich erwachsen werden und Verantwortung für mich übernehmen, wenn ich keinen Vater habe, der mir Grenzen setzt?

»Okay, ich plane mal weiter.« Er dreht den Laptop wieder zurück. Mehrere Sekunden sieht er blinzelnd auf den Bildschirm, dann setzt er sich auf und streicht sich das Haar aus dem Gesicht. »Du bist auf einer Party gewesen?«

Ah, er hat mich also gehört. »Ja, die war ziemlich wild«, sage ich. Innerlich flehe ich ihn praktisch an: *Hör auf, dir über Klippen und Höhlen Gedanken zu machen anstatt um mich!* Ich sehne mich verzweifelt danach, dass er mir Hausarrest verhängt, reagiert, etwas *Normales* tut.

»Das ist gut. Freut mich, dass du Spaß hast.« Und dann lächelt er mich gedankenverloren an, bevor er sich wieder über seinen beschissenen Notizblock beugt.

Fassungslos starre ich ihn an.

Er sieht aus – und riecht, *bäh* –, als hätte er seit Tagen nicht geduscht. Sein Haar ist total herausgewachsen und fällt ihm dauernd ins Gesicht. Seit ein paar Wochen hat er sich auch nicht mehr rasiert, sodass seine Stoppeln inzwischen zu einem Vollbart geworden sind, der bis zu seinem Hals reicht. Und warum fällt mir heute zum ersten Mal auf, wie dünn er geworden ist? Er muss zehn Pfund verloren haben, denn sein verblichenes, an den Säumen ausgefranstes Sweatshirt schlackert an ihm. Ich erinnere mich nicht, wann er sich zuletzt eine neue Jeans gekauft hat oder beim Friseur war.

Mein Dad ist so weit weg, so sehr in seinem eigenen Kopf gefangen, dass es sich anfühlt, als würde er mich gar nicht mehr wahrnehmen. Ihm ist alles egal. Ich kann nicht mehr nachzählen, wie oft ich im letzten Jahr nicht nach Hause gekommen bin, und selbst wenn er keine Ahnung hatte, wo ich gewesen war, hat es nie dafür ausgereicht, dass er aus seiner eigenen tristen Welt herauskommt und mich beachtet. Ich grabe die Fingernägel in meine Handflächen, als ich aus der Küche und nach oben in mein Zimmer stürme. Mir ist bewusst, dass ich es zu einem Drama mache, aber ich wette, auch das merkt er nicht.

Oben werfe ich die Tasche mit den schmutzigen Sachen ins Zimmer. Mein Bett ist noch ungemacht von gestern Morgen. Aber ich bleibe nicht, denn ich höre Justin Biebers süße Stimme aus Kennedys Zimmer nach mir rufen. Ich habe eigentlich gedacht, dass sich der Bieber-Hype schon vor Jahren erledigt hätte, aber nein, nicht für Kennedy. Ich gehe über den Flur und öffne ihre Zimmertür, ohne anzuklopfen. Wir müssen das nicht, denn wir sind *Schwestern*. Wir haben zusammen gebadet, bis ich ungefähr acht war, also müssen wir nicht schüchtern miteinander sein.

Kennedy sitzt an ihrer Frisierkommode und trägt im Schein eines kleinen Strahlers sorgfältig roten Nagellack auf. Theo, unser Familientiger, der meine Schwester anbetet und mich aus irgendeinem Grund verabscheut, liegt zusammengerollt auf der Fensterbank. Kennedy hört auf, den Bieber-Song mitzusingen, und sieht zu mir. Im ersten Moment scheint sie überrascht, dass ich hier bin.

Stöhnend werfe ich mich bäuchlings auf ihr Bett und schnappe mir ein Kissen, um mein Kinn aufzustützen. »Wenn Dad noch *ein* Wort über Irland sagt, ziehe ich aus. Kommst du mit?«

Kennedy wirft mir ein kleines, verständnisvolles Lächeln zu und lackiert weiter ihre Nägel. Die Musik macht sie nicht leiser. »Wo bist du gestern Abend gewesen?«, fragt sie. Es klingt neugierig, aber auch skeptisch. Wenigstens eine hier interessiert sich dafür, ob ich irgendwo tot im Graben liege oder nicht, und zwar meine kleine Schwester. Sie mag erst vierzehn sein, ist aber unglaublich weise für ihr Alter.

»Auf einer Party.«

»Uuuund?«, hakt sie nach, steckt den Pinsel in das Fläschchen zurück und dreht ihren Stuhl zu mir. »Hast du jemand Heißen geküsst?« Sie macht große Augen, denn sie kennt die Antwort bereits.

»Harrison Boyd. Mal wieder.« Ich habe Harrison ihr gegenüber nie erwähnt, doch sie weiß sowieso, dass ich seit ein paar Monaten etwas mit ihm habe. In der Highschool bleibt nichts wirklich geheim, nicht wahr? Da spricht sich alles rum.

»Oooh«, quiekt sie, als glaube sie, dass aus Harrison

und mir tatsächlich irgendwas wird. Nein. Wir werden nur Namen auf unseren jeweiligen Ex-Listen.

Mein Handy summt in meiner Tasche, und meine Brust wird ein bisschen eng, als ich es heraushole und Harrisons Namen auf dem Display lese. Natürlich ist er es. »Mist, ich glaube, ich habe ihn heraufbeschworen.«

Bin gerade aufgewacht, und schon denke ich an dich. Hat Spaß gemacht gestern Abend. Wollen wir das später wiederholen? Bei mir. Ich sage dir Bescheid, wenn meine Eltern schlafen.

»Ihn heraufbeschworen, damit er was genau sagt?«, fragt Kennedy.

Ich sehe sie an, und garantiert hofft sie, dass er mir seine unsterbliche Liebe gesteht oder so. Sie ist schon von Geburt an eine hoffnungslose Romantikerin, war besessen von Cinderella, als sie noch klein war, und denkt, dass ich am Ende jeden Jungen heirate, der auch bloß in meine Richtung lächelt.

»Er will mich heute Abend treffen«, antworte ich. Den Rest erwähne ich nicht. Es gibt Dinge, über die ich nicht mit meiner kleinen Schwester reden kann, und was Harrison Boyd und ich hinter verschlossenen Türen tun, ist eines davon. O nein.

Sie reißt die Augen weiter auf. »Und triffst du dich mit ihm?«

»Ja, aber um Schluss zu machen.« Ich tippe meine Antwort, und meine Fingernägel klackern zu laut auf dem Display. Meine Nachricht fällt kurz aus:

Können wir lieber nur rumfahren?

»Was?« Kennedy setzt sich auf und sieht total entsetzt aus. »Aber er ist so *verdammt* heiß! Und du könntest mich mit seinem Bruder verkuppeln. Dann könnten wir auf Doppeldates gehen. Und dann würden wir zusammen Urlaub auf den Bahamas machen!« Ihr Blick schweift ab, und in Gedanken ist sie ganz in ihrer unbedarften Fantasie.

Ich halte mein Telefon noch in der Hand und kann kaum wegsehen, während ich nervös auf Harrisons Antwort warte. Bemerkt er, dass etwas los ist und ich nicht so wild auf ihn bin wie sonst? »Hey, du hast recht, er ist total heiß, aber das tut nichts zur Sache. Und du bist viel zu jung, um mit jemandem verkuppelt zu werden«, sage ich zu Kennedy und werfe ihr einen strengen Blick zu.

Sie verdreht die Augen und pustet auf ihre frisch lackierten Nägel. »Okay, Dad.«

Die Ironie dabei ist, dass Dad ihr nie wegen irgendetwas Ärger machen würde. Ich habe das Gefühl, dass ich hier Kennedys Erziehung übernehme, wenigstens in den letzten paar Jahren. Ich war diejenige, die eine Meile zum Laden gelaufen ist und Binden besorgt hat, als sie zum ersten Mal ihre Periode bekam und ein schluchzendes Häufchen Elend im Bad war. Ich war es, die mit ihr Marathon-Shoppen ging, um Schulsachen für ihren Start an der Highschool zu besorgen. Ich hatte sie in den Armen gehalten, als sie zum ersten Mal Liebeskummer hatte und dachte, sie würde nie wieder glücklich sein. Ich versprach ihr, dass sie es würde, obwohl ich weiß, dass wir beide für immer ein gebrochenes Herz haben werden, und das nicht wegen irgendwelchen Jungs.

Mom ist fort, und Dad mag physisch noch anwesend

sein, aber emotional könnte er gar nicht weiter weg sein.

Kennedy dreht sich wieder zu ihrer Frisierkommode und prüft ihre Nägel im Strahler. Sie weiß es nicht, aber als Mom starb, habe ich mir geschworen, dass ich sie immer beschützen würde, komme, was da wolle. Es ist eine einsame Aufgabe, doch ich bin die Einzige, die sie noch erledigen kann.

Wieder summt mein Handy.

Finde ich gut ... Ich hol dich um neun ab.

*

»Dad, ich bin weg.«

Er sieht kurz über seine Schulter. Dad steht in der Küche, den aufgeklappten Laptop und einen Topf japanische Nudeln vor sich. Sein Blick ist vollkommen leer, wie ein Ödland, wann immer er mich ansieht. »Willst du Abendessen?«

»Ich habe schon gegessen«, antworte ich resigniert. Er hat vermutlich nicht mitbekommen, dass ich vor einer Stunde eine Portion Mikrowellen-Spaghetti mit Fleischbällchen nur drei Meter entfernt von ihm verschlungen habe. Ich kann nicht kochen – und daran wird auch niemand in diesem Haus so bald etwas ändern – aber zumindest kann ich Kennedy und mich mit Mikrowellengerichten ernähren, was mehr ist, als Dad tut. »Und Kennedy auch.«

»Ja? Habt ihr? Okay.« Er wendet sich wieder zu seinem Topf um und rührt stumm. Früher war seine Stimme so lebendig und fröhlich, dass es mich nervte, wenn er zu viel redete. Jetzt würde ich alles dafür geben, ihn stundenlang über eine große Drogenrazzia bei der Arbeit reden zu hören, über seinen Traum, einmal einen Porsche 911 zu besitzen, oder wie er seine Freunde beim Poker geschlagen hat.

Ich zögere so lange, dass es wehtut. Dieses Warten auf etwas, *irgendwas*, ist quälend. Warum kann er mich nicht streng ermahnen, nicht zu lange wegzubleiben? Oder mich erinnern, dass ich morgen zur Schule muss? Aber er sagt nichts. *Gar nichts*.

Natürlich habe ich mich längst daran gewöhnt, trotzdem tut es jedes Mal wieder weh, wenn ich damit konfrontiert bin.

Deshalb sage ich auch nichts mehr. Ich greife mir meine Schlüssel, schlüpfe in meine ausgetretenen Converse und gehe. Es ist kurz nach neun, und selbstverständlich ist Harrison pünktlich. Sein Truck steht draußen; der Motor läuft, und die Scheinwerfer beleuchten die Straße. Ich wette, er kann es nicht erwarten, mich zu sehen, was dies hier noch fieser macht. Doch es ist ja nicht das erste Mal. Jungs das Herz zu brechen ist schon beinahe zum Standard geworden.

Ich muss mich selbst schützen, und ich habe es sogar noch erträglicher für ihn gemacht und bin ungeschminkt, sodass meine Augen klein und müde wirken. Mein Haar ist zu einem Zopf nach hinten gebunden, aus dem diverse Strähnen heraushängen. Und ich trage einen alten, drei Nummern zu großen Hoodie mit einem Loch im Ärmel sowie meine am schlimmsten sitzende Jeans. Keine Spur Parfüm. Ich schätze, es kränkt ihn weniger, wenn ich richtig übel aussehe.

Träge latsche ich über den Rasen und öffne die Beifahrertür seines Trucks. Nachdem ich mich auf den Sitz gestemmt habe, sehe ich hinüber. Gott, Kennedy hat so recht: Er *ist* umwerfend! Wie ein griechischer Gott. Ein Stöhnen steigt in meiner Kehle auf, das ich mit aller Kraft zurückhalte. Warum konnte er nicht mit simplem Rummachen zufrieden sein? Jetzt muss ich mich von diesen leuchtend blauen Augen, der steinharten Brust und dem sandfarbenen Haar verabschieden.

»Mir gefällt dieser lässige Look«, sagt Harrison und mustert meinen neuen Stil. In der Schule kleide ich mich lässig, aber nie *abgerissen.* »Er macht dich jünger. Das ist niedlich.«

»Was?« Ich versuche hier buchstäblich, das Gegenteil von begehrenswert zu sein. Ich setze mich auf, drehe mich zu ihm und verenge die Augen. Erkennt er an meinem schroffen Ton, dass ich nicht zum Knutschen hier bin? »Findest du allen Ernstes, dass ich ohne Wimpern niedlich aussehe?«

Harrison ist sichtlich enttäuscht. »Anscheinend ist dir heute Abend nicht nach Spaß. Das ändere ich gleich.«

Offenbar merkt er nicht, dass ich nicht in der Stimmung dafür bin. Fällt ihm nicht auf, dass ich bisher nicht scheu gelächelt habe? Bekommt er nicht mit, dass ich ihm bisher nicht meine Hand auf den Oberschenkel gelegt habe? »Heritage Park ist ok, oder?«, fragt er und fährt los.

Super. Heritage Park ist Westervilles Knutschadresse Nummer eins. An den Wochenenden ist die halbe Schule dort, um auf der Rückbank von Moms Wagen herumzumachen. Immerhin gehört Harrison sein Truck. Aber spielt das eine Rolle? Für uns wird es heute Abend keine

Action geben, so viel steht fest. Und das nicht, weil ich es nicht will, sondern weil ich Harrison keine Hoffnung machen darf, dass zwischen uns je mehr sein könnte als nächtliche Küsse.

»Harrison …«, beginne ich, aber er hört mich nicht, weil er schon die Musik aufdreht. Fest legt er eine Hand auf mein Knie, und ich blicke zu seinen aufgeschürften Fingerknöcheln, während er fährt. Irgendwie kann ich nicht widerstehen, seine Hand mit meiner zu bedecken und unsere Finger zu verschränken. Mit der anderen Hand massiere ich nachdenklich meinen Kopf. Würde es schaden, ihn noch einmal zu küssen? Ich hatte mir gesagt, letzte Nacht war es das, nie wieder, aber …

Gott, ich hasse mich, weil ich mich überhaupt in solche Lagen bringe.

»Also … hat dir die Party gestern gefallen?«, fragt Harrison, nachdem wir eine Weile geschwiegen haben. Wir reden nie, jedenfalls nicht richtig, und wenn, dann nur um zu flirten. Ich weiß nicht viel über ihn, außer dass er Harrison Boyd ist, im Footballteam spielt, wir im Laufe der Jahre mehrere Kurse zusammen hatten, und dass er klug sein muss, weil ich noch nie erlebt habe, dass er einen Test verhauen hat. Wir sprechen nicht über Wichtiges. Eigentlich kenne ich ihn nicht. Und er weiß wenig über mich.

Immer noch blicke ich zu unseren Händen, strenge mich an, nicht zu flirten und ihn jetzt nicht absichtlich scharf zu machen. »Klar. Und dir?«

»Klar.«

Noch mehr verlegenes Schweigen. Es ist, als würden wir versuchen, die Zeit totzuschlagen, bis wir uns gegenseitig anfassen können. Denn wir wissen nichts miteinander anzufangen, wenn wir stocknüchtern sind und nicht herummachen. Was mich zu der Frage bringt, warum Harrison mich mit auf den Ski-Trip nehmen will. Worüber würden wir denn sprechen? Wie kalt der Schnee ist?

Aus Gewohnheit hebe ich seine Hand und küsse die Abschürfungen auf seinen Fingerknöcheln. Mir ist bewusst, dass ich ihm nichts vormachen sollte, aber das hier wird mir fehlen. Und ich will es auskosten, solange ich kann. Harrison fährt mit einer Hand am Lenkrad, der anderen in meiner, und lässt zu, dass ich mich bis zu seinem nackten Arm küsse. Ab und zu sieht er aus dem Augenwinkel zu mir, und sein Blick wird immer hitziger.

Wir gelangen zum Heritage Park und folgen dem Weg hinauf zu dem abgeschiedenen Parkplatz, wo heute nur noch ein anderer Wagen in der Ferne parkt. Die Scheinwerfer sind aus, und drinnen bewegen sich Schatten. Ich sehe wieder zu Harrison, als er den Truck langsam anhält. Die Reifen knirschen auf dem Kies. Ich weiß, dass ich es ihm jetzt sagen muss, bevor wir zu weit gehen, doch als sein Blick meinem begegnet, kann ich nicht widerstehen.

Ich lasse seine Hand los, greife nach ihm und presse meine Lippen auf seine. In einer anderen Welt, in der ich nicht glauben würde, dass alle Beziehungen von Anfang an verdammt sind, und wo ich keine solche Angst hätte, den Menschen zu verlieren, den ich liebe, wäre ich vielleicht offener dafür, Harrison besser kennenzulernen. Womöglich würde ich mich sogar auf einen gemeinsamen Skiurlaub freuen.

Harrison mag nicht viel über mich wissen, doch er weiß, wie man alles richtig macht. Er taucht eine Hand in mein Haar, löst noch mehr Strähnen aus dem Pferdeschwanz und zieht an meiner Taille, um mich näher zu sich zu bekommen.

Wir haben noch nie in seinem Truck rumgemacht, und ich komme mir linkisch und ungeschickt vor, als ich über die Mittelkonsole und auf seinen Schoß klettere. Wie machen Leute das hier? Ich bin zwischen seiner Brust und dem Lenkrad eingeklemmt und frage mich, wie zur Hölle das funktionieren soll, da ermahne ich mich, dass hier nichts laufen wird. Es gibt keine Verführung. Heute Abend mache ich *nicht* mit Harrison rum.

»Harrison, hör zu«, sage ich atemlos zwischen zwei Küssen. Ich halte sein Kinn fest und seinen Mund so auf Abstand zu meinem.

Seine Hände sind bereits unter meinem Hoodie und streicheln meine Brust. Er kann sich dieses sexy spöttische Grinsen nicht verkneifen, das immer kommt, wenn wir anfangen, uns zu berühren, und er schafft es, sein Gesicht an meinem Hals zu vergraben, wo sein Atem heiß auf meiner Haut ist, als er sie mit Küssen bedeckt.

»Harrison«, probiere ich es wieder, doch es fällt eher wie ein Stöhnen aus. Ich neige den Kopf nach hinten, schließe meine Augen. Sein Mund fühlt sich so gut an; seine Hände fühlen sich so gut an …

Nein! Ich muss das beenden.

Abrupt stoße ich ihn weg, bis er mich ansieht. Sein Mund ist ein wenig geöffnet, und seine Augen glänzen. »Hör mir zu«, sage ich und platze direkt heraus, »wir können uns nicht mehr treffen. Es ist vorbei.«

Seine warmen Hände verschwinden von meinem

Körper, und es wird still in dem Truck. Da ist nur noch sein Herzschlag – oder ist es meiner? Er blinzelt, als verstehe er nicht, was ich eben gesagt habe. »Wovon redest du?«

»Tut mir leid«, sage ich, und es stimmt. »Aber ich kann nicht … ich will nicht … mit dir zusammen sein.«

Er bewegt sich unter mir, schiebt mich von seinem Schoß wie einen ekligen Parasiten. Als ich wieder auf dem Beifahrersitz bin, packt er mit beiden Händen das Lenkrad.

»Geht es um den Skiurlaub?«, fragt er in einem belustigten Tonfall, den ich nicht einordnen kann. »Denn ich habe dich nicht gefragt, ob du mitkommst, weil ich jetzt auf Paar machen will, Vanessa«, schnaubt er, als wäre es das Absurdeste überhaupt. »Ich wollte nur, dass du mitkommst, damit wir rummachen können. Und ich will ganz bestimmt nicht fest mit dir zusammen sein.«

Oh.

Also wollte er nicht, dass diese Affäre mehr wird, als sie war … *Wieso* habe ich da mehr hineininterpretiert? Wir hätten weitermachen können wie bisher, doch jetzt ist durch mich alles komisch. Ich verschränke die Arme vor der Brust und lehne mich zurück, während ich versuche, das alles zu verarbeiten. Ich komme mir so blöd vor.

»Und selbst wenn ich fest mit dir zusammen sein *wollte* …«, fährt Harrison fort und sieht mich an. »Warum springst du in meinen Truck, küsst mich und sagst mir dann, dass es vorbei ist? Was soll das, Vanessa?« Jetzt ist er wütend. Alles Leuchten in seinen Augen ist verschwunden, und auf einmal ist er nicht mehr der selbstbewusste, sexy Footballspieler, den ich bis vor ungefähr vier Sekunden für so cool hielt. »Wenn du denkst, du kannst mich jetzt einfach so abservieren, dann kennst du mich aber schlecht.«

»Harrison, chill mal«, sage ich und bleibe cool, obwohl mir sagenhaft unwohl in meiner Haut ist. Ich kann ihm nicht in die Augen sehen. »Ich habe da etwas falsch gedeutet. So was kommt vor. Können wir jetzt einfach wieder mit dem weitermachen, in dem wir gut sind?«

»Nee, fick dich, Vanessa. Raus hier!« Seine Nasenflügel blähen sich, als er zur Tür zeigt, und ich höre, wie die Zentralverriegelung klickt.

Erschrocken schaue ich nach draußen. Der Wagen von eben parkt immer noch an derselben Stelle, aber sonst ist niemand hier. Es ist dunkel, es ist spät, und ich bin meilenweit weg von zu Hause. Verärgert sehe ich wieder zu Harrison. »Wie bitte? Wirfst du mich aus deinem Truck?«

»Denkst du echt, ich fahre dich nach Hause? Nachdem du mich hier verarschen wolltest? Das läuft nicht. Wie du gesagt hast, es ist vorbei, *Babe*.« Er lacht dröhnend, schüttelt den Kopf und lässt den Motor wieder an.

Ich blicke zu meinen geballten Fäusten auf meinem Schoß. »Und was genau willst du machen, wenn ich dir keine Gesellschaft mehr leiste?«, frage ich. Jetzt bin ich ebenfalls wütend.

»Wie? Meinst du, du bist das einzige Mädchen, das ich auf Kurzwahl habe?«, raunt er leise. Dabei will er, dass ich es höre, was ich natürlich auch tue.

Und es treibt mich aus dem Truck. Doch bevor ich die

Tür aufstoße, packe ich noch eine Handvoll Fastfood-Verpackungen aus dem Handschuhfach und werfe sie auf Harrison. *Arsch*. Ich habe kaum von draußen die Tür zugeknallt, da rast er schon mit quietschenden Reifen los. Trotzdem schmeiße ich noch eine Ladung Kies hinter seinem blöden, verfluchten Truck her. Dann verschwinden die Rücklichter, und ich seufze in der Dunkelheit. Ich hatte wirklich nicht damit gerechnet, dass Harrison derart hochgeht.

Ratlos hocke ich mich auf den Kies und beobachte das einzige Auto hier. Ich bin mir ziemlich sicher, dass ich es sehr verräterisch wippen sehe. Und ich muss wie eine Perverse wirken. Ich rufe Chyna an, weil ich nicht auf meinen Dad zählen kann, aber sie nimmt nicht ab. Auch der zweite Versuch ist vergebens, und mir wird klar, dass ich keine anderen Optionen habe. Manchmal wünschte ich, Kennedy wäre die ältere Murphy-Schwester und könnte mich in solchen Momenten retten. Aber nein, sie kann ja noch nicht mal Auto fahren!

Mist! Super gemacht, Harrison. Mich mitten in der Pampa auszusetzen. Es war denkbar bescheuert von mir, ihn heute Abend zu treffen.

Ich vergrabe das Gesicht in den Händen und denke nach. Es ist mindestens eine Stunde Fußweg bis zum Parkausgang, und ich traue mich nicht, die Strecke alleine zu gehen. Viel zu einsam, und hier sind wenigstens noch andere Leute. Wieder linse ich zu dem Wagen und frage mich, ob ich das Paar da drinnen um Hilfe bitten kann. Da summt mein Handy. Noch nie war ich so froh, Chynas Namen auf dem Display zu sehen!

Und ohne Fragen zu stellen, verspricht sie, spätestens in einer Viertelstunde hier zu sein.

Zehn Minuten später ist sie da, und als ich in ihren Wagen steige und ihre hochgezogenen Augenbraue sehe, sage ich nur:

»Mann, Harrison Boyd kann mich mal!«

3

Ich habe gehört, dass jemand eine Vase zerdeppert hat, an der ihre Eltern sehr hingen, sie sind ausgetickt«, erzählt Chyna auf der Fahrt zur Schule. Dabei gestikuliert sie wild, was uns jeden Morgen halb umbringt, denn im Grunde hat sie ihre Hände so gut wie nie am Lenkrad. »Was ist, wenn ihre Eltern irgendwann verbieten, dass sie noch mal eine Party in ihrem Haus gibt? Stell dir das mal vor. Keine Madison-Romy-Partys mehr. Eine Westerville-Tragödie.« Sie legt eine Hand an ihre Brust und mimt die Trauernde. Ich greife nach dem Lenkrad und reiße den Wagen zur Seite, bevor wir einen Laternenmast umnieten.

»Weißt du, was eine noch viel größere Tragödie wäre? Wenn wir von einem Truck zermatscht werden, weil du ein Stopp-Schild übersehen hast«, erwidere ich. Ich habe selbst einen Führerschein, mir aber noch keinen anständigen Wagen gekauft; und ich weigere mich, in Dads alter Kiste zur Schule zu fahren. Mom hat sie mal »Das grüne Rostmonster« getauft, weil der Wagen grellgrün und echt eine Rostlaube ist. Der Name hat sich gehalten.

»Ups«, sagt Chyna und wird rot. Sie packt das Steuer mit beiden Händen. »Glaubst du, Harrison redet mit dir?«

»Nein. Wahrscheinlich wirft er mir im Bio-Labor lauter tödliche Blicke zu«, antworte ich achselzuckend und zupfe an meinen Fingernägeln herum, von denen sich der eine aufgeklebte nur noch gerade so hält. »Und ich bin sowieso schon über ihn hinweg.«

Sicher wird es komisch, wenn ich ihn wiedersehe, aber die Schule ist groß genug, dass ich ihm notfalls aus dem Weg gehen kann. Und wir sind nur in einem Kurs zusammen, was wirklich auszuhalten ist.

Wir biegen auf den Schulparkplatz ein und direkt in eine freie Lücke – schief und nur mit Zentimetern Abstand zum Auto neben uns. Ich sage nichts, schnappe mir meinen Rucksack und quetsche mich durch den Spalt, ohne irgendwelchen Lack zu beschädigen. Wenn wir nachmittags zurückkommen, klemmt garantiert ein Zettel mit »Üb mal einparken, Vollpfosten!« hinterm Scheibenwischer – wie immer.

»Ich muss mich beeilen, denn ich muss vorm Unterricht noch zu Mrs. Moore. Sie hilft mir bei der College-Bewerbung«, sagt Chyna. »Bis nachher.« Sie läuft rückwärts los, eine Mappe unter ihren Arm geklemmt, drückt einen Kuss auf ihre Hand und pustet ihn mir zu. Ich fange ihn und stecke ihn in meine Jeanstasche; dann dreht Chyna sich um und rennt über den Schulhof.

Mein erster Kurs ist am anderen Ende des Gebäudes, weshalb ich zum Südeingang gehe. Die Sonne steht tief, und die Luft ist morgendlich frisch. Ich mag den Winter und die Kälte. Der Sommer war unerträglich, doch in Ohio wird das Gleichgewicht verlässlich wiederhergestellt, wenn die extreme Luftfeuchtigkeit zu Schnee wird. Noch hat es nicht geschneit, aber bald werden unsere Straßen weiß funkeln, von einer dicken, eisigen

Decke verhüllt, und dieser Gedanke erfüllt mich mit einem warmen Kribbeln. Paradox.

Ich gehe mit gesenktem Kopf, den Blick auf mein Handy gerichtet, wo ich zum tausendsten Mal heute Morgen meine Social-Media-Seiten aktualisiere. Harrison hat nicht versucht, mich zu kontaktieren, seit er mich gestern Abend aus seinem Truck geworfen hat. Das heißt, es ist endgültig vorbei. Erleichtert atme ich auf.

Ich blicke gerade rechtzeitig nach oben, bevor ich mit Ryan Malone kollidiere. Er wurde zum absoluten Perversling unseres Jahrgangs erkoren, und das trifft es. Im zweiten Jahr wurde er mehrmals verwiesen, weil er immer wieder »versehentlich« in die Umkleiden der Mädchen geplatzt war.

»Hey, Vanessa«, sagt er, und ich erstarre, weil Ryan Malone noch nie auch bloß versucht hat, mir gegenüber den Mund aufzumachen. Ich sehe zu ihm, und er dehnt seine rissigen Lippen zu einem perversen Grinsen. Sofort bin ich angespannt. Warum zur Hölle redet er mit mir? »Ich will dir nur sagen, dass ich … dass ich finde, du siehst klasse aus. Richtig scharf.« *Was?* Das ist definitiv kein harmloses Kompliment. Und bei seinem Tonfall wird mir schlecht.

»Bah, Malone. Verpiss dich.« Ich verziehe angewidert das Gesicht und raffe meine Jacke fester zu, um mich zu bedecken, bevor er richtig gucken kann. Was für ein Freak!

Ich lasse ihn hinter mir und eile schnell weiter, um ja von ihm weg zu kommen. Erst als ich im Gebäude bin, gehe ich langsamer auf mein Schließfach zu. Es bleiben noch einige Minute bis zur ersten Stunde, also sind lauter Leute auf den Fluren, und alle reden davon, wie krass ihr

Wochenende gewesen ist. Ich schätze mal, dass Madison Romys Party das heiße Thema ist. Die Hälfte unseres Jahrgangs war da, und dass die Westerville-Central-Spieler die Party gecrasht und eine Prügelei angefangen haben, sorgt für einigen heftigen Klatsch.

Mir fällt aber auf, dass etwas nicht stimmt. Als ich mich durchdrängle, kann ich es fühlen. Sie starren mich an. Ich halte den Kopf gesenkt, will es ignorieren und sage mir, dass ich es mir nur einbilde.

Aber so ist es nicht.

Ich werde langsamer und sehe auf. Es ist nicht gleich offensichtlich. Leute laufen hin und her, drängeln sich an mir vorbei, und Grüppchen lehnen an den Spinden, die ganz in ihre Gespräche vertieft sind. Trotzdem nehme ich kurze Blicke wahr. Leises Gekicher. Eine Gruppe von Jungen aus dem Jahrgang unter meinem bricht in Gelächter aus, als sie zu mir sehen. Was soll das?

Rasch kontrolliere ich mein Aussehen, für den Fall, dass mein BH rausguckt oder mein Jeans-Reißverschluss offen ist. Das würde zumindest Malones schräge Bemerkung erklären. Nein, nichts. Hat sich so schnell herumgesprochen, dass es mit Harrison und mir vorbei ist? Dass er mich im Heritage Park aus seinem Truck rausgeworfen und dort zurückgelassen hat? Klar, das ist Klatsch, doch letztlich ist es ja kein großes Ding. Wir waren nie richtig zusammen, und ich kann mir nicht vorstellen, dass sich irgendwer besonders für Harrison und mich interessiert hat.

Mit gesenktem Kopf gehe ich weiter durch den Flur zu meinem Schließfach. Mein Herz wummert, als ich meine Kombination eingebe. In meinem ersten High-school-Jahr habe ich drinnen einen Spiegel eingeklebt, und der war immer mein Lebensretter. Noch einmal überprüfe ich mein Aussehen, aber mit meinem Haar ist alles in Ordnung, mein Make-up stimmt, meine Klamotten sind definitiv ok, alles ist *gut*. Warum zur Hölle gucken mich alle so komisch an? Und jetzt, als ich darüber nachdenke, wird mir klar, dass keiner auf dem Flur mit mir geredet hat.

»Wie es aussieht, hattest du eine Menge Spaß auf Maddies Party«, sagt eine tiefe Stimme hinter mir.

Ich drehe mich so schnell um, dass mein Ellbogen gegen einen Metallspind knallt, und bin von Angesicht zu Angesicht mit Anthony. Noah steht neben ihm, und einige andere aus dem Team sind dicht hinter ihnen, umzingeln mich praktisch vor meinem Schließfach. Es ist beklemmend, aber nicht wirklich überraschend. Sie sind Harrisons Freunde. Jetzt werden sie mich genauso blöd anmachen, wie damals, als ich bei Noah auf Abstand gegangen bin. So machen das Jungs – da greift ihre idiotische Rudelmentalität.

»Ähm, ja, hatte ich«, sage ich, und alle kichern sie, was sich irgendwie unecht anhört. Außerdem sehe ich, dass sie Blicke wechseln, die Augen verdrehen und sich wie echte Arschlöcher benehmen. Mir ist schleierhaft, was so witzig sein soll.

»Wieso hast du für mich nie gestrippt?«, fragt Noah und beugt sich näher, als er die Unterlippe vorschiebt wie ein beleidigtes Kleinkind. Gleichzeitig legt er eine Hand an meine Hüfte und grinst mich schmierig an. »Wäre kein Problem gewesen, weißt du?« Anthony und die anderen Jungs lachen so sehr, dass es durch den Flur hallt.

Ich beiße die Zähne zusammen und schlage Noahs Hand weg. Der verdammte Harrison hat allen Freunden von uns erzählt. Ja, ich weiß, dass Jungs über solche Sachen reden. Ich bin ja mit Chyna nicht anders. Dennoch finde ich den Gedanken, dass das halbe Footballteam weiß, was mich scharf macht, widerlich.

Ich knalle meinen Schrank zu, drängle mich an dem massigen Anthony vorbei und gehe schnell weg von ihnen. Mein Herz rast. Ich werde panisch.

»Ach, komm zurück, Vanessa!«, ruft Noah mir nach. Ich weiß, dass inzwischen fast alle auf diesem Korridor zuhören, und meine Wangen glühen. »Anthony will doch bloß auch mal ran. Er hat gehört, dass es sich rentiert.«

Arschlöcher. Klar mache ich gerne mit Typen rum, aber was ist daran falsch – abgesehen davon, dass ich mit jedem Schluss mache, der mehr von mir will? Es ist nur Spaß. Ich kann mir aussuchen, wen von den heißen Typen ich will, das gefällt mir. Die Jungs benehmen sich, als wären es Hunderte gewesen, mit denen ich etwas angefangen habe, doch in Wirklichkeit sind es nur einige wenige. Ich bin mir ziemlich sicher, dass Noah schon mit mehr Mädchen an der Schule etwas hatte, als man zählen möchte, aber was er darf, darf ich noch lange nicht? Zur Hölle mit ihm und seiner Doppelmoral. Ich teile sie nicht, habe allerdings gelernt, die Dinge so zu akzeptieren, wie sie sind. Und ich ignoriere inzwischen die Bemerkungen, die ich mir deshalb anhören muss.

Heute kann ich es leider nicht.

Als ich durch den Flur gehe, höre ich dieses blöde Wort: *Schlampe*.

Ich bekomme nicht mit, wer es gesagt hat. Irgendein Mädchen, doch ich versuche nicht mal herauszufinden, wer es war. Meine Gedanken sind ein einziges Chaos.

Etwas geht vor. Etwas Übles. Das *spüre* ich. Ein komisches Gefühl von »Ich gegen die Welt«, als wäre jeder auf dieser gottverdammten Schule gegen mich. Ich komme mir ohnmächtig und bloßgestellt vor, als wäre meine Haut besonders dünn. Schlimmer noch ist, dass normalerweise das genaue Gegenteil zutrifft. Keine Ahnung, woher es kommt, aber auf einmal will ich mich verkriechen, mich ganz klein machen.

Ja, es gibt Leute, die nicht unbedingt meine besten Freunde sind, aber das habe ich noch nie so deutlich empfunden wie jetzt. Die meisten mögen mich, und ich mag die meisten. Deshalb habe ich einen großen Kreis von Leuten, mit denen ich abhängen kann, bei denen ich dazugehöre. Zumindest habe ich das gedacht. Jetzt gerade ist die Grenze zwischen Freund und Feind total verschwommen. Jeder fühlt sich wie ein Feind an.

Ich biege um die Ecke und stoße beinahe mit Chyna zusammen. Erleichtert atme ich auf. Allein durch diese Korridore zu gehen ist mir momentan zu viel, und ich bin ziemlich sicher, dass es an Harrison liegt, der Mist geredet hat. Vielleicht weiß Chyna, was er den anderen über mich erzählt hat.

»Oh, Gott sei Dank! Ich habe dich schon überall gesucht«, sagt sie hastig. Sie sieht so panisch aus, wie ich es eben war. »Ich habe schon eine Million Mal versucht, dich anzurufen!« Sie zieht mich in dem Moment in eine Toilette, in dem es zur ersten Stunde läutet. Die wenigen Mädchen drinnen gehen schnell, doch Chyna und ich bleiben vor den Waschbecken stehen.

»Musst du nicht bei deinem Treffen sein?«, frage ich sie, sobald wir allein sind. Ich höre den Lärm von draußen, als alle zu den Klassenräumen laufen. Inzwischen habe ich mich bereits damit abgefunden, dass ich zu spät zu Bio komme.

Chyna antwortet nicht. Stattdessen packt sie meine Schultern und starrt mich besorgt an.

Was zur Hölle ist los?

»Willst du schwänzen? Ich mache mit. Verschwinden wir aus Westerville. Wir fahren nach Columbus und …« Sie unterbricht kopfschüttelnd. »Oder nach Cleveland. Weit weg von hier. Was meinst du?«

»Chyna, langsam!« Ich bin verwirrt. Ist sie wegen irgendwas sauer? Warum will sie so dringend weg? »Wieso willst du schwänzen?«

Chyna sieht mich entsetzt an. »O Gott.« Sie nimmt die Hände von meinen Schultern und scheint in sich zusammenzusacken. »Du hast es noch nicht gesehen«, flüstert sie.

»Was gesehen?« Meine Worte sind wie Schmirgelpapier in meiner Kehle. Schreckliche Furcht überkommt mich, als ich das Rätsel zu durchschauen beginne. »Chyna, was habe ich noch nicht gesehen?«

»Scheiße«, stöhnt Chyna und sackt gegen eines der Waschbecken zurück. Sie presst beide Hände auf ihr Gesicht, damit sie mich nicht anschauen muss. »Ich habe gedacht, dir wurde es als Erste geschickt … tut mir leid. Ich will dir das wirklich nicht zeigen, aber …« Sie richtet sich auf, holt ihr Handy hervor und scrollt einige Sekunden, bevor sie es mir reicht. »Tut mir leid«, wiederholt sie. »Ich schlitze für dich Harrisons Reifen auf.«

Einen Moment lang sehe ich Chyna nur an. Ich habe keinen Schimmer, was ich gleich sehen werde, aber mir wird schlecht und ich beginne zu zittern. Mein Herz fühlt sich an, als wäre es zerquetscht worden.

Es ist ein Video.

Ich schlucke, tippe aufs Display, und sämtlicher Sauerstoff weicht aus meinem Körper.

Es ist ein Video von mir.

Von mir auf Maddie Romys Party am Samstag. Mir kommt es wie ein Fausthieb in den Magen vor.

In dem Video bin ich in dem Zimmer oben und hocke auf Harrison Boyds Schoß. Ich lächle völlig idiotisch direkt in die Kamera. Mir wird kalt bei dem Anblick. Ich betrachte Vanessa Murphy wie eine Wildfremde. Sie steigt von Harrison und steht auf. Langsam tanzt sie zur Hintergrundmusik, die Hände immer wieder in ihrem Haar, während sie sich auszieht. Die Aufnahme verwackelt, als sie zu Harrison zurückschlendert.

»Den Rest willst du nicht sehen«, sagt Chyna und nimmt mir ihr Handy ab, worüber ich froh bin. Sie hat recht: Ich *will* den Rest nicht sehen, denn ich weiß schon, was danach war. »Glaub mir«, ergänzt sie, »es dauert nicht mehr lange, und eigentlich kann man nicht viel sehen, aber …«

Ich bebe vor Zorn. Ich kann nicht mehr klar denken. »Er hat ein Video von mir rumgeschickt, wie ich *strippe?*« Fast reiße ich das verdammte Waschbecken raus und knalle die Faust gegen den fleckigen, rissigen Spiegel darüber. Wie lange hatte Harrison gefilmt? Ich bin so in Rage, dass ich überzeugt bin, hier in dieser Toilette in Flammen aufzugehen. Hitze bricht in meinem Innern aus und quillt über wie ein Vulkanausbruch.

Wie kann Harrison mir das antun? Ist er tatsächlich so sauer, weil ich Schluss gemacht habe, dass er mir mein Leben ruinieren will? Und ich weiß, wie so etwas läuft. Solche Sachen ruinieren einem wirklich das Leben.

Vor einigen Wochen wurden die Nackt-Selfies von Kristen Rogers an der Schule herumgeschickt, und tagelang hat keiner von etwas anderem geredet. Ich eingeschlossen. Steht man selbst nicht in der Schusslinie, findet man es sehr unterhaltsam … Die Leute mögen darüber reden, mit wem ich rummache, aber ich hatte noch nie das Pech, dem falschen Typen private Fotos zu schicken. Vielmehr habe ich mich gefragt, wie man so blöd sein kann. Und jetzt … jetzt bin ich eines von diesen blöden Mädchen, und es ist definitiv nicht witzig. Es ist beängstigend.

Deshalb haben sich alle so komisch benommen. Sie wissen Bescheid. Garantiert haben sie es alle gesehen. Solche Sachen verbreiten sich wie ein Lauffeuer. Überall in Westerville und wahrscheinlich auch in ganz Ohio. Vielleicht sogar noch weiter, doch daran will ich nicht denken.

»Chynaaaa«, heule ich und raufe mir die Haare. Ich atme schnell und versuche mich zu beruhigen, meine Angst zu bändigen. Natürlich kann Chyna nichts sagen, was dies hier wiedergutmacht. Das Video ist da draußen. Ich muss es irgendwie schaffen, mich nicht unterkriegen zu lassen, aus dieser Toilette gehen und damit leben, dass mich jeder an dieser verfluchten Schule nackt gesehen hat.

Was noch nicht mal das Übelste ist.

Das Schlimmste ist, dass Harrison kein Recht hatte, ein so intimes Video weiterzuschicken. Doch er hat es in der ganzen Schule rumgeschickt. An meine engsten Freunde, an Leute, die mich kaum kennen, an *jeden*. Was auch immer an Vertrauen zwischen uns existiert haben mag, ist restlos zertrümmert. Ich wollte keine Beziehung mit ihm, was jedoch nicht heißt, dass ich ihn nicht gemocht habe. Offensichtlich liegt ihm nichts an mir, und dass er so etwas tut, heißt wohl, dass ich ihm von Anfang an egal war. Denn hätte er auch nur einen Funken Respekt vor mir, würde er niemals einen so intimen gemeinsamen Moment mit anderen teilen.

Es ist der schlimmstmögliche Verrat.

Meine Handflächen sind feucht. Ich streiche sie an meiner Jeans ab und sehe zu einem Schmutzfleck auf dem Fußboden. Meine Atmung ist zu schnell, mein Herz rast, und plötzlich wird mir schwindlig. Alles um mich herum verschwimmt. Bekomme ich ernsthaft einen Herzanfall?

Chyna legt eine Hand auf meine Schulter, um mich zu beruhigen. »Er ist so ein Arsch«, sagt sie und steckt ihr Handy weg. Sie lächelt mir mitfühlend zu. »Übrigens finde ich, dass du in dem Video höllisch heiß aussiehst.«

Das ist mehr als unangebracht, dennoch liebe ich sie dafür. Deshalb sind wir beste Freundinnen. Keine Verurteilungen. Niemals.

Ich erwidere ihr Grinsen, obwohl ich innerlich zerbreche. Es kostet mich meine gesamte Kraft, nicht umzukippen. »Wenn eines schlimmer ist, als ein Sextape von sich veröffentlicht zu haben, ist es ja wohl ein *mieses* Sextape. Also, es könnte übler sein, nicht?«, frage ich und bemühe mich sehr, cool zu bleiben. Und ich glaube mir selbst nicht. Schlimmer als dies hier kann es nicht werden.

Mir brennen Tränen in den Augen, aber ich kämpfe gegen sie an. In mir toben so viele unterschiedliche Gefühle, doch das Einzige, worauf ich mich konzentrieren kann, ist Zorn. Ich werde Harrison suchen, denke ich, und mir fällt ein, dass ich genau weiß, wo er ist. »Er ist in meinem Bio-Kurs«, platze ich heraus, und bevor Chyna etwas sagen kann, stürme ich aus der Toilette auf den leeren Flur.

Der ungeheure Verrat treibt mich an.

Für den Typen ist es immer in Ordnung, denke ich, als ich den Korridor entlangrenne. Klar, Harrison ist auch in dem Video, aber das interessiert keinen. Nein, alle urteilen sie über mich. Verurteilen mich, weil ich auf der Party mit ihm zusammen war. Weil ich so leicht rumzukriegen war. Nicht, dass sie das nicht sowieso schon dachten. Aber jetzt haben sie den Beweis. Etwas, das sie nutzen können, um Vanessa Murphy zu brechen, worauf eine Menge Leute sicher schon seit Jahren gewartet haben. Mir ist durchaus bewusst, dass die Mädchen hier – selbst die, mit denen ich befreundet bin – mich insgeheim verurteilen, weil die Jungs mich beachten. Auch wenn ich nicht weiter darüber nachdenke, nehme ich an, dass es an ihrer Unsicherheit, ihrer Eifersucht und ihren Ängsten liegt. Wer weiß? Ich will keinem wehtun, aber solche Spiele mache ich nicht mit. Und die Jungs … tja, einigen von denen gefällt nicht, dass ich sie keines zweiten Blickes würdigen würde, während andere mir nachtragen, dass ich mit ihnen Schluss gemacht habe. Ich habe immer gekriegt, was ich wollte, und das stört einige Leute. Jetzt zahlen sie es mir heim. Sie rotten sich gegen mich zusammen und sind froh, dass es endlich mal nicht so läuft, wie ich will.

Ich gehe immer schneller, weil ich das mit ihm klären muss.

»Vans, warte!«, ruft Chyna mir nach. Ihre Stimme hallt durch den verlassenen Flur, aber ich will nicht warten.

Ich muss Harrison in die Finger bekommen, und mir ist egal, was mich erwartet, wenn ich jemanden auf dem Schulgelände angreife.

Mr. Lees Unterrichtsraum ist schon zu sehen. Ich koche vor Wut, und mein Adrenalinpegel ist sehr hoch. Als ich die Tür aufstoße, sehen alle zu mir, doch ich suche nur ein Gesicht.

»Wie nett, dass Sie sich auch zu uns gesellen, Miss Murphy«, ätzt Mr. Lee von seinem Pult aus. »Setzen Sie sich bitte auf Ihren Platz, solange ich das Formular fürs Nachsitzen ausfülle.«

Ich höre ihm nicht zu, sondern sehe zu Harrison. Er ist an seinem Tisch in der hinteren Ecke und richtet sich halb auf, als er mich bemerkt. Dann wechselt er einen Blick mit Anthony neben ihm. Nun wirkt er ängstlich. Jede Wette, dass er gedacht hat, ich würde auf der Toilette flennen. Na ja, habe ich ja auch eben. Und genau das hatte er gewollt – dass ich mich schäme und mich nicht mehr zu zeigen wage.

»Gönn uns eine Show!«, ruft Anthony und wackelt mit seinem Oberkörper. Er grinst, als alle im Raum leise lachen.

Mit geballten Fäusten gehe ich zwischen den Tischen hindurch auf Harrison zu, starre nur ihn an und ignoriere das Gemurmel um mich herum. Er wird blass.

»Vaness…«, setzt er an, doch meine schallende Ohrfeige bringt ihn zum Schweigen.

»Ich habe mit Direktor Stone gesprochen. Sie haben *großes* Glück, dass Sie nicht sofort einen Verweis bekommen haben«, sagt meine Beratungslehrerin, Mrs. Delaney, als sie zurück in ihr vollgestelltes Büro kommt.

»Also kann man nicht wegen Notwehr verwiesen werden. Gut zu wissen.«

»Scherze sind unangebracht, Vanessa«, sagt sie streng und sinkt auf ihren Stuhl mir gegenüber. Mein Blick wandert von ihrem grau melierten Haar zu ihren knallroten Crocs. Eigentlich ist sie zu alt für eine Beratungslehrerin. Was weiß sie schon über Teenager? Unseren Humor versteht sie jedenfalls nicht. »Warum genau haben Sie die Hand gegen Harrison Boyd erhoben? Gibt es etwas, das die Schule wissen sollte?«

»Weil er ein Idiot ist«, winke ich lässig ab. Ich mag ihren sanften, besorgten Tonfall nicht. Dies hier ist keine Therapiesitzung. »Darf ich jetzt gehen? Ich sehe ein, dass ich ihn nicht hätte schlagen sollen, also geben Sie mir einfach das Formular fürs Nachsitzen, und ich verschwinde.«

Mrs. Delaney starrt mich an. »Vanessa«, sagt sie kopfschüttelnd. Fast scheint sie gekränkt, weil ich nicht mitspiele, aber ich weigere mich, meiner Beratungslehrerin zu verraten, zu was für einer Hölle mein Leben plötzlich geworden ist. »Sie haben einen Mitschüler geschlagen. Warum? Hat Harrison Sie provoziert?«

Beinahe lache ich, reiße mich jedoch zusammen. »Echt, es ist nur ein privates Drama«, antworte ich frustriert. Das Letzte, was ich will, ist, mit einer Frau über ein Sextape zu reden, die meine Großmutter sein könnte. Ich will bloß aus diesem muffigen Büro kommen. Deshalb stehe ich auf. »Wir sollten unsere Probleme nicht auf dem Schulgelände regeln, das habe ich verstanden. Darf ich jetzt bitte mein Formular haben?«

Widerwillig unterschreibt Mrs. Delaney die zwei Wochen Nachsitzen, und ich muss ihr das Formular praktisch entreißen, ehe sie mich gehen lässt. Im Hauptbüro draußen ist es still. Die meisten Schreibtische sind leer, und die Türen zu den anderen Einzelbüros sind geschlossen. Muss ein wilder Vormittag an der Westerville North sein.

Seufzend sehe ich nach unten zu meinen Händen, um den Schaden zu begutachten. Bei der Ohrfeige habe ich zwei Kunstnägel verloren und noch einen in Mrs. Delaneys Büro, als ich die Hände zu fest ballte. Trotzdem denke ich nicht über einen Termin bei der Maniküre nach. Alles, was mir durch den Kopf geht, ist, wie *peinlich* alles ist. Heute schwänze ich. Es ist alles noch zu frisch. Verdammt, wäre es ein anderes Mädchen in dem Video, würde ich auch darüber reden. Sie mustern. Mich über sie lustig machen. Deshalb lasse ich den Rest des Tages ausfallen. Chyna wartet schon draußen auf dem Parkplatz. Zwar werden wir nicht nach Cleveland fliehen, aber wir gönnen uns ein Eis von unserer Lieblingseisdiele in der Stadt.

»Bist du nicht das Mädchen aus dem Video?«, bricht eine Stimme die Stille, und ich bleibe wie versteinert mitten im Schulbüro stehen. Auf einem der Stühle an der Wand sitzt ein Typ, der die Hände zwischen seinen Beinen baumeln lässt. Total lässig, total sorglos. Er kann nicht von dieser Schule sein, denn ich erkenne ihn nicht.

»Ja, bin ich«, antworte ich, weil es besser ist, dazu zu stehen. Jedes Leugnen wäre Quatsch. »Und, nein, ich liefere dir keine Privatshow.«

»Wie ich höre, hat es für reichlich Aufruhr gesorgt.« Der Junge mustert mich neugierig. »Aber ich wollte gar nicht fragen. Glaub mir, du bist nicht mein Typ.«

»Ah, schon klar.« Ich grinse ihm zu, denn ich kann ebenso gut gleich mitspielen. »Du stehst auf den süßen, unschuldigen Typ, ja? Keinen Abschaum wie mich.«

»Eigentlich ziehe ich einfach nur Blondinen vor.«

Für einen kurzen Moment schließe ich die Augen, und ein Stöhnen hängt in meiner Kehle. Ich fahre mir mit der Hand durchs Haar und atme ein paarmal tief ein. »Tut mir leid. Es war ein beknackter Morgen«, gestehe ich. »Ich wollte das nicht an jemand anderem auslassen.«

»Ja, das wette ich. Darf ich dich was fragen?«

»Nein, der Sex war es nicht wert.«

Wieder grinst er und wartet kurz, als müsse er ein Lachen unterdrücken. »Eigentlich wollte ich dich fragen, ob du oft die Getränke anderer Leute verschüttest.«

Entgeistert sehe ich ihn an, bis mein Verstand endlich schaltet. In Gedanken bin ich so sehr fixiert auf Harrison, das Video und meine bleibende Furcht, in Ohnmacht zu fallen, dass ich erst jetzt begreife, wer das ist.

Er war auf Maddies Party am Samstag, war dort uneingeladen mit dem Rest des Footballteams von der Westerville Central aufgetaucht … und ich war mit ihm zusammengestoßen. Ich *hatte* seinen Drink verschüttet, und er hatte mir gesagt, ich solle aufpassen. Und danach hatte er diese dämliche Prügelei mit Harrison gehabt.

Ich mag stocknüchtern sein, dennoch ähneln meine Gedanken jetzt denen vom Samstag – und da war ich betrunken. Es ist, als würde ich ihn wieder zum ersten Mal sehen. Einige Sekunden lang schaue ich ihn an. Tatsächlich lenkt mich seine Präsenz von meiner schmerzlichen Scham ab.

Das lockige Haar, der warme Bronzeton seiner Haut, die leuchtend blauen Augen … Wieder konzentriere ich mich auf seine gespaltene Braue, um nicht auf seine lächerlich perfekten Lippen zu starren.

»Ah … tut mir leid«, bringe ich schließlich heraus, und

meine Stimme klingt wieder wie meine eigene. »Was machst du hier?« Ich blicke mich in dem Schulbüro um, als wollte ich ihn daran erinnern, dass er hier nicht zur Schule geht.

»Ich habe gerade von der Central hergewechselt. Ist mein erster Tag«, antwortet er und enthüllt beim Lächeln makellose Zähne. Mein Herzschlag ist nach wie vor zu schnell, jetzt jedoch aus einem anderen Grund. »Eines interessiert mich aber«, fährt er fort. »Das ist Harrison Boyd in dem Video, oder? Hat er es verbreitet?«

»Ja, und meinetwegen darf er zur Hölle fahren.«

»Falls es dir ein Trost ist, du bist nicht die Einzige, die er verarscht hat.« Der Typ steht auf und macht einen Schritt auf mich zu, während ich mir mein Hirn zermartere, wie er noch mal heißt. Ich weiß noch, dass Harrison mir seinen Namen gesagt hatte, nur ist das alles in einem Nebel. Stumm warte ich ab und schaue zu ihm auf. Er ist deutlich größer als ich, und auf einmal kommt er mir mysteriös vor. »Ich kann dir eine Menge über den Typen erzählen, und es ist nichts Nettes.«

Ich habe keine Ahnung, wovon er redet. »Läuft da eine schräge Football-Rivalität zwischen euch?«, frage ich lahm.

»Nein, es ist persönlicher.« Seine Augen verdunkeln sich, als er zu Boden sieht, und sein Lächeln ist weg.

Ich bin mir nicht ganz sicher, warum er jetzt mit mir redet oder was zwischen ihm und Harrison ist, aber ich bin seltsam froh, ihn wiederzusehen. Letzten Samstag habe ich gedacht, er wäre nur einer von diesen Wahnsinnstypen, denen man einmal und nie wieder begegnet. Und jetzt ist er hier, steht in *meinem* Schulbüro und sagt mir, dass er Harrison Boyd ebenfalls hasst.

»Willst du das näher erklären?«, frage ich. Meine Haut kribbelt, aber ich versuche, nicht verschämt zu klingen.

»Nein«, sagt er und schnalzt mit den Lippen. Jetzt blickt er sich in dem Büro um, wo bisher noch keiner an seinen Schreibtisch zurückgekehrt ist. »Ich wollte dir nur sagen, dass du nicht allein bist. Ich weiß, was für ein Typ Harrison ist, und, glaub mir, ich verachte ihn wahrscheinlich mehr als du.«

Das ist ziemlich kryptisch. Harrison kann manchmal ein ziemlicher Macho sein, aber insgesamt ist er beliebt. Er ist im Footballteam der Schule, hat gute Noten, und reichlich Mädchen finden ihn süß. Jetzt scheint es, als hätte Harrison nicht nur mich verarscht. Denn der Typ vor mir hat offensichtlich auch ein Problem mit ihm. Welches, weiß ich nicht, aber es ist gut zu wissen, dass es noch jemanden gibt, der nicht auf Harrisons nettes Getue hereinfällt.

»Wie gerne würde ich ihm sein Leben ruinieren«, sage ich, denn ich finde, er hat es nicht verdient, so leicht davonzukommen. »Rache wäre schön.«

Er neigt den Kopf zur Seite, und seine blauen Augen blitzen. »Rache«, wiederholt er und lässt das Wort für eine Weile im Raum stehen. Dann runzelt er die Stirn, ohne den Blick von mir abzuwenden. »Das ist gar keine schlechte Idee.«

»Es war ein Scherz«, sage ich, obwohl es keiner war.

Doch er ignoriert es. »Überleg mal. Du bist sauer auf Harrison Boyd, und ich bin es auch. Wir könnten ihn wirklich verarschen«, sagt er, als würde er laut nachdenken. Nun sieht er ins Nichts. »Ihn mal merken lassen, wie sich das anfühlt. Könnte lustig werden. Und wir können uns gegenseitig helfen.«

Mein Puls hämmert in meinem Kopf. So gesehen, ist es ein reizvoller Vorschlag. Er hat recht: Es könnte Spaß machen, mit Harrison zu spielen, vor allem wenn ich es nicht allein machen muss. Der heutige Morgen ist gruselig gewesen, und das wird noch länger so weitergehen. Harrison verdient es, auch zu leiden.

Der Typ sieht mich wieder an, und ich kann seinen Blick nur erwidern. *Verflucht, wie heißt er?* »Ich glaube, wir sind uns noch nicht richtig vorgestellt worden«, sage ich, als wären wir bei einem Geschäftsmeeting.

»Tja, ich weiß, dass du Vanessa bist«, entgegnet er belustigt und reicht mir die Hand. Sein Lächeln ist frech, ein bisschen verschlagen, aber irgendwie trotzdem noch sehr charmant. »Was meinst du? Partner?«

Zunächst starre ich ihn bloß an. Es könnte interessant werden. Da meine Würde offensichtlich bei Maddies Party draufgegangen ist, habe ich wohl nicht mehr viel zu verlieren, oder? Ich gebe ihm die Hand, und er drückt meine fest. Seine Haut ist warm und glatt, und sie jagt mir einen Stromschlag von den Fingerspitzen über den ganzen Rücken hinunter. »Tja, Partner, schätze ich.«

Ich höre, wie eine Tür aufschwingt, und Mrs. Delaneys Stimme hallt durchs Büro. »Kai Washington? Entschuldigen Sie, dass Sie warten mussten.«

»Kein Problem«, antwortet er ihr über meine Schulter hinweg.

Meine Hand ist noch in seiner, und er hält sie fest, dreht sie um und zieht einen Marker aus seiner Tasche. Es kitzelt, als er seine Handynummer auf meine Haut schreibt, und ich kann nicht umhin zu bestaunen, wie meine Hand genau in seine passt. *Kai Washington,* denke ich und wiederhole den Namen im Kopf.

»Ruf mich an«, murmelt er und geht mit Mrs. Delaney in ihr Büro.

Ich schaue ihm verwirrt nach, und mir läuft ein Schauer über den Rücken. Seine ruhige, coole Art hat etwas. Zugleich weiß ich, dass er genau die gegenteilige Wirkung auf mich haben sollte, denn mir ist klar, dass dieser Typ Ärger bedeutet. Ich sollte schnellstens weglaufen, trotzdem fühle ich mich von ihm heute genauso angezogen wie auf der Party.

Ich blicke auf meine Hand und verdrehe die Augen, als ich sehe, was dort steht. Und dann hole ich mein Handy hervor und speichere seine Nummer unter meinen Kontakten.

Mein Eintrag dazu lautet: *Kai Washington (Partner)*.

4

Du triffst also diesen Irren aus dem Schulbüro, über den du rein gar nichts weißt, und er lockt dich aus der Stadt, bringt dich um und schmeißt deine Leiche in einen Graben hinter irgendwelchen Bäumen. Welchen Song soll ich bei deiner Beerdigung spielen?«

Ich sehe Chyna wütend an. Wir müssten in der Schule sein, sitzen aber im Rollies und essen eine zweite Portion Eis. Wir stehen beide auf Chocolate-Chip. »Er ist kein Irrer«, widerspreche ich. »Er ist von der Central, schon vergessen?«

»Oh, noch schlimmer«, stöhnt Chyna und lässt ihren Kopf auf die Tischplatte sinken. Ich finde es immer klasse, wenn sie theatralisch wird. Es bringt mich zum Lachen, und heute kann ich das wirklich gut gebrauchen.

»Ehrlich, er ist … faszinierend«, sage ich und unterdrücke ein Lachen, als ich sie vom Tisch hochziehe. Dann strecke ich ihr die Zunge raus, bevor ich noch einen Löffel Eis esse. Unwillkürlich spiele ich die letzte Begegnung mit Kai im Kopf noch mal nach. Ich habe echt eine Schwäche für große, hübsche Jungs, vor allem wenn sie blaue Augen und Selbstbewusstsein im Überfluss besitzen. *Umpf.* Er war eine willkommene Abwechslung bei dem ganzen Mist heute. »Und er ist außerdem tierisch heiß«, erkläre ich.

Chyna schnippt vor meinem Gesicht mit den Fingern. »Geht es hier um Rache an Harrison oder um dein Treffen mit diesem neuen heißen Typen?«

»Um Rache natürlich«, sage ich. Was nicht gelogen ist. Der heiße Komplize ist nur zufällig ein Pluspunkt. Ich zeige mit meinem Löffel auf Chyna. »Du hast angeboten, die Reifen von Harrisons Truck aufzuschlitzen. Die Idee finde ich gut. Ich merke sie mir.«

»Vans … Bist du sicher, dass du das machen willst?« So, wie sie mich anguckt, hält sie meinen Plan für moralisch – oder gesetzlich – fragwürdig. Hierin ist sie gut: immer nett, immer vernünftig. Ausgenommen ihre Angewohnheit, Schreibmaterial zu klauen wie Elstern Glänzendes. »Klar, nur zu, räche dich, aber bring dich nicht in Schwierigkeiten.«

Ehrlich, mit dem Eis und der Begegnung mit Kai gelingt es mir, die Gedanken an das Video, das sich in der gesamten Stadt verbreitet hat, für ein oder zwei Minuten aus meinem Kopf zu vertreiben. Ich konzentriere mich darauf, mich auf alle erdenklichen Arten an Harrison zu rächen. Es ist fast schon aufregend. Mir ist bewusst, dass es um ein Vielfaches leichter ist, meine Kraft ins Heimzahlen zu stecken, als mich von der Kränkung und dem Verrat, der Scham und der Peinlichkeit auffressen zu lassen. »Hast du bessere Ideen?«

»Mit Trucks kenne ich mich nicht aus, aber ich bin gut mit Computern, also sag Bescheid, wenn ich für dich hacken statt schlitzen soll«, murmelt Chyna leise und stochert in ihrem Eis, als sei ihr nicht wohl dabei, mit eingespannt zu werden. Sie sieht mich an. »Übrigens ist jetzt

Mittagspause. Ruf diesen heißen Irren an. Ich will hören, was er sagt.«

Ich sehe zu der alten Wanduhr und beobachte, wie sie einige Sekunden weitertickt. Es ist erst ein paar Stunden her, seit ich Kai in dem Büro getroffen habe. »Soll ich nicht lieber bis heute Abend warten?«

»Ruf ihn an«, befiehlt Chyna sehr streng.

Und ich sträube mich nicht sehr, denn ich will wissen, wie genau meine Verschwörung mit ihm aussehen soll. Was zum Beispiel als Erstes auf dem Plan steht. Ist er dabei, wenn es ans Reifenaufschlitzen geht? »Okay, okay. Ich rufe ihn ja schon an.« Ich greife nach meinem Handy, rufe die Nummer von *Kai Washington (Partner)* auf und tippe auf »Anrufen«, ehe ich zögern kann.

Es klingelt so lange, dass ich schon denke, ich lande auf der Mailbox, aber dann antwortet jemand: »Nein, ich will keinen Preis von irgendeinem Preisausschreiben, bei dem ich nie mitgemacht habe, und, nein, ich bin nicht bereit, irgendwelche Kontodaten durchzugeben!«

Vielleicht hat Chyna recht. Vielleicht *ist* er ein Irrer. »Kai? Hier ist Vanessa«, sage ich, und es klingt erbärmlich. Ich höre mich … nervös an. Was verrückt ist. Ich bin es gewohnt, Typen anzurufen und richtig zu flirten, aber vielleicht ist das das Problem. Vielleicht bin ich es nicht gewohnt, mit ihnen rein platonisch zu reden.

»Hey, Partner«, sagt Kai, und es überrascht ihn anscheinend kein bisschen, so bald von mir zu hören. Seine Stimme klingt ein wenig rau, das war mir zuvor gar nicht aufgefallen. »Sollen wir uns Codenamen für uns ausdenken? Für mich zum Beispiel … *Captain Washington,* bis ich mir etwas Cooleres überlegt habe. Und für dich?«

Okay, er ist definitiv irre. »Ähm …«

»Dann also *Nessie*«, sagt er, bevor ich weiter bin.

»Wie bitte?«

»Herhören, Nessie«, fährt er fort. »Hier ist Captain Washington. Wir müssen uns heute Abend noch treffen und unseren Schlachtplan besprechen. Bei dir oder bei mir?«

Mich erschreckt, wie direkt er ist. Immerhin sind wir uns immer noch völlig fremd, und er fängt schon an, mir Spitz- oder Tarnnamen zu geben und zu sich einzuladen?

»Das ist jetzt hoffentlich kein Trick, damit ich mit in dein Zimmer gehe.«

»Nochmals, Nessie, du bist nicht mein Typ«, sagt Kai vollkommen ernst.

Schon klar. Er mag Blondinen, und mein Haar ist so dunkelbraun, wie es nur irgend geht. Chyna sitzt mir gegenüber auf der Stuhlkante, hat die Augen weit aufgerissen und wartet auf irgendeinen Hinweis von mir, was Kai sagt, aber ich schüttle nur den Kopf. Mir entgeht nicht, dass ihr ein Grinsen übers Gesicht huscht, bevor ich mich zum Fenster wende.

»Treffen wir uns irgendwo, wo mehr Leute sind«, sage ich. Nicht dass ich Angst hätte, Kai könnte mich umbringen oder so. Ich will bloß nicht in ein fremdes Haus gehen, und ganz sicher will ich ihn nicht in mein kaltes Zuhause einladen.

»Okay, dann in der Bücherei um acht.«

»In der Bücherei?« Ich schnaube, denn ich habe noch nie einen Fuß in die Bücherei gesetzt. Ich blicke aus dem Fenster und kann sie von hier aus sehen, gleich gegenüber. Westerville ist wirklich ein kleiner Vorort; die meisten Leute fahren eher nach Columbus, um etwas zu erledigen.

»In der ist eher wenig los, oder? Wen kennst du, der abends in die Bücherei gehen würde?«, fragt er, und ich verstumme. »Genau«, sagt er. »Und die Operation Boyd-kott ist absolut geheim.«

»Operation Boyd-kott?« Hatte er das echt gerade gesagt? Wie auch immer, ich muss lachen. Er nimmt das alles viel zu ernst, ist aber dabei irgendwie auch witzig. Mir war nicht klar, wie viel Spaß es machen kann, jemand anderem das Leben zu versauen. »Okay, Bücherei um acht. Du trägst nur Schwarz. Und vergiss den schwarzen Hoodie und die Handschuhe nicht, Captain Washington«, sage ich, weil ich mich auf seine Tarnnummer einlasse. Zwei Teenager, die auf Rache sinnen und sich in den verborgensten Winkeln der Stadtbücherei von Westerville einen Racheplan ausdenken ... ja, geht.

»Roger, Nessie. Wir sehen uns in der Bücherei«, meldet Kai. »Captain Washington, over and out.«

Er legt auf, und die Leitung ist tot, trotzdem halte ich das Telefon noch wie in Trance an mein Ohr. Dabei bekomme ich gar nicht mit, dass ein paar Hipster-Hundesitter glauben, ich würde ihnen zulächeln, als sie draußen vorbeigehen.

Als ich wieder zu mir komme, sieht Chyna mich entsetzt an. »Ich muss mal mein Gehör untersuchen lassen, denn du hast den Typen eben auf keinen Fall *Captain Washington* genannt, oder?«

»Sorry, private Information«, scherze ich und presse um des Effekts willen meine Lippen zusammen.

Chyna sieht aus, als wolle sie mir den Rest ihres Eises ins Gesicht schleudern, doch sie wird abgelenkt, als ihr Handy auf dem Tisch summt. Sie nimmt es und seufzt. »Mein Dad«, sagt sie. »Jetzt muss ich erklären, warum ich nicht in der Schule bin. Keine Sorge, ich sage bloß, dass du Stress mit einem Jungen hast und die moralische Unterstützung deiner besten Freundin brauchst.« Sie nimmt das Gespräch an und dreht sich von mir weg.

Ich sehe zu meinem Handy, als würde ich jeden Moment mit einem Anruf von meinem Dad rechnen. Wie dumm von mir. Ich kann mich nicht mal erinnern, wann mein Vater mir zuletzt auch nur eine Textnachricht geschickt hat. Es muss einige Wochen her sein, und da hatte er mich gebeten, auf dem Rückweg noch Milch zu besorgen. Ich würde alles tun, damit er mich jetzt anruft und übers Telefon anschreit. Alles, damit er fragt, wo ich bin und warum ich mich mit Eis vollstopfe, anstatt im Englischunterricht zu sitzen. Und ich würde alles tun, damit er mich fragt, ob alles okay ist, denn dann könnte ich ihm sagen, dass es das nicht ist.

Das grüne Rostmonster steht nicht in der Einfahrt, als ich später am Nachmittag nach Hause komme. Das ist gut, weil es bedeutet, dass Dad bei der Arbeit ist und nicht wieder am Esstisch hockt und wie besessen an seinem Traum von einer Irlandreise bastelt. Er hat den aufreibenden Polizeidienst quittiert, als wir Mom verloren, und ist jetzt bei einem Sicherheitsdienst in einem Kaufhaus angestellt. Mir ist klar, dass er nicht mehr ganz da ist, deshalb sorge ich mich um ihn. Der neue Job verlangt ihm nicht viel ab, und ich wünschte, er würde sich häufiger mit Freunden treffen, fürchte jedoch, dass er keine mehr hat. Es fühlt sich an, als hätte er sämtliche Beziehungen gekappt. Wir haben eine riesige Verwandtschaft, nur sind die Murphys über den ganzen mittleren Westen verteilt, sodass wir uns nur selten gegenseitig besuchen. Ich schätze, mein Dad ist einsam, aber zu sehr mit sich selbst beschäftigt, um es zu bemerken; bis er eines Tages vielleicht aufblickt und begreift, dass er alle von sich gestoßen hat. Vorbei sind die Zeiten, als er jeden Donnerstag mit Kennedy und mir essen und ins Kino ging, die Nächte, in denen er mit seinen Freunden in unserer Küche Poker spielte oder Mom spontan zu einem romantischen Wochenende entführte. All jene Momente wird es nie mehr geben.

Im Haus ist es still, als ich reinkomme. Kennedy hockt im Schneidersitz auf dem Wohnzimmersofa, merklich angespannt, und starrt auf den Fernsehbildschirm.

»Hey«, sage ich, als ich an ihr vorbeigehe, bleibe aber stehen, weil sie nicht antwortet, und drehe mich zu ihr um. »Ich habe Hey gesagt.«

»Ich weiß von dem Video«, entgegnet Kennedy matt. Sie kann mich nicht ansehen, was okay ist, denn ich möchte ihr auch nicht in die Augen schauen. »Alle meine Freundinnen reden darüber. Sie nennen dich eine …«

»Ich weiß«, unterbreche ich sie, und mir wird flau. Ich will nicht, dass meine Schwester es ausspricht, ich kann es mir auch so denken. »Aber ich habe nichts verbrochen. Das Video sollte privat bleiben. Hast du … hast du es gesehen?«

»Nur die ersten Sekunden«, antwortet sie. »Ich habe ihnen nicht geglaubt, deshalb musste ich nachsehen.«

Frische Wut tobt in mir, weil Harrison meiner Schwester das hier antut. Sie geht auch auf die Westerville North. Sie hört all den Spott und den Tratsch, und für mich gibt es nichts Schlimmeres, als dass meine Schwester *meinetwegen* gedemütigt wird. Wenigstens hat sie es nicht ganz gesehen. Bei dem Gedanken, wie sie es sich anguckt, erschaudere ich.

»Kannst du mir einen Gefallen tun?«, frage ich leise, setze mich auf die Armlehne der Couch und stupse sie mit meinem Knie an. »Rede mit mir darüber, so viel du willst, aber … bitte, sag Dad nichts.«

»Als würde er mir zuhören«, murmelt sie.

Ja, sie weiß es auch: Wir sind beide unsichtbar für ihn. Mit Dad zu sprechen ist, als würde man Worte ins Nichts werfen. Egal, wie laut man wird, wie sehr die Lunge schmerzt, man kann ewig schreien, und es kommt keine Reaktion. Er ist bloß die Hülle von einem Mann, als wären ihm bei Moms letztem Atemzug Herz und Seele aus der Brust gerissen worden. Und es ist nichts als Leere geblieben.

»Danke«, ist alles, was ich sage, und ich drücke ihre Schulter. Mit dieser Geste will ich ihr vermitteln, dass ich genau weiß, wie sie sich fühlt. »Und übrigens zahle ich es Harrison heim. Also ist deine Lebenslektion für heute, dich nie von einem Typen verarschen zu lassen. Und wenn er es doch tut, verarschst du ihn eben auch.«

Wieder drücke ich ihre Schulter, und endlich sieht Kennedy mich an. »Wie willst du das machen?«, fragt sie neugierig.

»Den Teil habe ich mir noch nicht überlegt«, gestehe ich. »Aber ich habe Hilfe, und die scheint zu allem bereit.«

Sie stöhnt laut. »Oh, dann kriegst du solchen Ärger!«

»Wie gut, dass es Dad nicht interessiert, was?« Ich zwinkere ihr zu, und wir beide kichern. Wir haben uns schon an diesen schwarzen Humor gewöhnt. Es ist leichter, Witze zu machen, als uns einzugestehen, was wir wirklich wollen – was wir brauchen, seit unsere Mom nicht mehr da ist. Wir brauchen einen Vater, der sich wie einer verhält.

»Das heißt dann wohl, dass ich nie mit Harrisons Bruder zusammenkomme«, sagt sie. »Danke auch, Schwesterherz.« Seufzend wendet sie sich wieder dem Fernseher zu, und ich schneide eine Grimasse, als ich zur Treppe gehe. Vorher erinnere ich sie allerdings noch, dass sie in fünf Minuten ausschalten und ihre Hausaufgaben machen muss.

Ich fühle mich ausgelaugt und zugleich total energiegeladen. Ersteres, weil mir den ganzen Tag so viel durch den Kopf gegangen ist. Zum Beispiel, was ist, wenn meine Lehrer das Video sehen? Was ist, wenn jemand es auf irgendeine Pornoseite mit einer Milliarde Abonnenten stellt? Was ist, wenn es *nicht* vorbeigeht und ich mir bis zum Schulabschluss Hohn und Spott anhören muss? Was ist, wenn es mich bis zum College und danach verfolgt; wenn ich für immer mit der Angst leben muss, dass jemand es entdeckt? Mir ist klar, dass solche Sachen Leben zerstören können.

Deshalb treibt mich die Vorstellung an, Harrisons ebenfalls zu zerstören. Er darf mir das nicht ungestraft antun. Nein, er wird bezahlen, und ich kann es nicht erwarten, mir auszudenken, wie. Etwas mit seinem Truck anstellen? Seinen Freunden? Seinem Platz im Footballteam? Seiner Familie? So viele Möglichkeiten … Und mir ist gleich, dass es mich genauso fies macht wie ihn. Ich will Rache, und ich werde alles tun, um sie zu bekommen. Er muss für seinen Verrat bezahlen.

Ich gehe die Treppe hinauf und bleibe oben abrupt stehen. An der Wand vor mir ist ein Foto von Mom, als sie ein Teenager war. Jung und schön grinst sie in die Kamera. Ihr Lächeln war immer etwas zu breit, und sie hat eine Hand an ihrem aufgeplusterten Haar. Diese mit Haarspray fixierte Dauerwelle war in den 1980ern cool und modern, schwor sie früher immer. Jeden Tag schaue ich das Bild an. Jeden Morgen, wenn ich mein Zimmer verlasse, jeden Abend, wenn ich nach Hause komme. Doch heute wird mir das Herz schwerer als sonst, zu schwer, als dass mich Moms Modesünden zum Schmunzeln bringen. Weil ich ein schlechtes Gewissen habe. Wäre sie hier, sie wäre enttäuscht.

Als ich in der sechsten Klasse war, bekamen alle Eltern einen Brief von der Schule, in dem vor den Gefahren gewarnt wurde, die auf den Social-Media-Seiten lauerten. Mom setzte sich mit mir in der Küche hin und ging einige simple Regeln mit mir durch. Niemals online fluchen. Nie irgendwas Gemeines über Mitschüler sagen. Nie persönliche Informationen rausgeben. Nie unangebrachte Bilder von mir einstellen …

Ich habe jede einzelne dieser Regeln gebrochen. Wie würde sie sich jetzt fühlen, wenn sie wüsste, dass ein Video von mir im Internet kursiert? Wie würde sie mit dieser Schande umgehen – meiner und ihrer –, weil ich nicht auf sie gehört habe? Weil ich ihr Vertrauen missbraucht habe, dumm und gedankenlos war und mich nicht an das hielt, was sie mir gesagt hatte?

Vor Scham krümme ich mich innerlich. Jetzt bereue ich es. Ich habe gewusst, was Harrison tat. Im Nachhinein ist klar, dass ich ihm das nie hätte erlauben dürfen. Ich hätte ihm sagen müssen, dass er das Handy wegpacken soll. Aber ich fand es sexy, intim. Und ich dachte, dass ich ihm vertrauen kann.

Ich wünschte, Mom wäre hier. Selbst wenn es hieße, dass sie das ganze Haus zusammenbrüllen würde. Selbst wenn sie mir für immer Hausarrest geben würde. Selbst wenn es bedeutete, dass ich meine Zimmertür vor ihrer Nase zuknalle.

Wenigstens würde es sie interessieren.

Wenigstens wäre sie am Leben.

5

Ich schnappe mir die Autoschlüssel und verlasse das Haus, ohne ein Wort zu Dad zu sagen. Warum meinen Atem vergeuden? Er sitzt mit einem Becher kaltem Kaffee und einer Zigarette in der Hand im Wohnzimmer und starrt an die Decke. Gott, würde er doch nur *irgendwie* beweisen, dass noch ein wenig Leben in ihm steckt! Würde er doch mal seine Freunde besuchen, vielleicht ein Bier mit ihnen trinken; denn nichts ist schlimmer, als Mitleid mit meinem Vater zu haben.

Es ist fast neun, und ich spüre ein komisches Kribbeln im Bauch, wenn ich an das Treffen mit Kai denke. Nach wie vor weiß ich nicht genau, worauf ich mich einlasse. Was ist Kais Definition von *Rache*? Was, wenn er weiter gehen will als ich? Was, wenn er völlig verrückte Pläne hat, wie etwa dafür zu sorgen, dass Harrison von der Schule fliegt? Zusammengeschlagen wird? Verhaftet? Das werde ich wohl herausfinden müssen.

Ich steige in den Toyota-SUV, der älter ist als ich, und stöhne innerlich, als der antike Motor des grünen Rostmonsters zögerlich anspringt. Diesen Schrotthaufen fahre ich nur im Schutz der Dunkelheit, wenn keiner sieht, dass ich am Steuer sitze. So viel zu gesellschaftlichem Selbstmord. Dabei habe ich momentan sowieso keinen Ruf mehr zu verlieren. Dad will dieses Ding bis zum bitteren Ende fahren, ehe er über einen anderen Wagen nachdenkt. Und meine sehr begründete Angst ist, dass es eines Tages in Flammen aufgeht, wenn ich drinsitze.

Ich biege aus der Einfahrt und fahre in Richtung Uptown Westerville. Vermutlich wohne ich in dem einzigen Vorort der Welt, der seine Innenstadt als Vorstadt bezeichnet. Und als wäre das noch nicht genug, liegt Westerville Central tatsächlich nördlicher als Westerville North. Westerville ist eben … eigenartig. Doch es ist gemein von mir, mich über Westerville lustig zu machen, denn ich lebe eigentlich gerne hier. Von uns aus sind es zwanzig Minuten bis zum Stadtzentrum von Columbus im Norden, also ist das Großstadtleben quasi vor der Tür, während sich Westerville selbst wie ein malerischer, charmanter kleiner Ort anfühlt. Eine sichere College-Stadt mit einer fest zusammengewachsenen Bevölkerung. Was so lange angenehm ist, wie man sich gut benimmt. In einer engen Gemeinschaft wie dieser ist kein Raum für Fehler.

Als ich ins Zentrum komme, ist es wie erwartet ruhig auf den Straßen. An einem Montag Mitte November ist es zu kalt für einen Bummel in unserer kleinen Hauptstraße. Es ist die Art Ortszentrum, wie man sie in Filmen sieht. Die meisten Läden und Lokale hier sind unabhängig und altmodisch, und sie werden von allen hier geliebt und unterstützt. Ich sehe den Ski- und Outdoor-Laden an der Ecke und packe das Lenkrad fester.

Die Bücherei ist direkt gegenüber der Eisdiele, in der ich heute mit Chyna gesessen hatte. Da ich noch nie zuvor in der Bücherei gewesen bin, nehme ich mir eine Minute, das Gebäude zu mustern, als ich mich ihm nähere. Ich fahre auf den Parkplatz, wo nur eine Handvoll

Wagen stehen. Kai hat recht. Eine Stunde vor Schließung an einem Montag ist hier wenig los, und jeder, der noch drinnen ist, wird wahrscheinlich über fünfundzwanzig sein. Gehört eines der Autos hier Kai? Ich parke das grüne Rostmonster schief ein und blockiere zwei Lücken, denn ich bin zu faul zum Rangieren. Dann sehe ich nervös zu dem Gebäude und suche den Eingang. Brauche ich einen Büchereiausweis, um reinzugehen?

Ich schiebe meine Hände in die Taschen meiner Lederjacke. Sie ist natürlich schwarz, passend zu meiner Jeans. Wie ein Gangster, der spätabends in der Stadt herumlungert. Mit gesenktem Kopf schlurfe ich am Tresen vorbei. Bei der intensiven Stille hier drinnen habe ich das Gefühl, mich in einem Scheinwerferkegel zu bewegen. Zum Glück sitzt niemand am Tresen. Eine Frau sortiert in der Kinderecke Bücher in die Regale. Ein Mann tippt wild auf einen der Computer ein. Ein Mädchen streift mit einem Taschenbuchstapel in den Armen durch die Krimiabteilung.

»Pssst.«

Ich sehe zur Seite und entdecke Kai durch eine Lücke in den Regalen der Ratgeberliteratur. Er blickt sich um, als würde uns irgendwer von den anderen hier beachten, ehe er mich zu sich winkt.

Beim Blick in Kais blaue Augen schlägt mein Herz schneller. Ich gehe zu ihm und treffe ihn hinter den Regalen. Angesichts seiner Aufmachung muss ich mir ein Kichern verkneifen. Er hat einen schwarzen Nike-Hoodie, eine rissige schwarze Jeans und schwarze Turnschuhe an. Ja, er hat mein Memo bekommen. »Entschuldige bitte, wo sind deine Handschuhe?«, frage ich und verschränke die Arme vor der Brust.

Kai greift in die Tasche seines Hoodies und zieht ein Paar rote Football-Handschuhe heraus. »Gelten die?« Als ich lache, steckt er sie wieder weg und fährt mit einer Hand über die Buchrücken zu seiner Linken. »Leider gibt es hier kein ›Rachenehmen für Idioten‹. Wir müssen also die ganze harte Arbeit allein machen.«

»Ich habe schon Ideen«, sage ich. »Du musst mir nur helfen, sie umzusetzen.«

»Na, verdammt, dann nenn mich deinen Vollstrecker.« Er räuspert sich, holt einen winzigen Notizblock aus seiner Gesäßtasche und greift nach dem Kuli, der hinter seinem Ohr klemmt. Alles ist sehr ernst. »Legen wir los, Nessie.«

Noch habe ich nicht entschieden, ob ich seine Einstellung lustig oder nervig finde. Auf jeden Fall ist sie erfrischend. Die Jungs an der Westerville North sind nicht so. Vielleicht ist es ein Central-Ding, und sie sind dort allgemein gelassener. Möglich, dass es ihnen egal ist, ob sie Eindruck schinden. Oder dass nur Kai so ist.

Ich folge ihm zu einigen Tischen in der Mitte des Raumes, wo er sich einen Stuhl herzieht und sich rittlings draufhockt. Ich setze mich neben ihn, wobei ich einen Platz zwischen uns freilasse. Schließlich kenne ich ihn nicht, und da ist ein gewisser Abstand ein Muss.

»Kannst du aufhören, mich wie ein schottisches Ungeheuer zu nennen?«, frage ich, bevor wir anfangen. Ernsthaft, *Nessie*? Seit wann soll das eine akzeptable Kurzform für Vanessa sein?

Kai legt den Notizblock hin, klickt mit seinem Kuli und sieht mich fragend an. »Ist dir ein besserer Name eingefallen?«

»Nein, aber …«

»Ideen, Nessie«, unterbricht er mich. Er hält den Stift geduldig im Anschlag und lächelt mich genauso an wie im Schulbüro. Es ist ein verschlagenes Grinsen, das jedoch durch die Wärme in seinen blaugrauen Augen harmloser wirkt. »Verrate sie mir.«

Ich lasse die Schultern hängen. Anscheinend bleibt es bei Nessie. »Na ja, ich will ihm die Reifen aufschlitzen«, gestehe ich und stütze einen Ellbogen auf den Tisch, während ich beobachte, wie er meine Worte notiert. Seine Handschrift ist sauber und ebenmäßig, was wieder Komisches mit meinem Herzen anstellt, denn ich erinnere mich daran, wie er meine Hand gehalten hatte, um seine Nummer draufzuschreiben.

Er sieht von seinem Block auf. »Was noch?«

»Können wir sein Handy hacken? Oder zumindest irgendwas mit seinen Accounts im Internet anstellen? Dabei kann meine beste Freundin helfen.«

»Dann müssten wir zuerst mal sein Handy in die Finger bekommen, aber es ist eine Idee.« Sein Lächeln wird breiter, als er wieder schreibt. Ohne aufzusehen, fragt er leise: »Übrigens … Wie sind die Reaktionen? Du weißt schon, nach heute?« Sein besorgter Tonfall überrascht mich.

Und ich möchte schreien, weil er mich an dieses blöde Video erinnert. Doch ich sinke tiefer auf meinem Stuhl, zucke mit den Schultern und schaue mich in der Bibliothek um, ob auch niemand von der Schule aufgetaucht ist. Als würde das irgendwer! »Ich habe geschwänzt und den ganzen Tag nicht bei Twitter reingesehen. Tja, ehrlich gesagt bin ich geflohen. Aber man muss kein Genie sein, um zu ahnen, was alle über mich sagen.« Wieder schreibt Kai, wobei er an seiner Unterlippe nagt, und mir kommt ein entsetzlicher Gedanke. Ich muss einfach fragen: »Hast du es gesehen? Das Video?«

Er schaut mich verdutzt an. »Nein.«

»Nein?«, wiederhole ich ungläubig. Automatisch ziehe ich meine Jacke fester um mich zu. Fast habe ich Angst, ihm in die Augen zu sehen.

»Es ist ja nicht jeder ein Idiot«, sagt er ruhig, und ich bin sprachlos, als er eine Hand auf meine Schulter legt. Ja, ich muss richtig schlucken. Er neigt sich zu mir und schenkt mir ein Lächeln, das die Enge in meiner Brust ein wenig besser macht. »Ich schwöre dir, ich habe das Video nicht gesehen und hab es auch nicht vor. Captain Washington urteilt nicht, aber Harrison ist ein Drecksack, dass er es weitergeschickt hat. Deshalb werden wir ihm jetzt Schaden zufügen.« Er nimmt die Hand von meiner Schulter und konzentriert sich wieder auf den Notizblock.

Es ist seltsam tröstlich, dass dieser Fremde, der mir null Loyalität schuldet, das Video nicht ansehen und sich nicht in meinem Unglück suhlen will. Er hätte genauso spotten können wie alle anderen, aber das hat er nicht. Und es lässt mich hoffen, dass es vielleicht noch andere an der Schule gibt, die wie er sind. Dass es eine kleine Minderheit da draußen gibt, die fähig ist, sich anständig zu verhalten, obwohl jeder um sie herum die Gelegenheit ergreift, sich über das Unglück eines anderen zu amüsieren. Ich war nie eine von ihnen – doch jetzt wünschte ich, ich wäre es gewesen. Wie man in den Wald hineinruft … Mist.

»Du hast mir noch nicht verraten, warum du das hier machst«, sage ich und hoffe, dass ich ihn überreden kann, es mir zu sagen. »Um Football geht es nicht, aber um was dann?«

Kai grinst, sieht jedoch nicht auf, sondern malt *Operation Boyd-kott* in 3D in seinen Block, sodass es wie ein Graffiti aussieht. »Ich habe auch gesagt, dass es etwas Persönliches ist.«

»Und du denkst, mein Liebesleben ist nichts Persönliches?«, kontere ich. »Komm schon, du kennst meinen Grund. Jetzt verrate mir deinen.«

»Ich habe eine Idee«, sagt er begeistert, weicht meiner Frage aus und kehrt zum eigentlichen Thema zurück. »Weißt du, wo Harrison wohnt?«

»Drüben in Brookstone. Aber ich kenne nur seinen Keller.«

Kai zieht eine Augenbraue hoch und schüttelt den Kopf. »Ich will nicht mal fragen.« Dann notiert er sich das Viertel. Bisher könnten seine Notizen noch ein paar mehr Details vertragen, denn die sehen echt mager aus. »Wie leicht ist es, in das Haus zu kommen?«

Ich starre ihn an. Ist das ein Scherz? »Na ja, nicht so schwer … aber warum wollen wir da rein? Können wir nicht Eier an das Fenster schmeißen oder so?«

»Zu leicht«, sagt Kai und kaut nachdenklich auf seinem Kuli. »Wir müssen ihm irgendwas klauen. Etwas von sentimentalem Wert, das man nicht ersetzen kann.«

Mir wird mulmig. Ist es nicht zu heftig, zu grausam, Harrison das anzutun …? Doch dann fällt mir ein, dass es ihm egal war, als er das Video herumgeschickt hat. Ihn kümmerte nicht, dass es mich verletzt. Und in mir ist so viel Wut, die rauswill – also lasse ich sie raus.

»Seine Eltern sind superstreng. Er und sein Dad sind jeden Mittwoch zum Essen im Bob Evans«, platze ich heraus. Es ist ungefähr das einzige Private, was ich über Harrisons Leben außerhalb der Schule weiß, und das auch bloß, weil wir uns deswegen nie mittwochs treffen konnten.

»Schreib das auf«, drängt Kai und schiebt mir den Notizblock zu. Er reicht mir seinen angekauten Stift, den ich widerwillig annehme. »Alles, was du weißt, das wir nutzen können. Was wir gegen ihn einsetzen können. Schläft er zum Beispiel noch mit einem Teddy im Bett? Solche Sachen.«

Ich schlafe immer noch mit einem Teddy im Bett, deshalb beuge ich mich über den Tisch und schreibe genau das auf, was ich gesagt habe: dass Harrisons Eltern die typischen reichen Leute sind und er jeden Mittwoch mit seinem Vater Essen geht. Ich notiere auch, dass er eine große Schwester hat, die auf dem College ist, und einen jüngeren Bruder im ersten Jahr an der Highschool. Und ich bin ziemlich sicher, dass er mal einen Chihuahua erwähnt hat, schreibe aber gleich dazu, dass ich das Haustier der Boyds nicht in diesen Krieg mit reinziehen will. Außerdem schreibe ich, dass Harrison an den meisten Tagen nach dem Unterricht Footballtraining hat, seinen Truck über alles liebt und fast ausschließlich mit Noah Diaz und Anthony Vincent abhängt. Und während ich schreibe, wird mir bewusst, wie sehr es schmerzt, jetzt auch bloß an Harrison zu *denken*.

Als ich fertig bin, schiebe ich Kai den Block wieder hin. Beim Lesen nickt er einige Male und steht auf. »Wir können die Liste ergänzen, wenn uns neue Ideen einfallen. Jetzt wird es Zeit, zur Tat zu schreiten. Gehen wir ein paar Reifen aufschlitzen.«

Und da ist er wieder, dieser Knoten aus Angst und schlechtem Gewissen in meinem Bauch. Es ist ganz lustig, die Rache an Harrison zu *planen*. Aber tatsächlich etwas zu tun? Ich hatte mir nicht vorgestellt, dass wir wirklich etwas machen würden, schon gar nicht heute Abend. Besorgt Kai sich mit solchen Sachen seinen Kick? Ich stehe ebenfalls auf, fühle mich aber ein wenig überrumpelt.

»Hast du ein Auto?« Kai steckt seinen Notizblock wieder ein und seinen Kuli zurück hinters Ohr.

O *Gott, bitte, bitte, bitte zwing mich nicht zuzugeben, dass mir das grüne Rostmonster gehört!* »Du nicht?«

»Nein«, antwortet er lächelnd. »Ich bin mit dem Fahrrad hier, und wenn du nicht auf dem Lenker mitfahren willst, musst du unser Kampffahrzeug stellen.«

»Ist gut«, murmle ich und merke schon, wie ich rot werde. Ich drehe mich zur Tür und sage über die Schulter: »Aber mach dich bitte nicht lustig.«

»Nessie, habe ich dir nicht schon erklärt, dass Captain Washington nicht urteilt?«, fragt er, kommt neben mich und stupst mich mit seinem Ellbogen an. Ich werfe ihm einen Seitenblick zu, verstehe aber nicht, warum er so amüsiert aussieht. Woher kommt dieser Typ überhaupt, wenn nicht aus dem total irren Nichts? Und er hat mir immer noch nicht gesagt, warum er Harrison Boyd hasst.

Verlegen zeige ich auf den Parkplatz. »Es ist der grüne SUV da drüben.« Warum zur Hölle habe ich nicht längst ein eigenes Auto? Ich nehme mir fest vor, dringend nach einem eigenen Wagen zu suchen, der nicht komplett peinlich ist.

Verstohlen sehe ich zu Kai, aber er blickt stumm zu dem SUV, als würde er darauf warten, dass ich ihm sage, es wäre ein Witz gewesen. Als ich gar nichts sage, reibt er sich grüblerisch das Kinn. »Und wie sollen wir unauffällig zur Tat schreiten, wenn unser Streitwagen ein grüner

SUV ist, der zuletzt vom Band rollte, als Reagan im Weißen Haus saß? Ich habe ein Ersatzfahrrad in meiner Garage. Das kannst du nehmen.«

Ich schnaube. Auf einem Fahrrad habe ich nicht mehr gesessen, seit ich – was? – zwölf war? Und der Gedanke, dass ich auf zwei Rädern durch Westerville wirble, ist lächerlich. »Wir sollen Fahrrad fahren?«

»Ja. Wieso nicht? Das ist unauffälliger als ein Auto. Räder kann man überall einfach ablegen und ist auf ihnen schnell weg, weil wir die Ampeln ignorieren können.« Kai geht weg, um sich ein Fahrrad zu nehmen, das am Gebäude lehnt. Das war mir nicht aufgefallen, als ich herkam. Er trägt es mit einer Hand und sieht mich an. »Na? Schließt du den Hulk auf, und wir fahren los?«

»Eigentlich heißt er grünes Rostmonster«, sage ich und wünsche mir sofort, ich könnte die Worte zurücknehmen. Warum habe ich das gesagt? Toll, wie peinlich ich mich mache, indem ich offen zugebe, dass ich einen echt lahmen Spitznamen für ein noch lahmeres Auto habe. »Steig ein.« Ich entriegle die Tür und steige hinters Lenkrad, während Kai sein Fahrrad hinten einlädt, mitsamt den schlammverschmutzten Reifen, aber das ist mir, ehrlich gesagt, egal.

»Ich denke, wir sind ein tolles Team«, verkündet Kai, als er auf den Beifahrersitz steigt. Er schnallt sich an und macht es sich gemütlich.

Aus dem Augenwinkel beobachte ich ihn. »Und wie kommst du darauf?«

»Weil du jemand bist, der einen Spitznamen für sein Auto hat, und wie du vielleicht bemerkt hast, mag ich Spitznamen.« Kais Mundwinkel zucken, und er lächelt mich an. Seine Stimme ist weich und süß wie Honig.

Ich werde auf einmal merkwürdig verlegen, denn wenn mir Jungs sagen, dass sie mich gut finden, meinen sie damit normalerweise, ich wäre gut im Bett – nicht, weil ich den Wagen meines Vaters *grünes Rostmonster* nenne. Es ist eine Kleinigkeit, trotzdem zeigt es mir, dass er anscheinend mehr wahrnimmt als nur meinen Ruf an der Schule. Bis zu dieser Sekunde ist Kai eher jemand gewesen, mit dem ich mich kurzfristig einlasse, um meinen Plan zu verwirklichen. Und ich konnte mich nicht entscheiden, ob er ein unausstehlicher Footballspieler ist, ein Unruhestifter oder ein echter Irrer. Jetzt denke ich, dass er eigentlich gar nicht so übel ist.

»Bringen wir die Sache ins Rollen«, sagt er. »Parkland. Fahr hin.«

Ich gehorche, lege den Gang ein und fahre vom Büchereiparkplatz hinaus auf die Hauptstraße. Das Zentrum von Westerville ist kein riesiges Areal mit endlosen Geschäften. Muss es auch nicht sein, immerhin sind wir hier in den verdammten Vororten. Ein paar Läden hier und da, einige wenige Restaurants. Innerhalb von Minuten sind wir schon in den Wohnvierteln in Richtung Parkland unterwegs. Es ist nicht allzu weit weg von meinem Zuhause. Genau genommen trennt Kais Viertel und meines nur eine zehnminütige Fahrt. Manchmal verblüfft mich, wie wenig man die Menschen um sich herum kennt, selbst in solch einem kleinen Ort wie unserem. Wie kann ich mein Leben lang schon in Westerville wohnen, zehn Minuten entfernt von Kai, und ihm nie begegnet sein? Die Umstände sind schuld. Und der Zufall hat entschieden, dass wir uns erst auf dieser Party getroffen haben und danach dann wieder im Schulbüro. Jetzt sind wir hier, kriechen zusammen in einem schrottigen SUV spätabends durch die Stadt. Ich bin es gewohnt, spät mit Jungs unterwegs zu sein, nur nicht ganz so wie jetzt.

»Du kannst hoffentlich Fahrrad fahren«, sagt Kai und beäugt mich skeptisch. Sehe ich echt aus, als könnte ich es nicht? Doch ehe ich etwas Bissiges erwidern kann, lehnt er sich vor und zeigt durch die Windschutzscheibe. »Das Haus da mit dem Kürbisbriefkasten.«

Ich sehe ihn verwundert an, aber es ist kein Witz. Es ist wirklich das Haus mit dem als Kürbis verkleideten Briefkasten. Mit dem Skelett im Garten. Mit den Gespenstern an den Regenrohren. Mit dem Clown auf der Veranda. Ich traue mich beinahe nicht, näher ranzufahren, doch ich halte notgedrungen vor dem verrückten Haus, schalte den Motor aus und starre die Dekoration an. »War Halloween nicht vor zwei Wochen?«

»Wir sind nicht hier, um darüber zu reden«, entgegnet Kai schroff und steigt aus. Er reißt sein Fahrrad von der Rückbank, während ich um den Wagen herum zu ihm gehe. Jetzt erklärt er es mir doch: »Es ist für meinen kleinen Bruder. Er liebt Halloween über alles. Deshalb lassen meine Eltern die Deko bis Thanksgiving, dann wird der Briefkasten als Truthahn verkleidet. Und ich wünschte ehrlich, es wäre ein Scherz.«

»Die sind schräg, oder?«

»Ja.« Er schüttelt sichtlich unglücklich den Kopf. »Ich habe ihnen gesagt, sie sollen wenigstens einen Clown besorgen, der wie Pennywise aussieht, und ihn nahe dem Gully auf den Rasen setzen.«

»Ich meinte kleine Geschwister.«

»Oh. Ja, die sind auch schräg.« Er schiebt sein Rad den Weg hinauf zum Haus, und ich folge ihm. »Hast du welche?«

»Eine Schwester. Kennedy. Ich bin praktisch ihr Elternersatz.« Als ich es sage, lache ich, doch mir wird bewusst, dass es schmerzt, es zu gestehen. Ich will nicht ihr Elternersatz sein. Ich bin siebzehn, selbst noch ein Kind.

»Jackson ist erst sieben«, sagt Kai. »Aber gerade wegen des großen Altersunterschieds, will ich ihn umso mehr beschützen. Klar, die Halloween-Deko macht uns zur Lachnummer in der Nachbarschaft, doch sie bringt Jackson jeden Tag zum Lächeln, wenn er aus dem Schulbus steigt.«

Wir gehen durch ein Tor in den Garten, und Kai wirft sein Rad ins Gras. Es ist dunkel hier hinten, und ich blinzle ihm hinterher, als er in den Schuppen verschwindet. Von drinnen ist einiges metallisches Scheppern und Klappern zu hören, dann kommt Kai mit einem anderen Rad auf mich zu. »Es ist das Rad von meinem Dad«, sagt er. »Du kannst meines nehmen, und ich nehme seines. Damit das klar ist, wenn du einen Platten reinfährst, den Lack zerkratzt oder Make-up auf meine Lenkergriffe schmierst, bist du tot.« Bei seinem breiten Grinsen blitzen seine Zähne.

Plötzlich geht die Hintertür des Hauses auf und taucht den Garten in helles Licht. »Bist du das, Kai?«, ruft eine Stimme. Eine Frau steht in der Tür, hält einen Morgenmantel fest um sich geschlungen und späht heraus. Sie ist schlank und hat ihr blondes Haar zu einem unordentlichen Pferdeschwanz gebunden. »Was machst du hier draußen?«

Ich senke meinen Kopf. Eigentlich sollte ich nicht hier sein. Ich bin eine Fremde, ein Mädchen aus der Schule, das Kai buchstäblich erst heute kennengelernt hat. Seine Mom soll nicht auf falsche Gedanken kommen.

»Ich hole nur die Räder«, antwortet Kai ihr. Mir fällt auf, dass er sich vor mich schiebt, damit sie mich nicht bemerkt. »Ich fahre weg, bin aber nicht zu spät wieder hier. Warte nicht auf mich.«

»Spätestens um zwölf«, sagt die Frau streng. Sie seufzt, und ich kann ihren Atem in der Luft sehen. »Und kannst du nicht einen Helm aufsetzen?«

Kai neigt den Kopf zur Seite und tippt an seine Locken. »Nein, der ruiniert mein Haar.«

»Gute Nacht, Kai«, sagt sie, ohne auf seine Bemerkung einzugehen. Dann wandert ihr Blick zu mir. Ich rechne damit, dass sie mich abfällig beäugt – *wer ist dieses Mädchen, das sich mit meinem Sohn in meinem Garten herumschleicht?* –, stattdessen lächelt sie freundlich. »Wollt ihr nicht erst mal reinkommen? Ich möchte deine Freundin kennenlernen.« Sie verschwindet im Haus, sodass keine Chance zum Widerspruch bleibt.

»Sie lässt mich nicht besonders cool wirken, was?«, spottet Kai. »*Setz einen Helm auf?*«

Ich lache mit ihm, obwohl ich regelrecht juchzen würde, wenn mein Dad sagte, ich soll einen Helm aufsetzen.

Kai legt das Rad seines Dads auf den Rasen neben seinem und schlurft resigniert auf das Haus zu. Ich bleibe dicht hinter ihm, und für einen Moment überlege ich, ob es das hier wirklich wert ist. Ich muss Kais Eltern nicht kennenlernen. Ich könnte einfach zu Kai sagen, dass ich raus bin, und jetzt gleich verschwinden. Doch etwas bringt mich dazu, Kai durch den Garten und ins Haus zu folgen.

Seine Mutter steht am offenen Kühlschrank und holt zwei Dosen Limonade heraus, die sie uns übertrieben freudig reicht. Es fühlt sich komisch an, der Mom eines Jungen zu begegnen.

»Also, Kai?«, fragt sie, lehnt sich zurück und verschränkt ihre Arme. Erwartungsvoll lächelnd sieht sie zu mir und zurück zu ihrem Sohn, damit er ihr erklärt, wer ich bin. »Stell uns vor.«

»Das ist Vanessa«, murmelt er und kickt die Tür hinter sich zu. Das ist eine unglaublich peinliche Situation, denn außer unseren Namen wissen Kai und ich nichts voneinander. Verdammt, ich bezweifle, dass er überhaupt meinen Nachnamen kennt. »Vanessa, das ist meine Mom, offensichtlich.«

Seine Mutter sieht mich an, und ihr Lächeln wird strahlender. »Ja, ich bin die Mom. Cindy. Ich nehme an, du gehst auf die Westerville North?«

Ich nicke und drehe die Getränkedose in meinen Händen, während ich mich umblicke, weil ich es nicht schaffe, sie direkt anzusehen. Die Küche wirkt warm und einladend, sauber, aber mit lauter kostbarem Kleinkram überall. Persönlich. »Ja, bin ich. *Go Warriors*«, scherze ich erbärmlich. Kai spielt für das gegnerische Team, die Warhawks von der Westerville Central High – oder hat es zumindest, bis er aus mir unbekannten Gründen auf die Westerville North gewechselt hat.

»Wie schön, dass Kai sich schon mit jemandem angefreundet hat«, sagt Cindy. Der vernichtende Blick, den Kai ihr zuwirft, ist schwer zu übersehen. Und ich muss mir ein Grinsen verkneifen, weil ich genau weiß, wie sich das anfühlt. Es ist irgendwie niedlich.

Meine Mom hat mich dauernd blamiert, aber nur, weil ich ihr wichtig war, was ich wiederum lächerlich fand. Wie das eine Mal, als ich mir mein Knie auf dem Gehweg aufgeschürft hatte und Mom mit dem Erste-Hilfe-Kasten rausgerannt kam, so panisch, als hätte ich mir sonst was gebrochen. Ich kam mir vor all meinen Freunden wie ein Baby vor und habe sie gehasst dafür. Damals habe ich nicht geschätzt, wie sehr sie mich beschützen wollte, weil sie mich liebte – und weil sie meinen Schmerz so deutlich fühlte, als wäre es ihrer.

Heute würde ich alles dafür geben, dass meine Mom mich wieder vor allen Leuten blamiert.

»Ja, und wir haben ein Kursprojekt, an dem wir arbeiten müssen, also dürfen wir jetzt gehen?«, fragt Kai. Im Grunde ist es keine Lüge. Wir *haben* ein Projekt, an dem wir gemeinsam arbeiten.

»Ich habe gar nicht gewusst, dass wir Besuch haben«, ertönt eine tiefe Stimme. Der Holzboden knarzt, als ein Mann in einem Rollstuhl in die Küche kommt. Kais Vater, tippe ich. Er hat die gleichen Locken und kantigen Züge. Breite Schultern, gemeißeltes Kinn mit dunklen Stoppeln. Leuchtend braune Augen. Er legt die Hände in seinen Schoß und schaut zu mir auf. »Hallo.«

»Ich auch nicht. Das ist Vanessa, eine Freundin von Kai«, klärt Cindy ihn auf. Sie platziert eine Hand auf der Schulter ihres Mannes, und beide sehen mich an. Auf einmal ist hier zu viel Druck.

»Hi«, bringe ich heraus und bin unsicher, ob ich ihm die Hand reichen soll. Stattdessen winke ich linkisch und sage das Einzige, was mir einfällt: »Ich mag Ihre Halloween-Dekoration.« Sofort möchte ich im Boden versinken.

»Ja, ich mag die auch, wenn tatsächlich Halloween ist«, kontert Kais Vater und verdreht die Augen, als Cindy ihm einen Klaps auf die Schulter gibt.

»Wir müssen weg«, lenkt Kai das Gespräch wieder zum Eigentlichen zurück. Sicher will er nicht, dass seine Eltern mich kennenlernen, weil wir ja nicht wirklich befreundet sind. Wenn wir mit Harrison fertig sind, werden wir wahrscheinlich nie wieder miteinander reden, und seine Eltern werden sich wundern, warum ich nicht mehr vorbeikomme. »Wir müssen nur ein paar Bücher aus meinem Zimmer holen.«

Kai bedeutet mir stumm, mit ihm zu kommen, also quetsche ich mich an seinem Vater vorbei zur Treppe und gebe acht, seinen Eltern noch höflich zuzulächeln. Sie scheinen liebevoll zu sein, und sie sind beide noch am Leben. Zwei Dinge, für die Kai dankbar sein sollte.

»Autounfall«, sagt Kai leise, als ich ihm nach oben folge.

»Hä?«

»Mein Dad«, erklärt er. »Vor einigen Jahren ist ein Truck auf dem Freeway in ihn reingerammt. Es war im Winter. Er ist querschnittsgelähmt. So, jetzt bleibt dir die Frage erspart. Es heißt auch, dass er sein Fahrrad nicht vermissen wird, weil er es nicht mehr braucht.«

»Das ist heftig«, sage ich. Solche Fakten sind außerdem ein bisschen zu persönlich, zumal ich gar nicht vorhatte zu fragen.

»Ja, und die Behandlungskosten und der Umstand, dass mein Dad freiberuflich arbeiten muss, bedeuten, dass wir ziemlich pleite sind.« Wir sind inzwischen oben angekommen, wo Kai stehen bleibt und sich zu mir umdreht. Mir ist nicht wohl dabei, dass er mir, einer Fremden, solche privaten Dinge erzählt.

»Du musst … du musst mir das nicht erzählen.«

»Na ja, doch, muss ich, denn du wirst dich wundern, warum mein Zimmer so aussieht, wie es aussieht«, entgegnet er und lächelt ein wenig, als er sich wieder weg-dreht. Er öffnet die erste Tür links von sich, und ich bin verwirrt.

Wenn man gewarnt wird, dass jemand blank ist, erwartet man vielleicht ein karges Zimmer, in dem nur das Nötigste ist. Kein total vollgeräumtes, in dem tausend Sachen auf dem Boden verstreut sind und ein kleines Kind auf dem Bett sitzt.

»Hey!«, sagt Kai. »Hör auf, hier zu spielen, Mann. Du darfst die nicht anfassen.«

Der Junge – ich vermute, dass es sein kleiner Bruder Jackson ist – hockt im Schneidersitz auf dem Bett und hat einige Actionfiguren auf dem Schoß. Er erstarrt, als er uns sieht, schmeißt die Actionfiguren von sich und klettert vom Bett. Er hat Unmengen niedlicher Locken, die ihm ins Gesicht fallen, als er an uns vorbeisaust und über den Flur in ein anderes Zimmer verschwindet.

Kai stöhnt, schließt die Tür und steigt vorsichtig über den Kram auf dem Boden. »Das war Jackson, also kennst du jetzt die ganze Washington-Sippe«, sagt er, hebt die Actionfiguren vom Bett und stellt sie ordentlich auf einem Wandregal auf. Ich bemerke eine uralte Captain-America-Figur und frage mich, ob Kais Codename von ihr kommt.

»Sind das deine Figuren?«, frage ich und beobachte, wie sorgfältig er sie auf dem Regal arrangiert, als gäbe es eine feste Ordnung.

»Lach nicht.« Kai wirft mir einen trotzigen Blick zu. »Die habe ich als Kind gesammelt, und ich schaffe es nicht, sie wegzuwerfen. Aber ich spiele nicht mehr mit denen oder so.«

»Und sind das hier auch alles Andenken an deine Kindheit?« Wieder schaue ich zum Fußboden, dem Schreibtisch und der Fensterbank. Da sind stapelweise CDs, Videospiele, ein paar Fernseher und College-Lehrbücher.

»Nicht ganz«, sagt Kai und kratzt sich an der Schläfe, als er auf mich zukommt. Er tritt einige CDs aus dem Weg. »Ich bin oft in Wohlfahrtsläden und auf Flohmärkten, und ich tausche Kram auf eBay gegen schnelles Geld. Es hilft meinen Eltern zumindest finanziell. Ich bin kein Messie, ehrlich.«

Oh. Hier ist wirklich eine Menge Zeug. Es ist eindeutig einige Hundert Dollar wert, wenn man es verkauft bekommt, und ich finde es sehr süß, dass Kai so seinen Eltern hilft. Er muss sie sehr gernhaben. Sie sind eine richtige Familie, in der einer auf den anderen aufpasst. Mir fehlt, wie sich das anfühlt.

»Apropos deine Eltern …«, sage ich nervös und schiebe die Hände in meine Jackentaschen. »Sollte ich jetzt wirklich in deinem Zimmer sein? Ich möchte nicht, dass sie denken …«

»Dass wir hier oben ein Messer holen, um Autoreifen zu zerschlitzen?« Kai sieht mich direkt an und grinst ein wenig spöttisch. Ich halte seinen Blick, bis er sich umdreht und zu seinem Wandschrank geht. Eine kleine Weile wühlt er in seinen Sachen herum, dann holt er etwas hervor. Er kommt zurück und hält mir ein kleines Teppichmesser hin. »Bist du bereit, dich mit Harrison Boyd anzulegen?«

Wir machen es also wirklich. Wir erklären Harrison den Krieg. Ich schlucke einen Kloß in meinem Hals herunter und sehe Kai an. »So bereit, wie ich nur sein kann.«

6

Ich bin ziemlich aufgeregt. Wir fahren in der Mitte der Straße, ich spüre den Wind in meinem Haar und wirble Laub auf, als wir durch die ruhigen Straßen von Westerville radeln. Die kalte Luft zwackt mich in die Nase und die Ohren. Ich trete wie verrückt in die Pedale von Kais Rad. Wie ein Kind an Weihnachten flitze ich zu schnell um die Ecken und stelle mich auf die Pedale, weil ich auf einmal überzeugt bin, dass ich so cool aussehe. Würden uns jetzt die Cops sehen – zwei Teenager in Hoodies und Lederjacken, die auf ihren Fahrrädern durch den Ort rasen, hätten sie sicher einige Fragen. Ehrlich, ich bin so froh, dass ich das grüne Rostmonster bei Kai stehen lassen konnte.

»Hoffentlich melden deine Eltern es nicht als illegal abgestellten Schrott, sonst wird es abgeschleppt«, hatte ich gesagt, als wir von seinem Haus losfuhren.

»Ich garantiere für nichts«, antwortete er und zwinkerte mir zu, bevor er an mir vorbeipreschte.

Inzwischen fahre ich voraus und führe uns zu Harrisons Haus. Doch je näher wir kommen, desto mehr schwirrt mir der Kopf. Ich zittere, allerdings vor Nervosität, nicht vor Kälte. Ich rede mir gern ein, dass mich dieser Tage alles einen Dreck interessiert und ich tue, was immer ich will. Es macht den Alltag leichter, nach meinen eigenen Regeln zu leben. Dennoch frage ich mich jetzt, ob es falsch ist, Harrison die Reifen aufzuschlitzen. Außerdem ist es eine Straftat. Gehe ich damit zu weit? Er liebt seinen Truck. Doch seine Eltern haben Geld, und ich weiß, dass er innerhalb von vierundzwanzig Stunden einen neuen Satz Reifen haben wird. Es wird ein bisschen lästig für ihn, weiter nichts. Und ich denke, Harrison verdient eine Unannehmlichkeit. Er hat meinen Körper vor aller Welt zur Schau gestellt. *Er* hat diese Wut verursacht, folglich kann er mir nicht vorwerfen, irrational zu sein.

»Kommst du noch mit?«, rufe ich Kai zu.

»Jap. Ich habe eine nette Aussicht, die mich auf Trab hält!«, antwortet er munter.

Prompt pflanze ich meinen Hintern wieder auf den Sattel und werfe Kai über die Schulter einen erbosten Blick zu. Beinahe rase ich gegen eine Straßenlaterne. »Warte bitte wenigstens bis morgen mit solchen Bemerkungen. Die Video-Geschichte ist noch sehr frisch.« An jedem anderen Tag hätte ich mich gefragt, wie gut Kai gefällt, was er sieht. Aber noch bin ich zu empfindlich, wenn es um meinen Körper geht, um solche Sätze witzig zu finden.

»Sorry, Nessie.« Kai kommt neben mich, und als ich hinübersehe, schiebt er seine Unterlippe vor wie ein kleines Kind, das beim Kekseklauen erwischt wurde. Natürlich zieht er mich auf und möchte, dass ich ihm vergebe, doch ich bleibe sitzen.

»Es ist gleich um die Ecke«, sage ich und werde wieder nervös. So etwas habe ich noch nie getan. Ich war nie besonders wild, deshalb ist mir das alles neu, und ich kann mich nicht entscheiden, ob ich hasse, wie es sich anfühlt, oder den Kitzel genieße.

Ein Wagen fährt laut hupend an uns vorbei, weil wir mitten auf der Straße sind, doch Kai zeigt ihm einfach nur den Stinkefinger. Anscheinend interessiert ihn gleichfalls vieles einen feuchten Dreck. Und vielleicht werden wir deshalb ein gutes Team sein, weil sich keiner von uns große Gedanken über die Folgen macht – ein gutes Team und wahrscheinlich eine ziemlich üble Kombination.

»Ah, wie die reichen Kids eben so wohnen«, bemerkt Kai, als wir in Harrisons Straße einbiegen. Wir verlangsamen das Tempo und fahren stumm an der Reihe amerikanischer Traumhäuser entlang. Idylle pur. Breite Zufahrten, in denen mehrere Autos parken. Kein Müll, der sich an den Gullys sammelt, keine kaputten Straßenlaternen. Perfekte Häuser, in denen perfekte Familien wohnen. »Vielleicht sollten wir sein Haus doch mit Eiern bewerfen.«

»Ich wette, in solchen Straßen haben sie eine Art Nachbarschaftswache«, sage ich. »Wir dürfen nicht erkannt werden.«

»Okay, Partner.« Kai setzt seine Kapuze auf. »Ziehen wir es durch.«

Vor Harrisons Haus bremse ich scharf. Der Vorgarten ist riesig, und das Haus steht weit entfernt vom Gehweg. Ich war schon ein paarmal hier, aber nie im Haus selbst, nur im Keller. Harrisons Eltern sollten nicht wissen, dass er ein Mädchen zu Besuch hatte. Jedenfalls nicht ein Mädchen wie mich. Anscheinend wären sie ausgetickt, hätten sie uns je ertappt.

»Wie es aussieht, sind sie zu Hause«, bemerkt Kai mit einem Nicken zu der Auffahrt, in der mehrere Autos stehen. Harrisons Truck ist auch da. »Wir müssen extrem vorsichtig sein.« Er steigt vom Rad seines Vaters und lehnt es hinter einer Eiche an. Ich tue es ihm gleich und stelle mich neben ihn hinter den Baumstamm.

»Wie ist der Plan?«, flüstere ich. Mir ist sehr bewusst, dass unsere Schultern sich berühren.

»Die Reifen aufschlitzen, und dann – tja, ich würde sagen, rennen wie Usain Bolt?«

Ich werde ein wenig misstrauisch, als ich seinen ahnungslosen Gesichtsausdruck sehe, bis er leise lacht und die Augen verdreht. Ja, vermutlich war der Plan offensichtlich. Es ist ja nicht so, als wollten wir hier rumstehen, bis uns jemand erwischt.

Kai holt das Teppichmesser aus der Tasche seines Hoodies und umfasst es mit der Faust. Dass wir mit einem Messer durch die Stadt radeln, macht alles noch viel falscher und viel ernster. »Du stehst Schmiere, okay? Aber erst mal zum Eigentlichen. Dir ist klar, dass das eine Straftat ist, oder?«

»Ja, genauso wie Nacktaufnahmen von Minderjährigen ins Internet zu stellen«, antworte ich und sehe ihn an. Mir ist wirklich nicht nach einem klugen verbalen Schlagabtausch. »Übernimmst du jetzt, oder soll ich?«

Kai grinst und zieht die Bänder an seinem Hoodie stramm, sodass sein Gesicht verborgen ist, als er über den Rasen läuft. Er verschwindet hinter Harrisons Truck, und Sekunden später sehe ich seinen Kopf über der Motorhaube aufragen. Ich blicke mich auf der Straße um, horche auf Geräusche – nahende Autos, Nachbarn, die zu Fuß unterwegs sind, Geräusche aus Häusern drum herum. In Harrisons Haus brennt Licht. Und da sind die Farbspiegelungen von einem laufenden Fernseher.

Ich sehe wieder zu Kai und nicke, um ihm das Okay zu geben. Nach wie vor weiß ich nicht, warum er das hier macht, aber ich bewundere seine Entschlossenheit.

Sofort duckt er sich wieder außer Sicht. Ich warte an dem Baum und horche auf irgendein lautes Geräusch oder so, aber da ist nichts als Stille. Und dann fährt ein leises Zischen durch die Luft, gefolgt von einem donnernden *Rumms!*, bei dem ich heftig zusammenzucke.

Plötzlich sprintet Kai auf mich zu, dass sich seine Kapuze bläht, und zischt nur: »Los, los, weg hier!« Dabei gestikuliert er wild mit den Händen. Er schiebt das Messer zurück in seine Tasche und springt auf sein Fahrrad. Ich habe Mühe, mich auf meines zu schwingen, und mein Adrenalinpegel nützt nichts, denn ich werde erst recht panisch, als Kai ohne mich losrast. Er ist wirklich schnell, eine wahnsinnig schnell rasende Gestalt, die in der Dunkelheit kleiner wird.

Mir rauscht der Puls in den Ohren, und mein Herz wummert, als ich auf das Fahrrad steige, verzweifelt nach den Pedalen suche. Ich höre, wie die Haustür geöffnet wird und eine tiefe Stimme »HEY!« über den Rasen ruft. Nun bin ich sicher, dass ich einen Herzinfarkt habe, denn *keines meiner Gliedmaßen funktioniert*. Doch endlich komme ich in Fahrt. Ich radle so energisch, dass meine Beine taub werden, als ich Kai nachrase und Harrison Boyds Haus hinter mir lasse, ohne mich noch einmal umzuschauen. Der Wind bläst mir mein Haar ins Gesicht, sodass ich fast nichts sehen kann, aber ich fahre weiter, befeuert von Angst. War das Harrison, der nach draußen gekommen ist? Oder sein Dad? Ich bete, dass es sein Vater war. Harrison hätte mich erkannt, aber er wird sowieso wissen, dass ich dahinterstecke, wenn er seine platten Reifen sieht. So oder so bin ich geliefert. Ich fange an, über Gefängniszellen, gigantische Bußgelder und eine Anzeige der Boyds gegen mich nachzudenken.

»Nessie!«, ruft Kai, und ich halte schlitternd an. Mein Herz pocht so schnell, dass es wehtut. Ich streiche mir das Haar aus dem Gesicht und schaue mich nach meinem Komplizen um. Erleichtert atme ich auf, als ich Kai auf einer niedrigen Mauer hocken sehe.

»Was sollte das denn, Kai? Partner? Du hast mich zurückgelassen!«, keuche ich atemlos. Ich steige von meinem Rad – oder vielmehr von seinem – und gehe zu ihm. Dort schleudere ich das Rad auf den Gehweg, und er zuckt zusammen.

»Ich warte doch hier auf dich, oder nicht?«, fragt er. Er sagt nichts dazu, dass ich vielleicht gerade sein Rad beschädigt habe. »Teamwork heißt auch aufzupassen, dass der andere nicht erwischt wird. Du hast echt versagt da hinten.«

Unrecht hat er nicht. Ich konnte mich einfach nicht rühren, war wie angewurzelt gewesen, und das ist eine erbärmliche Ausrede für eine Kriminelle. Schmollend hocke ich mich neben Kai. Wir sind in einem anderen Viertel, doch es fühlt sich nicht weit genug weg an. Ich habe Angst, dass die Polizei jeden Moment mit Blaulicht und Sirene angefahren kommt.

Und was dann? Was ist, wenn Dad mich von der Wache abholen muss? Würde es ausreichen, um ihn aus seinem Phlegma zu holen?

»Ich habe die vorderen Reifen aufgeschlitzt, aber der hintere ist geplatzt. Hat mir fast das Hirn rausgepustet«, erzählt Kai und fährt sich mit der Hand durchs Haar. »Aber wenigstens hat Harrison jetzt einen ruinierten Reifen und zwei, die bis morgen früh platt sein werden. Fühlst du dich damit ein bisschen besser?«

Ich sehe zu ihm, und er lächelt sanft. »Ja, tue ich«, gestehe ich. Harrison verdient eine beschissene Woche. Ich kann ihn mir richtig vorstellen, wie er mit seinen Eltern an seinem Truck steht und sich entsetzt den Schaden ansieht. Wahrscheinlich war er schon sauer auf mich, weil ich gestern Abend Kies nach seinem Wagen geworfen habe. Aber wen schert es? Er und sein kostbarer Truck können zur Hölle fahren.

Kai lehnt sich auf die Hände zurück und blickt hinauf in den kalten, mit Sternen bedeckten Himmel. »Es macht Spaß, oder? Das Falsche zu tun«, fragt er beinahe wehmütig.

»Wie es sich anhört, kennst du das schon.«

»Nur in letzter Zeit.«

»Warum?«

»Weil keiner es wert ist, dass man das Richtige tut.« Er steht von der Mauer auf, greift nach seinem Rad und dreht sich zu mir um. Ich habe das Gefühl, dass er nicht mehr sagen möchte, also dränge ich nicht. »Machen wir Schluss für heute. Der Plan ist, klein anzufangen und dann den Druck zu erhöhen, bis Harrison einknickt.«

Wir steigen wieder auf die Fahrräder und fahren zurück zu Kai, damit ich – leider – das grüne Rostmonster holen kann. Es ist fast elf und Westerville quasi im Tiefschlaf. Zumindest in dieser Gegend. Wir nehmen Abkürzungen durch Vorgärten und rasen einfach über Kreuzungen, ohne genau hinzusehen. Wir fühlen uns unbesiegbar. Kai und ich reden nicht mehr viel, bis wir uns seinem Haus nähern.

»Mist, keiner hat ihn gestohlen«, sagt Kai mit Blick zu meinem schrecklichen SUV.

Ich schwinge mich vom Rad, hole die Autoschlüssel aus meiner Tasche und bleibe neben dem Wagen stehen. Mein Herzschlag normalisiert sich gerade erst wieder. Ich warte, dass Kai mir das Fahrrad abnimmt. »Wir sehen uns in der Schule.«

»Nein, tun wir nicht«, erwidert er ruhig. Er sitzt noch auf dem Rad seines Vaters, die Füße aufgestützt. Als ich ihn verwirrt anschaue, verdreht er die Augen. »Wir sind nicht befreundet. Wir kennen uns nicht und haben nichts miteinander zu tun. Also guckst du nicht mal in meine Richtung. Und behalte das Fahrrad. Du brauchst es für das nächste Mal.«

»Äh, okay.« Perplex schweige ich und versuche, mehr an Kais Gesichtsausdruck abzulesen, aber er wirkt ruhig und cool. »Du vertraust mir dein Rad an?«

»Was willst du denn machen, Nessie? In den Sonnenuntergang radeln?«

Ich schürze die Lippen, lade das Rad hinten in den Wagen und knalle die Tür zu. Dann drehe ich mich wieder um, nur um höflich zu sein. Mein Lächeln fühlt sich sogar komisch an, also will ich mir lieber nicht ausmalen, wie es für ihn aussehen muss. Wie verabschiede ich mich von diesem fremden Komplizen?

Das übernimmt er für mich. »Gute Nacht, Nessie. Tut mir leid, dass ich dich zurückgelassen habe.«

»Schon gut. Gute Nacht, Kai.«

Er verzieht kopfschüttelnd das Gesicht. »Nein, Nessie, so geht das nicht. Ich will es von dir hören.«

»Gute Nacht« – ich beiße meine Zähne zusammen und senke die Stimme – »*Captain Washington*.«

Jetzt strahlt er wie ein kleiner Junge, und ich frage mich, was er damit meinte, dass er in letzter Zeit nicht das Richtige getan hatte. Abgesehen von dem Reifenaufschlitzen eben, kommt er mir gar nicht so schlimm vor. Andererseits würde sich jemand, der nicht über eine dunkle Seite verfügt, wohl kaum vornehmen, jemand anderem das Leben zu zerstören, oder? Ich schätze, wir haben alle verschiedene Seiten, die wir nicht immer zeigen. Und zufällig sehe ich momentan eben Kais verborgene.

Wir wenden uns voneinander ab. Kai fährt in den Garten, und ich steige in meinen Wagen. In den wenigen Minuten, die ich bis zu mir brauche, überkommt mich pure Erschöpfung. Der ganze emotionale Stress heute hat mich geschafft.

Mein Kopf ist ein Kriegsgebiet, in dem lauter unterschiedliche Gedanken gegeneinander kämpfen. Sobald sich einer in den Vordergrund drängt, wird er von einem anderen zurückgetrieben. Es ist gnadenlos.

Ich bin wütend auf Harrison, weil er mich verraten hat. Aber auch auf mich selbst, weil ich so blöd war und ihn dieses Video machen ließ. War es wirklich so falsch von mir, ihm zu vertrauen? Ein kleiner Teil von mir will glauben, dass ich unschuldig bin, doch er kann nichts gegen die Stimme in meinem Kopf ausrichten, die stur behauptet, alles wäre meine Schuld und ich hätte mich nie mit Harrison einlassen dürfen. Das war schließlich der Anfang von allem gewesen.

Manchmal ist das Leben seltsam. Man fühlt sich wohl mit seinen Entscheidungen, ist zufrieden mit sich, und auf einmal verwandelt ein einzelner, unbedachter Moment alles in etwas so Furchtbares, dass man gezwungen ist, alles zu bereuen. Ich bin angeekelt von mir – nicht, weil ich etwas mit Harrison angefangen habe, sondern weil ich nicht begriffen habe, worauf ich mich einließ. Nicht mal gestern war es mir klar. Und was wir Harrison eben angetan haben, macht diesen Ekel um nichts besser.

Ich parke vor meinem Haus und hole Kais Rad hinten aus dem Wagen. Dad soll es morgen nicht sehen, wenn er zur Arbeit fährt, deshalb stelle ich es in den Garten und hoffe, dass es in der Nacht nicht geklaut wird. Dies ist keine besonders miese Gegend, aber es kommen schon mal eigenartige Typen auf dem Weg zum Ortszentrum vorbei. Und Kai wäre wenig begeistert, wenn ich ihm erzähle, dass jemand sein Fahrrad gestohlen hat.

Die Haustür ist unverschlossen. Dad vergisst dauernd, sie nachts zu verriegeln, doch ich bilde mir gerne ein, dass er sie absichtlich offen lässt, falls ich meinen Schlüssel vergessen habe.

»Dad?«, rufe ich leise. Es brennt überall Licht, also muss er noch auf sein. Er steht im Wohnzimmer auf einer Trittleiter und versucht, ein Bild an der Wand aufzuhängen.

»Das Bild ist wieder runtergefallen«, sagt er, ohne zu mir zu sehen. Ausnahmsweise hat er mich kommen gehört. Er reckt sich in die Höhe, und die Leiter wackelt. »Es ist ein verdammt hässliches Gemälde, aber Debra hat es geliebt, deshalb muss ich es wieder aufhängen.« Er klemmt sich das Bild unter den Arm und fingert an den Wandhaken. Es stimmt, das Gemälde passt überhaupt nicht zu den Farben hier, *und* Kennedy hat früher Albträume von ihm bekommen; aber unser Wohnzimmer wäre nicht dasselbe ohne diesen trüben See mit den Gesichtern unter der Wasseroberfläche. Mom hatte es vor zehn Jahren von einem ihrer verrückten Künstlerfreunde gekauft.

Ich blicke zur Wanduhr. Es ist nach elf, keine Zeit zum Heimwerken. »Mach es doch morgen früh, Dad.«

»Nein, Vanessa!«, kontert er scharf und sieht zu mir. Seine Wangen sind gerötet. »Siehst du denn nicht, dass ich es wieder aufhänge? Ich bin fast fertig.«

Vielleicht wäre es anders, wäre Mom krank gewesen und hätte schrittweise abgebaut. Wenn wir gewusst hätten, was kommen würde. Vielleicht hätten wir uns mit ein wenig mehr Zeit auf den Verlust vorbereiten können. Doch so war es nicht. Am Mittwochabend hatte Mom Kennedy und mich angeschrien, als wir uns um die Fernbedienung stritten, und uns erinnert, dass wir noch unsere Wäsche nach unten bringen sollten. Am Donnerstagnachmittag wurde sie von einem Sanitäter für tot erklärt. Sie schaffte es nicht mal bis ins Krankenhaus. In dem Augenblick veränderte sich unsere Welt. Wir hatten keine Zeit, uns vorzubereiten. Keine Zeit, es zu akzeptieren. Ich erinnere mich nur, wie ich aus der Schule geholt wurde und keine Luft mehr bekam, als meine Großeltern mir schluchzend erklärten, dass meine Mutter gestorben ist. Als wir in der Notaufnahme ankamen, saß Dad dort mit angezogenen Beinen auf dem Boden, das Gesicht in den Händen vergraben. Es war das erste und einzige Mal, dass ich jemanden vor Schmerz laut heulen gehört habe.

Jetzt starre ich meinen Dad stumm an. Er hat sie so sehr geliebt, dass er nicht weiß, wie er ohne sie leben soll. Es ist, als wäre er in einer Zeitschleife gefangen, die er nicht verlassen kann. Kennedy und ich versuchen es wenigstens.

Dad dreht sich wieder zur Wand und probiert erneut, das Gemälde an seinen Platz zurückzuhängen. Meine

Kehle wird eng, und Tränen brennen in meinen Augen. Er will ihr Andenken so dringend lebendig halten. Ich weiß, dass er das Bild ebenfalls hasst, doch er müht sich ab, obwohl es immer wieder runterfällt. Dad wird zusehends genervter …

Auf einmal packt er das hässliche Bild und wirft es wütend quer durchs Zimmer.

Ich blicke ihn entgeistert an, als er von der Leiter steigt und seine Zigaretten aus seiner Jeanstasche holt. Jetzt flippt er komplett aus. Er brummelt vor sich hin, als er an mir vorbei in die Küche geht. Mich nimmt er nicht wahr – und in gewisser Weise bin ich auch unsichtbar für ihn.

»Das Bild kann einfach unten bleiben, Dad«, sage ich leise und folge ihm in die Küche.

Er schiebt die Terrassentür auf, lehnt sich in den Rahmen und steckt sich eine Zigarette an. Dann bläst er eine Rauchwolke in die kalte Nachtluft. Mom hat ihm nie erlaubt, im Haus zu rauchen, aber sie ist nicht mehr hier. Oft erspart Dad sich den Weg zur Hintertür. Deshalb stinkt es bei uns nach Qualm, und das ist auch der Grund, warum Chyna höchstens einmal die Woche herkommt – weil sie es leid ist, dass ihr Asthma einsetzt, sobald sie durch die Tür tritt.

»Sie wird enttäuscht sein«, murmelt Dad hustend. »Sie liebt das Bild.«

Sie wird auch enttäuscht sein, dass er im Haus raucht, also was spielt das alte Gemälde für eine Rolle?

»Aber Mom ist nicht hier«, sage ich. »Es wird nie wieder so wie früher sein.«

Er dreht sich entsetzt zu mir um. Ihm gefällt es nie, wenn wir solche Sachen sagen. Meistens redet er in der Gegenwartsform von Mom, als wäre sie auf einer Weltreise und würde bald mit Geschenken zurückkehren, uns umarmen und von wilden Abenteuern erzählen. Schön wär's.

»So darfst du nicht denken«, murmelt er. »Wir müssen sie immer noch stolz machen.«

Und wie genau tun wir das, bitte?

Jetzt gerade wäre sie nicht stolz auf ihn. Sie würde wollen, dass er glücklich ist, der Mann, in den sie sich verliebt hatte, kein gequälter, trauernder, schäbiger Einsiedler. Und sie wäre garantiert nicht stolz auf mich. Auf die Tochter, die ihr Verhalten nicht im Griff hat, die verzweifelt ist, weil ihr Privatleben an der ganzen Schule und darüber hinaus rumgeht.

Für einen kurzen Moment überlege ich, es Dad zu erzählen. Ich stelle mir vor, wie ich den Mund aufmache, alles gestehe und ihn, meinen Vater, bitte, mir zu helfen. Ich möchte, dass er mir sagt, alles würde wieder gut, er würde mir helfen. Aber ich weiß, dass er es nicht mehr kann. Er ist taub für alles außer seinem eigenen Schmerz.

Ich lasse ihn stehen und renne nach oben in mein Zimmer. Dort greife ich nach meinem MacBook, sacke aufs Bett und logge mich ein, während mir die Tränen über die Wangen laufen. Es ist einfach zu viel, in diesem Elend allein zu sein. Ich mache kein Licht. Einzig die Bildschirmbeleuchtung scheint mir ins Gesicht, als ich meinen Internet-Browser aufrufe. Ich öffne ein paar neue Tabs, Twitter, Facebook. Zum ersten Mal heute sehe ich auf die Social-Media-Seiten.

Zuerst schaue ich mir Facebook an, weil ich weiß, dass es am sichersten ist. Das benutzt heute so gut wie keiner mehr, daher ist unwahrscheinlich, dass ich dort viel über mich finde. Trotzdem scrolle ich zu meinem Newsfeed und suche nach meinem Namen. Alles, was ich finde, sind hochgeladene Fotos von entfernten Verwandten und Einheimischen mittleren Alters, die dort ihre dreckige Wäsche waschen.

Ich klicke zu Twitter, dem fiesesten Internetdienst von allen. Dort findet sich jeder Klatsch und jedes Highschool-Drama – alle haben etwas zu allem zu sagen, weil es so einfach ist. Jeder zieht sich an den Feeds von anderen hoch, befeuert hitzige Diskussionen, Streitereien und unerwünschte Meinungen. Ich bin nicht doof. Natürlich ist mir klar, was ich sehen werde, denn ich habe nicht vergessen, was ich sagen würde, ginge es um jemand anderen. Dennoch ist es ein Schock, die Posts in meiner Timeline zu lesen.

Was für eine Schlampe
Hat nicht sowieso schon jeder Junge in Westerville North diesen Körper gesehen?
Vanessa Murphy ist echt nicht ganz dicht
#smileforthecamera
O mein Gott, eklig!!

Nur in ein paar der Tweets wird mein richtiger Name genannt, doch es ist klar, dass sie alle mich meinen. Sämtliche Tweets von sieben Uhr heute Morgen bis jetzt. Einer nach dem anderen verhöhnt und beleidigt mich. Meine Mitschüler suhlen sich in der sadistischen Freude, jemand anderen in Stücke zu reißen. Sie sind so unsagbar froh, nicht selbst in der Schusslinie zu stehen, weil es immer witziger ist, andere auszulachen, als ausgelacht zu werden. Das Schmerzlichste ist, dass die meisten dieser Leute letzte Woche noch auf den Schulfluren mit mir geredet und bei Madison Romys Party mit mir herumgealbert haben. Sie haben mittags mit mir am Tisch gesessen. Jetzt ist sonnenklar, dass sie mich nie wirklich gemocht haben, wahrscheinlich immer schon so über mich dachten, nur nie den Mut oder die Gelegenheit hatten, es offen auszusprechen. Mutig – und gehässig – werden sie erst, wenn sie sich mit anderen einig sind. Und gewöhnlich gehöre ich dazu, aber jetzt fühlt es sich so falsch an.

Ich wollte Aufmerksamkeit, ja, allerdings nicht so.

Ich schalte meinen Account privat und knalle mein MacBook zu.

Die himmelschreiende Ungerechtigkeit treibt neue Tränen über meine Wangen, macht mich aber zugleich entschlossener. Jetzt will ich mich dringender denn je rächen.

Nirgends wurde Harrisons Name erwähnt. Keine einzige Andeutung zu Harrison. Was ich mir bereits gedacht hatte. Ich wusste heute Morgen schon, dass ich allein zum Ziel würde. Harrison muss sich nicht sorgen, online gequält zu werden oder seinen sozialen Status zu verlieren – doch wegen etwas anderem sollte er sich Gedanken machen.

Wegen Kai und mir.

7

Am nächsten Morgen verschlafe ich. Zugegeben, mit Absicht. Ich ertrage den Gedanken nicht, wieder durch die Flure zu gehen. Wie ahnungslos ich gestern Morgen noch war, als schon alle das Video auf ihren Handys hatten. *Wie dämlich.*

Ich habe Chyna eine Textnachricht geschickt, dass sie mich nicht abholen soll, und ihr versprochen, im Laufe des Vormittags in der Schule zu sein. Egal, wie sehr mir davor graut, ich will Chyna nicht in der Mittagspause hängen lassen. Wir haben unseren Tisch in der Cafeteria, den wir mit einigen gemeinsamen Freundinnen teilen, aber Chyna ist zurückhaltender als ich, bleibt gern in meinem Schatten, und sie würde nervös, wenn ich nicht aufkreuze. Deshalb muss ich mich heute in der Schule zeigen. Um meiner Freundin willen.

Die zweite Stunde ist fast vorbei, als ich an der Schule ankomme. Nicht in dem grünen Rostmonster. Mit dem ist Dad heute Morgen zur Arbeit gefahren, daher musste ich improvisieren. Ich bin mit Kais Fahrrad hier. Peinlich, aber nicht annähernd so peinlich wie ein Sextape. Ich stelle fest, dass es fast befreiend ist – sich schon derart bloßgestellt zu fühlen, dass es egal ist, was man als Nächstes tut, weil man nicht tiefer sinken kann.

Auf dem Weg her hatte ich beim Baumarkt angehalten und ein Fahrradschloss gekauft, denn auf dem Schulgelände ist gar nichts sicher. Und sollten mich, die Zielscheibe Nummer eins, andere auf dem Rad kommen sehen, würden sie es wahrscheinlich kaputt machen und in den Müllcontainer schmeißen, nur um mich zu triezen. Dann bringt Kai mich um.

Aber es ist niemand in der Nähe. Ich schließe das Rad an einem Ständer an und suche unter den anderen dort nach dem von Kais Vater, aber ich erinnere mich nicht mehr genau, wie es aussah. Kais ist dunkelblau mit roten Ringen an den Rädern, aber das von seinem Vater war dezenter. Ich schaue mich weiter um, bis mir aufgeht, dass ich eigentlich wissen will, ob Kai in der Schule ist oder nicht.

Natürlich ist er das. Warum sollte er nicht? Es ist erst sein zweiter Tag. Ich weiß nicht mal, warum Kai von der Westerville Central hergewechselt hat. Das muss ich ihn fragen, aber anscheinend darf ich in der Öffentlichkeit nicht mit ihm reden.

Das Läuten zur ersten Pause hallt über den verlassenen Schulhof. Es ist mein Signal, meinen Mut zusammenzunehmen und das Gebäude zu betreten. Ich hole tief Luft, mehrmals, und gehe auf die Tür zu. Ich trage eine weite Jeans und einen Hoodie, weil ich weiß, dass es wie Fütterungszeit im Zoo wäre, sollte ich in meinem üblichen Stil erscheinen. Mir gefallen enge Jeans und tief ausgeschnittene Tops, weil ich mag, wie sie aussehen. Doch Aufmerksamkeit auf meinen Körper zu lenken würde mir jetzt wenig helfen. Also noch ein Mittelfinger an Harrison, weil er mich zwingt, mich anders zu kleiden.

Schüler strömen aus dem Gebäude, und ich habe

Mühe, mich in die entgegengesetzte Richtung zu bewegen. Ich ignoriere das Tuscheln und Lachen. Was nicht heißt, dass es mir nicht wehtut. So sehr ich mich auch anstrenge, tough zu sein, kann es mich letztlich nicht retten. Ich halte den Kopf hoch und blicke geradeaus, die Lippen fest aufeinandergepresst. Die Gesichter um mich herum beachte ich nicht, nehme sie nur als verschwommene Masse wahr. Ich sehe weder Harrison noch seine Freunde. Kai will ich nicht sehen, denn jetzt gerade fühlt er sich wie der einzige Freund an, den ich neben Chyna noch habe. Deshalb fürchte ich, dass ich direkt zu ihm laufen würde. Und ich kann unmöglich wissen, ob ich ihm trauen darf. Außerdem hat er mir klargemacht, dass er nicht mit mir gesehen werden will.

Als ich die Türen der Cafeteria erreiche, wappne ich mich. Die Cafeteria ist immer toxisch – hier brechen die Streitereien aus, die sich den ganzen Vormittag zusammengebraut haben, werden Auseinandersetzungen zu Faustkämpfen und findet das Jüngste Gericht für diejenigen statt, die Fehler gemacht und gegen die Schulregeln verstoßen haben.

Ich folge ein paar Mädchen aus dem ersten Jahr in den Ring. Es ist laut, überall wird geredet, gelacht, und Leute wandern mit Tabletts umher. Zuerst bete ich auf dem Weg zwischen den Tischen hindurch, dass alle zu sehr mit sich selbst beschäftigt sind, um mich zu bemerken. Dann jedoch setzt es ein, das minimale Verstummen, die Blicke, das Flüstern.

Es ist schwer, nicht zu lauschen, was sie sagen, und ich zucke ein wenig zusammen, doch es wird leichter, als ich endlich Chyna an unserem Tisch sehe. Sie ist allein und stochert in ihrem Essen, was seltsam ist. Normalerweise ist unser Tisch voll besetzt. Als ich mich nähere, blickt Chyna auf und strahlt vor Erleichterung.

»Du bist hier!«, sagt sie. Ihr Lächeln ist breit und wunderschön. Sie steht auf und umarmt mich fest. Diese Umarmung bedeutet viel mehr, als dass sie dankbar ist, weil ich gekommen bin. Sie ist voller Wärme und erinnert mich daran, dass Chyna für mich da ist. Ich erwidere die Umarmung, vergrabe mein Gesicht in ihren Zöpfen und kämpfe mit den Tränen. Manchmal sehe ich Chyna an und erkenne mein früheres Ich in ihr. Glücklich, leidenschaftlich, loyal – und voller Hoffnung auf das, was vor uns liegt. In den letzten paar Jahren bin ich ein vollkommen anderer Mensch geworden, trotzdem haben wir uns nie auseinandergelebt. Es klingt kitschig, ich weiß, aber ich bin mir sicher, dass wir ein Leben lang beste Freundinnen sein werden.

Wir setzen uns nebeneinander an den Tisch, und wieder schaue ich zu all den freien Stühlen. Tausende Augen stieren mich an. »Wo sind alle?«

Chyna zuckt mit den Schultern und senkt den Blick. Wir wissen beide, wo unsere Freunde sind. Weit weg von mir. Auf keinen Fall wollen sie mit dem Schulflittchen gesehen werden. Tja, die können mich mal. Verlogene Idioten. Chyna schiebt mir ihr Tablett hin und bietet mir einige ihrer Weintrauben als Trost an. »Tut mir leid«, sagt sie.

»Ist schon gut«, lüge ich und stecke mir eine Traube in den Mund. Vielleicht war mir längst klar, dass sie sowieso meine einzige richtige Freundin ist. Ich sitze mit dem Rücken zur Cafeteria, weil ich keinen ansehen will. Stattdessen starre ich durch die schmutzigen Fenster nach draußen. Es ist nicht gut. Fühlt es sich so an, von der Gesellschaft ausgestoßen zu sein? Ich wette, sogar der gruselige Ryan Malone hat mehr Freunde an seinem Tisch als ich.

»Du hast mir noch nicht erzählt, was gestern Abend mit Kai war.«

Ich sehe Chyna an. Wahrscheinlich ist es dumm, zu gestehen, dass ich an einer Straftat beteiligt war, aber sie ist meine beste Freundin. »Wir sind mit dem Rad zu Harrison gefahren und haben seinen Truck lahmgelegt«, antworte ich leise und schaffe es, verschlagen zu grinsen. »Danke für den Tipp.«

Chyna fällt beinahe vom Stuhl. »Ihr habt echt seine Reifen aufgeschlitzt?!«

»Pst!«

»Entschuldige. Aber …«

»Kai hat die eigentliche Arbeit gemacht«, erkläre ich feige, um mich zu entlasten. »Ich habe nur Schmiere gestanden. Es … hat Spaß gemacht.« Ich erinnere mich an meine entsetzliche Angst, aber auch an diesen Rausch aus Aufregung und Adrenalin, und ich frage mich, was Kai und ich als Nächstes tun werden. Es ist ein bisschen wie ein Videospiel.

Chyna mustert mich streng. »Erzähl mir nicht, dass du jetzt komplett abdrehst und im Gefängnis landest oder so.«

»Ach was, mach dir keine Gedanken.« Wenn ich es überlebe, Mom zu verlieren, kann ich alles überleben.

»Tja, tue ich aber«, erwidert Chyna ernst. »Geht es dir gut?«

Ich nicke und ringe mir ein Lächeln ab. Wir beide wissen, dass es gekünstelt ist und es mir nicht gut geht. Doch was kann ich anderes tun, als die nächsten Tage, Wochen oder Monate durchzustehen, bis sich alle auf die nächste Person stürzen, die einen Fehler gemacht hat?

#smileforthecamera ist mit knallrotem Marker auf meine Spindtür gekritzelt. Ich höre Gekicher um mich herum, als ich es entdecke, schlucke aber und öffne den Spind, um meine Bücher herauszuholen. Stammt die Kritzelei von den gleichen Leuten, die gestern dieses Hashtag bei Twitter eingestellt haben? Oder sind sich schlicht alle Mitschüler einig, dass sie mich hiermit quälen wollen?

Ich knalle die Spindtür wieder zu und drehe mich um, stoße allerdings einen stummen Schrei aus, als jemand direkt vor mir steht.

»Vanessa«, sagt Harrison leise. Er sieht zu der Schmiererei und verzieht das Gesicht. Dann blickt er mir in die Augen und kommt noch näher. »Du hast nicht zufällig letzte Nacht die Reifen von meinem Truck aufgeschlitzt, oder?«

»Ich habe keinen Schimmer, wovon du redest«, entgegne ich ruhig und remple ihn mit der Schulter an, als ich an ihm vorbeigehe. Ich kann ihn nicht mal ansehen, so sehr hasse ich ihn.

Eine feste Hand packt mich und reißt mich zurück. »Vanessa«, sagt Harrison wieder, diesmal aggressiver. Er drückt meinen Arm zu sehr, und sein Blick wird drohend. »Finger weg von meinen Sachen, verdammt.«

»Mach du keine privaten Sachen öffentlich«, fauche ich, reiße die Augen weit auf und ergänze: »Oh, Moment, zu spät, nicht?« Mit einem verbitterten Grinsen entwinde ich mich ihm grob, und wir funkeln einander an, zwei Menschen, die zu Feinden geworden sind.

Erst jetzt bemerke ich, dass wir Publikum haben. *Na-*

türlich. Alle beobachten uns, lauschen auf jedes Wort, lechzen nach neuen Entwicklungen in diesem Skandal. Ich will ihnen nicht noch mehr Klatsch bieten, deshalb beiße ich die Zähne zusammen und gehe weg, obwohl ich Harrison dringend mit Fußtritten aus dem Gebäude befördern will.

Mit meinem Englischbuch vor der Brust eile ich zum Klassenraum und komme dort an, als es eben läutet. Ich bin eine der Ersten, was bedeutet, dass ich mir einen Tisch aussuchen kann. Oft wählen die Leute dieselben Plätze in jedem Kurs, aber das ist keine Regel, und ich werde mich auf keinen Fall an meinen üblichen Tisch setzen. Englische Literatur habe ich mit Noah zusammen, und gewöhnlich sitzen wir nebeneinander in der hintersten Reihe, wo wir albern scherzen und flirten – zumindest taten wir das. So kam es überhaupt zu der Geschichte zwischen uns, doch seit ich Schluss gemacht hatte, reden wir nicht mehr viel. Gestern hat er sich wie ein Arsch benommen, deshalb weigere ich mich, neben ihm zu sitzen und mir seine Verbalattacken zuzumuten. Ich nehme jemand anderem den Tisch gleich vorn am Fenster weg.

Die anderen Schüler kommen, und keiner kann widerstehen, immer wieder zu mir zu linsen. Bald fällt mir auf, dass alle Tische um mich herum frei sind. Niemand will in meiner Nähe sitzen. Es ist, als wäre ich das Kind in der Mittelstufe, das die Vorzüge von Deo noch nicht entdeckt hat und zu eklig müffelt, als dass man sich näher als zwei Meter an es herantraut. Ich schließe die Augen und atme durch. *All diese Leute mit all ihren Handys, auf denen das Video ist …*

Jemand fläzt sich auf den Platz neben mir. Ich sehe

flüchtig hinüber. Es ist Kai. Er trägt eine Cleveland-Browns-Baseballcap verkehrt herum und fängt an, es sich gemütlich zu machen. Alles an seinem Verhalten ist unangestrengt, beinahe träge, und als er sehr kurz aus dem Augenwinkel zu mir schaut, möchte ich schwören, dass ich ein Lächeln sehe.

»Hey«, murmle ich und neige mich ein wenig zu ihm. Er ist der einzige Freund, den ich in diesem Raum habe. Gott sei Dank, dass er in dem Kurs ist – und hoffentlich auch in einigen meiner anderen. Auf einmal besteht Hoffnung, dass ich die nächste Stunde überlebe.

»Undercover, Nessie«, zischt Kai, ohne die Lippen zu bewegen. Er sieht geradeaus zu der leeren Projektor-Leinwand. Ich weiß nicht, ob er freiwillig neben mir sitzt oder weil ihm nichts anderes übrig bleibt.

Seufzend wende ich mich wieder meinem Tisch zu und trommle mit den Fingern auf der Pressholzplatte, während ich auf Miss Anderson warte. Mein Handy vibriert in meiner Tasche. Ich hole es heraus und sehe fragend zu Kai – es ist eine neue Nachricht von *Kai Washington (Partner)*. Er strengt sich merklich an, mich zu ignorieren.

Ich habe dir gesagt, du sollst nicht mit mir reden.

Oh, nett. Das war also wirklich ernst gemeint. Ich antworte ehrlich:

Sorry, habe sonst keinen.

Verstohlen beobachte ich, wie seine Fingerspitzen übers Display huschen, nachdem er meine Antwort gelesen hat.

Bleib nach dem Kurs, bis alle gegangen sind. Ich habe eine Idee, was wir als Nächstes machen können.

»Hey, hat hier jemand eine Kamera dabei?«, schallt eine Stimme durch den Raum, und als ich aufschaue, kommt Noah herein. »Nur falls uns hier jemand einen Striptease liefern will?« Er grinst mir fies zu, während alle gackern. Als er zu seinem üblichen Platz kommt, schüttelt er den Kopf. »Ach, Vanessa, komm schon her zu deinem Platz. Vielleicht können wir ein bisschen Spaß haben, wenn Miss Anderson nicht guckt. Sieh mal, ich mach es dir sogar leicht.« Er öffnet den Knopf seiner Jeans und prustet vor Lachen, als einige andere Jungs aus dem Team sich um ihn scharen und ihn abklatschen. Alle lachen wie verrückt. Auf meine Kosten. Früher fand ich Noah attraktiv, er ist der typische Klassenclown, aber seine Pointe zu sein ist nicht witzig.

Meine Wangen glühen vor Wut. Ich drehe den Kopf wieder nach vorn und versuche alles auszublenden, bin jedoch so angespannt, dass ich fürchte, ich könnte jeden Moment platzen. Was dann herauskäme, weiß ich nicht. Und sollte ich den Mund aufmachen, breche ich vielleicht in Tränen aus oder schlage jemanden. Ich denke an all die fiesen Bemerkungen, die ich Noah an den Kopf schleudern könnte, aber ich halte den Mund.

Jetzt sieht Kai mich an. Unsere Blicke begegnen sich, und ich erkenne, dass er besorgt ist. So, wie er an seiner Unterlippe nagt, überlegt er anscheinend, ob er mich trösten soll oder nicht. Und dann tut er etwas sehr Bizarres – er *verteidigt* mich. Kai dreht sich auf seinem Stuhl um, sieht Noah an und sagt cool: »Ich glaube nicht, dass sie deine Filzlausfarm anfassen will.«

Noahs Lachen verstummt, und alles wird still. Noah hockt auf seiner Tischkante. Seine Nasenflügel blähen sich, als er Kai misstrauisch ansieht. »Wer bist du denn?«

»Der Line-Runner aus dem Team, das euch letztes Wochenende den Arsch versohlt hat«, antwortet Kai mit einem provozierenden Lächeln. Nun begreifen alle, dass Kai von der Westerville Central ist. Wahrscheinlich fragen sie sich dasselbe wie ich: Was macht ein Central-Schüler an der Westerville North?

»Du musst nicht den Toughen geben, um sie zu beeindrucken«, sagt Noah schroff und sackt auf seinen Stuhl. Dann sieht er mich hasserfüllt an. »Frag sie einfach. Die bespringt alles, was einen Puls hat.«

»Ruhe bitte!« Miss Anderson klatscht in die Hände, als sie den Raum betritt. Wir alle gehorchen, als sie direkt dort ansetzt, wo wir letzten Freitag stehen geblieben waren.

Am Freitag war alles noch anders. Ich war hinten an meinem Tisch und habe mit Noah über die bevorstehende Party bei Maddie Romy geredet, an die Drinks, die Musik und die Küsse mit Harrison Boyd gedacht. Ohne zu ahnen, dass jene Party der Anfang vom Ende von Vanessa Murphy sein sollte.

Während des Unterrichts versuche ich mehrmals, Blickkontakt zu Kai herzustellen, aber er gibt sich ganz auf Miss Anderson konzentriert und kaut auf seinem Stift wie gestern Abend in der Bücherei. Im Gegensatz zu ihm bekomme ich nichts mit. Ich bin gelähmt vor Angst, dass Noah eine Gelegenheit findet, noch mehr Scherze in den Raum zu werfen. Was er nicht tut, und als die Stunde um ist, bleibe ich auf meinem Platz. Kai packt absichtlich langsam ein, und wir beide warten, dass sich der Raum leert und wir reden können.

Noah geht zwischen unseren Tischen hindurch und rammt mit der Schulter gegen Kai, ehe er mich angrinst. »Das hast du dir selbst eingebrockt«, sagt er hämisch und verlässt das Klassenzimmer.

Ich starre ihm hinterher. Meine Gedanken von letzter Nacht kehren zurück. Die Schuld, die Scham. Wäre ich nicht auf der Party gewesen … Hätte ich nichts mit Harrison gehabt … Wäre ich nicht zu angetrunken und sorglos gewesen, um ihm zu sagen, dass er das Handy wegstecken soll … Hätte ich nicht mein Leben gelebt, wäre nichts hiervon geschehen. Aber genau das hatte ich getan. Ich hatte so gelebt, wie ich wollte. Verdiene ich es, in alle Ewigkeit geächtet zu werden, weil ich mich mit einem Jungen amüsiert habe, den ich nett fand? Das scheint jeder zu denken.

Sobald alle weg sind, stehe ich ebenfalls auf und sehe Kai an. »Warum hast du das gemacht?«

»Na, du wolltest ja nichts sagen.« Er nimmt seine Baseballcap ab, fährt sich durchs Haar und setzt sie wieder auf. Wieder verkehrt herum. »Und bei einem North-Spieler konnte ich nicht widerstehen.«

»Falls es dir entgangen ist, du bist jetzt auch ein North-Schüler.«

»Aber in mir fließt Central-Blut, Nessie«, entgegnet er inbrünstig, hält eine geballte Faust in die Höhe und schließt die Augen. Als er sie wieder aufmacht, lächelt er und senkt die Stimme. »Ich hoffe, du hast nach der Schule Zeit, denn wir bleiben länger. Wir müssen uns in eine Umkleide schleichen und ein Handy klauen. Und du gibst dein Bestes. Ich will keine Entschuldigungen hören.

Lässt du dir das ernsthaft von diesem Idioten-Team antun? Wehr dich, Vanessa.«

Mein richtiger Name klingt fremd aus seinem Mund. »Vanessa?«

»Ich rede jetzt nicht als Partner mit dir«, sagt Kai, beugt sich zu mir und hebt sanft mein Kinn mit seinem Daumen an. Es ist so behutsam, dass mein Atem stockt, als ich zu ihm aufsehe. »Ich rede als Freund mit dir. Und ich sage dir, dass du durchhalten und nach vorn schauen musst.« Er nickt mir zu, als würde er ernsthaft glauben, dass ich die Kraft besitze, all die Gehässigkeiten zu ignorieren. Dann klemmt er sich seine Bücher unter den Arm und geht.

Ich schlucke und streiche mit den Fingern über die Stelle, an der ich seine Berührung noch fühle.

8

Nach Schulschluss schließe ich mich in einer Toilettenkabine ein, bis alle das Gebäude verlassen haben. Zwanzig Minuten nach dem letzten Läuten dauert die Unruhe auf dem Korridor immer noch an, alle gehen zu ihren Schließfächern und treffen sich mit Freunden. Sobald ich eine Weile nichts gehört habe, verlasse ich die Kabine und spähe auf den Flur draußen. Es muss etwas von einem Comic-Agenten haben, wie ich mich nach allen Seiten umsehe, ob die Luft rein ist.

Ein Hausmeister wischt den Boden an einem Ende des Korridors, also wage ich mich aus der Toilette und zu meinem Spind. Dort steht Kai mit einem Marker in der Hand und ergänzt das Gekritzel auf der Tür.

»Willst du so alle überzeugen, dass wir *keine* Freunde sind, obwohl du vorhin das Gegenteil zugegeben hast? Indem du noch mehr Beschimpfungen auf meinen Schrank schreibst?«, frage ich. Eigentlich interessiert mich nicht mehr, was irgendwer da noch draufschreibt, sondern ich bin eher neugierig.

Kai zuckt beim Klang meiner Stimme zusammen und blickt mit dem Stift in der Hand auf. »Genau genommen korrigiere ich es.«

Ich bleibe neben ihm stehen und betrachte meinen

Spind. Das Hashtag ist komplett übermalt von einem Bild, das aussieht wie ein Meer, aus dem …

»Das Monster von Loch Ness?«

Kai grinst, sichtlich stolz auf seine dürftige Zeichenkunst. »Nessie. Clever, was? Dein geheimer Codename ist vor aller Augen versteckt.«

»Eigentlich nicht«, sage ich und sehe genauer hin. Kais Darstellung des Loch-Ness-Ungeheuers ist ziemlich furchtbar – ein schauriges Reptil mit einem riesigen Glupschauge. »Jeder wird denken, dass mich jemand eine Schlange nennt.«

Kai betrachtet sein Werk wieder. »Mist!« Er übermalt Nessie wieder, sodass nur eine wirre Krakelei bleibt, als hätte sich hier ein Dreijähriger mit einem Marker ausgetobt. Aber das ist nicht so schlimm wie das Hashtag. Und irgendwie ist es auch niedlich, dass er versucht, meinen Spind ein bisschen besser aussehen zu lassen. »Okay, kommen wir zum Wesentlichen. Die Umkleide. Wie kommen wir da hin?«

Ich führe Kai durch den Korridor zum Haupteingang nach draußen, vorbei an den Schulbüros, in denen wir uns gestern zum zweiten Mal begegnet waren. Es kommt mir vor, als ob es viel länger her wäre. Hätte Kai sich sonst wohl die Mühe gemacht, mich nach der Party wiederzufinden, wäre ich ihm nicht praktisch serviert worden? Oder bin ich schlicht eine Gelegenheit, die sich ihm bietet? Ich weiß es nicht, aber ich bin froh, dass ich dies hier nicht allein tun muss.

Wir treten hinaus auf den Schülerparkplatz, wo nur noch wenige Autos stehen. Wahrscheinlich gehören sie Schülern, die nachsitzen müssen oder länger bleiben, um noch zu lernen. Chynas Wagen ist weg. Ich hatte ihr gesagt, dass sie nicht auf mich warten soll, weil ich noch zu arbeiten hätte, und sie hatte nicht nachgefragt. Ich bin mir nicht sicher, ob sie gut findet, was Kai und ich tun, also denke ich nicht, dass sie mehr wissen will.

»Wo ist der Hulk?«, fragt Kai im Scherz, als er mir um das Gebäude herum folgt.

»Ich habe dir doch gesagt, dass er grünes Rostmonster heißt«, sage ich stirnrunzelnd. »Und ich bin mit deinem Rad hier.«

Abrupt bleibt Kai stehen. »Wie bitte? Du bist was?«

»Mit deinem Rad hier«, wiederhole ich und gehe weiter, sodass er mir nachlaufen muss. Heute steht die Sonne wieder tief, und es ist kühl. Mein Lieblingswetter. Ich mag kalte, sonnige Tage, an denen man eine Sonnenbrille tragen kann und trotzdem eine dicke Jacke.

»Und wer hat dir erlaubt, mit *meinem* Rad zur Schule zu fahren?«, fragt er empört. Jetzt geht er neben mir, und sein Ellbogen streift meinen. Ich versuche mich nicht zu sehr darauf zu konzentrieren, weil es sicher nicht absichtlich geschieht.

»Du.«

»Ich habe dir mein Rad nur für unsere geheimen Einsätze gegeben.«

»Und ist dies hier etwa keiner?« Ich sehe zu ihm. »Einer, von dem du mir bisher nichts Näheres verraten hast.«

Kai seufzt resigniert. »Die Warriors – die übrigens total schlecht sind – haben jetzt gerade Training. Ich habe es von ein paar Jungs aus dem Team heute Morgen im Chemie-Labor gehört. Also wissen wir genau, wo Harrison gerade ist, und sein Kram ist hoffentlich in der Umkleide«, erklärt er.

»Alles klar. Und wir stehlen sein Handy und …?«

»Hacken es«, beendet er meinen Satz. »Irgendwie.«

Mir gefällt der Gedanke, Zugriff auf Harrisons Handy zu haben, auch wenn es nur bedeutet, dass wir das verfluchte Video an seiner Quelle löschen können. Es verhindert nicht, dass es weiter verbreitet wird. Und alle anderen haben es schon. Trotzdem fühle ich mich dann vielleicht ein bisschen besser. Eventuell könnte ich in Harrisons Nachrichten irgendwas unglaublich Peinliches über ihn finden, das ich benutzen kann, um ihn so zu beschämen wie er mich. Sein ganzes Leben muss auf dem Handy sein, jedes Detail, ob gut oder schlecht – und ich könnte so viel tun, wenn ich es in die Finger bekäme.

Das Footballfeld befindet sich hinter der Schule. Ich kann das Ächzen und Brüllen hören, bevor wir es sehen, und als wir um die Ecke kommen, ziehe ich Kai am Arm hinter ein Auto. Wir blicken uns um, prüfen die unmittelbare Umgebung. Das Schulteam der Westerville North ist auf dem Feld, läuft und wirft Footballs hin und her. Aus der Ferne wirken die Spieler winzig.

»Tut mir leid, ich weiß nicht, welche Umkleide sie benutzen«, gestehe ich achselzuckend. Ich war bisher nur bei ein paar Spielen, und das auch bloß, wenn mich ein Junge darum gebeten hatte. Wie Noah letzten Herbst und Harrison in diesem Jahr.

»Aber ich«, sagt Kai. Er zeigt über das Feld zu einem kleinen Gebäude nahe der Tribüne. »Da ist die Umkleide für das auswärtige Team, in der war ich schon. Also«, jetzt zeigt er auf ein anderes Gebäude ein Stück näher bei uns, »müssen wir da hin.«

»Kein Problem«, sage ich, sehe mich abermals um und

sprinte hinter dem Wagen hervor und über den Asphalt zur Umkleide. Kai ist mir dicht auf den Fersen, und wir laufen beide leicht geduckt, als wären wir so weniger gut zu sehen. Auf jeden Fall dürfte sich jeder kaputtlachen, der uns so sieht.

»Ich glaube, du fängst an, das hier zu genießen«, sagt Kai, als wir uns an die Mauer der Umkleide drücken, um uns zu verstecken.

»Ich genieße die Vorstellung, Harrison durch die Hölle zu schicken«, korrigiere ich, doch Kai hat recht: Es ist irgendwie aufregend. Wir sind in einem Spiel – wir gegen Harrison Boyd. Und der Siegerpreis? Zuletzt zu lachen. »Bitte, sei nicht abgeschlossen«, flüstere ich, als ich nach der Tür greife, und atme auf, als sie sich mühelos öffnen lässt.

»Mann, es wäre spannender gewesen, hätten wir ein Fenster einschlagen müssen«, sagt Kai. »Aber wahrscheinlich ist es besser, wenn wir nicht noch mehr Schaden anrichten.«

In der Umkleide ist es still und stinkt so extrem nach Schweiß und Deo, dass ich beinahe würge. Überall auf den Holzbänken sind Taschen und Klamotten verteilt, und auf dem Boden liegen achtlos abgestreifte Schuhe. Außerdem sind hier eine Menge Schließfächer … und eine Menge Zahlenschlösser. Verdammt.

»Wahrscheinlich ist sein Handy in einem Schließfach«, sage ich unglücklich und suche nach einem Hinweis, welcher Schrank wem gehören könnte. Keine Namen, nur Nummern, bei denen ich darauf tippe, dass sie denen auf den Trikots der Spieler entsprechen. Hätte ich doch nur bei den Spielen besser aufgepasst, dann wüsste ich, welche Nummer Harrison hat. »Tja, wir haben es versucht.«

»Nicht so schnell.« Ich beobachte, wie Kai im Raum umhergeht und sich nachdenklich das Kinn reibt. »Was hat Harrison heute angehabt? Hast du ihn gesehen?«

»Ja. Er hat mich auf dem Korridor abgefangen.« Ich erwähne nicht, dass er mich beschuldigt hat, seine Reifen zerschlitzt zu haben, weil es kein großes Ding ist. Harrison wird sowieso ahnen, dass ich hinter allem stecke, was ihm in den nächsten Tagen an Miesem passiert, aber was soll er machen? Nichts. Deshalb ist es ja so befriedigend. »Schwarze Jeans«, sage ich nach kurzem Nachdenken.

Kai greift nach der nächsten schwarzen Jeans, kramt in den Taschen und holt eine Brieftasche heraus. Er sieht nach dem Schülerausweis drinnen – es ist nicht Harrisons. Seufzend wirft er die Jeans zurück auf die Bank und nimmt sich eine andere vor. Ich suche mit, hebe eine Jeans vom Boden auf und durchsuche die Taschen. Darin finde ich eine Brieftasche und ein Smartphone. Ich muss nicht auf den Schülerausweis sehen, um zu wissen, dass es Harrisons Sachen sind – ich kenne das Hintergrundbild auf seinem Handy. Es ist sein bescheuerter Truck. Idiot.

»Gefunden!«, sage ich aufgeregt und halte Kai das Handy hin. Es ist passwortgeschützt, aber immerhin. Wenigstens haben wir es jetzt, womit wir schon einen Schritt näher dran sind, Harrison Boyds Leben zu hacken.

Kai lässt die Hose fallen, die er durchsucht hat, kommt zu mir geeilt und nimmt die Brieftasche aus meiner anderen Hand. Er zieht den Führerschein heraus, hält ihn in die Höhe und grinst. Nachdem er den Führerschein zurückgesteckt er, nimmt er sich dreißig Dollar, und ich sehe ich fragend an. »Keiner hat gesagt, dass wir sein Handy klauen, aber kein Bargeld. Außerdem finde ich, dass wir eine kleine Kompensation von ihm verdienen«, erklärt Kai.

Wir packen die Brieftasche wieder in Harrisons Jeans und legen sie dorthin zurück, wo wir sie gefunden haben. Ich trage Harrisons Handy wie eine Trophäe vor mir her – er hat mir meine Würde gestohlen, und ich stehle ihm sein Telefon. Wir verlassen die Umkleide, verblüfft, wie leicht das war, da höre ich Schritte hinter uns.

»Was macht ihr zwei hier?«, fragt eine mürrische Stimme, und Kai und ich erstarren.

Rasch lasse ich Harrisons Handy in der Tasche meines Hoodies verschwinden und drehe mich mit Kai zusammen um. Coach Maverick kommt auf uns zu. Er bleibt einige Schritte entfernt von uns stehen und stemmt die Hände in die Hüften. Er ist alt, kurz vor der Pensionierung, doch an der Westerville North ist er so eine Art Legende. Er zieht die buschigen grauen Augenbrauen zusammen.

»Hey, Coach Maverick«, sage ich höflich lächelnd. »Dies ist mein Freund, Kai Washington. Er hat gerade auf unsere Schule gewechselt, und weil er Football spielt, habe ich gedacht, ich führe ihn mal rum. Das ist hoffentlich okay.« Es ist eine beinahe überzeugende Lüge, und ich sehe, wie sich die Stirnfalten des Coachs ein wenig glätten.

»Hier drinnen dürft ihr aber nicht sein«, sagt der Coach und sieht Kai interessiert an. »Von wo kommen Sie?«

Kai senkt den Blick und wird ein bisschen rot. »Von der Central, Sir.«

»Autsch«, sagt Coach Maverick und legt eine Hand an seine Brust, als sei er verletzt worden. Ein gegnerischer Spieler in seiner Umkleide … »Ihr habt uns letztes

Wochenende vernichtend geschlagen«, gibt er zu. »Falls Sie interessiert sind, für uns zu spielen, finde ich garantiert einen Platz für Sie. Ich bin mir allerdings nicht sicher, was meine Jungs dazu sagen.«

»Nein, danke, Coach«, sagt Kai. Er sieht grinsend auf. »Lieber würde ich mich vor einen Bus schmeißen.«

Coach Maverick öffnet erschrocken den Mund, was sich jedoch schnell in ein Grinsen verwandelt. »Na gut, aber ihr müsst jetzt verschwinden. Und fragt mich um Erlaubnis, bevor ihr euch wieder hier rumtreibt.«

Das muss er uns nicht zweimal sagen. Kai und ich rennen wie der Blitz los, sobald wir aus der Umkleide sind. Wir lachen beim Laufen, kosten den Kitzel der Flucht aus und werden erst langsamer, als wir wieder vorm Schuleingang sind. Ich muss die Hände auf die Knie stützen, um genug Luft zu bekommen.

»Gut geschaltet«, lobt Kai und lehnt sich an die Schulmauer. Er atmet schwer. »Eine Sekunde lang dachte ich, wir sind total im Eimer.«

Ich richte mich wieder auf. »Zum Glück hat er mir geglaubt. Echt, man kommt aus so gut wieder jeder Situation, wenn man Unschuld vortäuscht.«

»Hoffen wir es«, sagt Kai. »Nie irgendwas zugeben, was? Ich finde, das schreit nach Essen.« Er zieht die gestohlenen dreißig Dollar aus der Tasche und reicht sie mir.

Unsere Finger streifen sich, und wir beide stocken für einen Moment. Ich sehe zu unseren Händen, die nur das Geld trennt, und frage mich, wie es wäre, *richtig* seine Hand zu halten. Doch ich widerstehe dem Drang, die Geldscheine fallen zu lassen und meine Finger mit seinen zu verschränken.

Wir beide blicken auf. Kai grinst spöttisch, so wie gestern im Büro, obwohl ich schwören möchte, dass er auch ein bisschen errötet, als er nun zurücktritt.

»Geht auf Harrison.«

9

»Sicher könnte ich auf Craigslist einen Hacker finden«, überlegt Kai zwischen zwei Bissen von seinem Cheeseburger.

Wir sitzen uns in einer Nische von Delaney's Diner gegenüber. Es ist ein kleines Stück außerhalb von Westerville, südlich vom Outerbelt, der Interstate, die um Columbus herumführt und die Grenze zwischen der Stadt und den Vororten markiert. Wir sind mit den Rädern hergefahren, wobei wir auf den Gehwegen blieben, um dem dichten Verkehr auszuweichen. Jetzt sind beide Fahrräder vor dem Diner an einem Briefkasten angeschlossen.

»Chyna kennt sich gut mit Computern aus«, sage ich, denn ich erinnere mich an ihr Angebot. Sie ist ein Supertalent in technischen Dingen. Letztes Jahr, als mein Mac mich im Stich ließ, hatte sie per Fernzugriff alle meine Daten auf eine externe Festplatte geschoben, sodass ich weiterhin auf alles zugreifen konnte. Wie viel schwerer kann es sein, das mit einem iPhone zu machen? Eher leichter, würde ich wetten. »Sie hat schon gesagt, dass sie helfen kann.«

»Und wer ist Chyna?«, fragt Kai.

»Meine beste Freundin.«

»Willst du sie da wirklich mit reinziehen?«

»Sie weiß schon Bescheid«, antworte ich verlegen. Durfte ich etwa nicht mal meiner besten Freundin von der Operation Boyd-kott erzählen? Chyna erfährt immer alles. So läuft es eben.

Kai verzieht das Gesicht. »Natürlich tut sie das«, murmelt er und beißt wieder in seinen Burger. Einige Sekunden lang kaut er stumm und schluckt. »Okay, wir können es zuerst mit dieser Freundin versuchen. Dann bei Craigslist. Danach im Darknet. Und wenn nichts funktioniert, zerschmettere ich das Handy.«

Ich nicke zustimmend und wende mich wieder meinem Buffalo-Chicken-Sandwich zu. Es ist noch leckerer, weil es mit Harrisons Geld bezahlt ist. »Darf ich dich etwas fragen?«

»Klar.«

»Warum hast du an unsere Schule gewechselt?«

Kai lehnt sich zurück und trinkt von seiner Pepsi. Sein ruhiger Blick bedeutet wohl, dass er diese Frage erwartet hat. »Ich bin von der Central geflogen.«

Ja, irgendwie hatte ich mir das gedacht. Man wechselt nicht einfach grundlos die Schule. Gewöhnlich tut man es, weil man keine andere Wahl hat – zum Beispiel, wenn man rausgeflogen ist. »Du musst mir ein bisschen mehr als das geben.«

»Ich bin wegen einer Prügelei von der Central geflogen.« Als ich ihn immer noch erwartungsvoll ansehe, stellt er stöhnend sein Getränk ab. »Okay, na gut. Ich war schon einmal im ersten Jahr wegen einer Prügelei suspendiert, und als ich mich letztes Wochenende auf diese Rangelei einließ, war es vorbei. Zwei Fehltritte, und du bist raus.« Er zuckt lässig mit den Schultern und steckt sich ein paar Pommes in den Mund. Ich nehme ihm diese coole Haltung nicht ab, zumal ich einen Anflug von Bedauern in seinen Augen erkenne. Es ist ihm nicht egal, dass er von der Schule geworfen wurde.

»Und warum hast du dich auf die Rangelei eingelassen?«

»Weil ich die Chance zu verlockend fand, Harrison Boyd plattzumachen«, sagt er schlicht, hält aber sofort eine Hand hoch. »Und ich schwöre bei Gott, wenn du mich fragst, warum …«

Ich grinse. »Warum?«

Kai sieht mich an, und die goldene Nachmittagssonne, die durch die Fenster hereinfällt, bringt das Blau seiner Augen zum Leuchten. »Weil Harrison mir etwas Gutes kaputtgemacht hat. Er hat sich etwas genommen, das mir gehörte.«

Das ist alles sehr unklar, und mir gehen lauter mögliche Erklärungen durch den Kopf. Doch Kai will eindeutig nicht darüber reden, also belasse ich es dabei und nehme stumm noch einen Bissen von meinem Sandwich.

»Kann ich *dich* etwas fragen?«, sagt Kai plötzlich, und noch kauend sehe ich zu ihm und nicke. »Warum warst du, du weißt schon, mit ihm zusammen?«

Beinahe verschlucke ich mich. Ich greife nach meinem Eistee und trinke etwas. Kai wartet geduldig auf meine Antwort, dabei ist es eine unglaublich persönliche Frage. »Weil ich …«, beginne ich, nur wird mir bewusst, dass ich keine sinnvolle Antwort parat habe. Ich hatte das mit Harrison angefangen, weil eine lose Affäre das Einzige ist, was für mich infrage kommt. Schon die Vorstellung, ein richtiges Date mit einem Jungen zu haben, verursacht bei mir Schweißausbrüche. Ich will keine emotionale Bindung zu jemandem, weil ich keinen wichtigen Menschen mehr verlieren will. Mehr Verlust verkrafte ich gerade nicht in meinem Leben. »Weil ich es wollte«, gestehe ich letztlich, was eher ein Ausweichen ist. Aber ich kann Kai unmöglich meine Ängste erklären, ohne völlig wahnsinnig zu klingen.

»Aber warum Harrison?«

»Warum Noah Diaz? Warum Blake Nelson? Warum Foster?«, kontere ich. Harrison war nichts Besonderes. Er war bloß wie die anderen. »Weil sie heiß sind, darum. Und weil ich gedacht habe, sie wollen auch keine Beziehung.«

Kai ist verwirrt. »Und das ist gut?«

»Ich glaube nicht an Beziehungen.«

»Du *glaubst* nicht an Beziehungen?«, wiederholt er ungläubig.

»Nein, denn in denen wird immer jemand auf die eine oder andere Weise verletzt. Einem wird das Herz gebrochen, oder der eine stirbt vor dem anderen.« Ich bemühe mich, gelassen zu klingen, als wäre meine Einstellung zu dem Thema total vernünftig. Seit meine Mom gestorben ist, bin ich gegen Beziehungen. Mein Herz ist schon zu gebrochen. »Nichts davon hört sich für mich besonders toll an.« Unweigerlich denke ich an meinen Dad, der jetzt gerade bei der Arbeit durch die Gänge wandert, mit leblosen Augen ins Nichts starrt; sein Herz ist in eine Million winzige Teile zerbrochen, die auf seine Lunge drücken und ihm das Atmen unmöglich machen. So will ich nicht sein, und ich kann es nur verhindern, indem ich nie jemanden zu nahe an mich heranlasse. Wer will denn überhaupt einen Seelenverwandten, wenn er weiß, dass ihm der Verlust das Herz für immer brechen wird?

»Da musst du mir schon mehr geben«, zitiert Kai mich

fast wortgetreu. Er neigt den Kopf zur Seite und betrachtet mich.

Ich versuche, die Gedankenflut zu einer zusammenhängenden Aussage zu ordnen, was unglaublich schwierig ist. Zum ersten Mal will ich gegenüber jemandem laut aussprechen, was ich bisher nur denke. Deshalb klingt meine Stimme weit weg, als ich schließlich sage: »Ich halte nichts von Beziehungen, denn wenn ich jemanden an mich heranlasse … riskiere ich die Möglichkeit, denjenigen zu verlieren.«

Kai lässt meine Worte einen Moment auf sich wirken. Beim Nachdenken verengt er die Augen, ohne den Blick von mir abzuwenden, als versuche er, direkt in meine Seele zu sehen. Ich bin nicht sicher, ob irgendwer je verstehen könnte, wie ich mich fühle, egal, wie sehr jemand sich bemühen mag. Doch dann sagt er: »Ich habe es im Moment eigentlich auch nicht mit Beziehungen.«

Diese Unterhaltung ist zu komisch geworden, und wir schweigen, weil keiner von uns weiß, wie wir hier wieder rauskommen. Ich bin nur froh, dass er nicht nachhakt, denn ich habe keine Ahnung, was ich sonst sagen sollte. Wir beide wenden uns wieder unserem Essen zu; Kai stochert in seinen Pommes, ich in meinem Salat. Minuten vergehen, ohne dass ein Wort gesprochen wird.

Plötzlich klatschen zwei manikürte Hände auf unseren Tisch. Erschrocken blicke ich erst zu Kai, dann zu Madison Romy auf. Sekundenlang sieht sie abwechselnd Kai und mich an, wobei sie ihn besonders misstrauisch beäugt. »Du bist also der Neue, der sich in meiner Küche geprügelt hat.« Dann schaut sie zu mir. »Und du hast ein Sextape im Zimmer meines kleinen Bruders aufgenommen. Was ist hier los? Habt ihr zwei absichtlich eine Szene auf meiner Party gemacht? Um es für mich peinlich zu machen?«

»Nicht alles dreht sich immer um dich, Madison«, erwidere ich, ohne sie anzusehen. Ich trinke einen Schluck und wechsle einen Blick mit Kai. Während ich sauer wegen der Störung bin, scheint Kai sie amüsant zu finden.

Maddie quetscht sich neben mich in die Nische, und ich blinzle verwundert. Was wird das hier? Ein Besuch von der Moralpolizei?

»Alle reden über meine Party«, sagt sie. »Noch mehr als sonst. Und jeder fragt mich, wann ich wieder eine schmeiße. Könnt ihr kommen und für Drama sorgen? Damit es wieder eine Party wird, über die alle reden?«

»Das ist buchstäblich das Egoistischste, was ich je gehört habe«, sage ich und presse eine Hand an meine Stirn. Ich kann nicht glauben, dass sie es ernst meint. Will Maddie so dringend beliebt sein, dass sie Außenseiter sucht, damit die eine Szene bei ihrer Party machen und mehr Aufmerksamkeit auf sie lenken?

»Bezahlst du uns?«, fragt Kai und neigt sich weiter über den Tisch. »Wie wäre es, wenn ich vor allen mit ihr rummache und wir uns dann in die Wolle kriegen? Ich könnte sogar um des Effekts willen eine Delle in eine Wand schlagen. Und sehr viel fluchen.«

»Kai«, zische ich, doch er klimpert nur mit den Wimpern.

Schlägt er ernsthaft vor, mich zu küssen? In der Öffentlichkeit? Er macht nur Quatsch … oder?

»Das wäre super!«, quiekt Maddie und nickt begeistert.

»Maddie, das wird nicht passieren«, sage ich spitz. Ich

massiere meine Schläfen und suche nach der Willenskraft, diese Unterhaltung zu überleben. Maddie Romy ist selbst an guten Tagen ein Albtraum, und jetzt gerade kann ich mit ihrem schrillen Quieken und ihrem Betteln, gemocht zu werden, nicht umgehen.

»Meine Eltern sind noch bis nächste Woche in Florida, und ich dachte, ich kann gleich am Samstag noch eine Party machen«, sagt sie in einem Ton, als wären Kai und ich ihre Freunde. Es ist im Grunde auch nicht so, dass ich sie *nicht* mag. Sie ist bloß eines dieser Mädchen, die von einer Freundesgruppe zur anderen treiben, weil sie um jeden Preis bei allen beliebt sein wollen.

»Wieder? Hast du deine jährliche Partyquote nicht schon erfüllt?«, bemerke ich.

Maddie dreht sich halb zu mir und verschränkt die Arme vor der Brust. Ihre leicht gewellten blonden Haarspitzen wippen jedes Mal, wenn sie den Kopf bewegt. »Mir gefällt nicht, wie du mit mir redest.«

»Und mir gefällt nicht, dass du uns benutzen willst«, erwidere ich prompt.

»Jetzt mal friedlich, ihr zwei«, sagt Kai und lehnt sich charmant grinsend noch weiter über den Tisch. Nun sehe ich ihn wütend an.

»Harrison Boyd erzählt überall herum, dass du seinen Truck beschädigt hast«, platzt Maddie heraus. Ihr Lächeln ist selbstgefällig, als hätte sie mir eben eine fiese Breitseite verpasst.

»Ja, weil ich seinen Truck beschädigt habe«, entgegne ich cool. Rein technisch war es Kai, aber ich nehme mit Freuden die Schuld auf mich.

Für einen Moment ist Maddie sprachlos. »Warte mal. Du bist das wirklich gewesen? Wieso?«

»Was meinst du mit *wieso?*« Als wüsste sie es nicht! Ich wette, sie hat das Video auf ihrem Handy – und noch etwas Fieses über mich online gepostet.

»Was Vanessa zu sagen versucht«, schaltet Kai sich ein, »ist, dass sie unglaublich sauer ist, weil Harrison dieses Video rumgeschickt hat. Und jetzt ist sie auf einem Rachefeldzug, was du sicher verstehst.«

Maddie denkt einen Augenblick nach. »Vielleicht kann ich helfen.«

»Wir brauchen deine Hilfe nicht«, sage ich und verdrehe die Augen. Ist das hier ein Wachtraum? Warum will Madison Romy uns dabei helfen, Harrison die Hölle heißzumachen?

»Hast du vergessen, dass ich freiwillig im Schulbüro arbeite? In dem Büro, in dem die Akten von allen sind?«, fragt sie. »Genauer gesagt, Harrisons Akte.«

Kai und ich sehen einander an, und er scheint ungleich begeisterter als ich. Ja, es könnte nützlich sein, wie wir beide wissen. Und Maddie ebenfalls.

»Und was genau bringen diese Akten?«, fragt Kai.

Maddie steht auf und klopft sich den Rock ab, ehe sie uns ein Tauschgeschäft anbietet: »Ich besorge seine Akte nur, wenn ihr beide versprecht, dass ihr am Samstag zu meiner Party kommt.«

»Abgemacht«, antwortet Kai, ohne zu zögern.

Maddie lächelt ihn strahlend an, und wir sehen ihr beide nach, als sie eine Tüte Essen vom Tresen holt und aus dem Diner tänzelt.

Ich komme nicht mehr ganz mit. »Was ist hier eben passiert?«

»Ich würde sagen, entweder hast du uns beide auffliegen lassen, oder wir haben eine dritte Komplizin rekrutiert«, erklärt Kai grinsend. Er lehnt sich zurück und schaut mich an. »Und ich glaube, ich muss dich vielleicht am Samstag küssen.«

Sofort sehe ich weg, denn ich merke schon, wie ich rot werde. Kai zu küssen … Mir wird kribbelig, auch wenn es nicht so ist, als wäre mir der Gedanke bisher nie gekommen. Ich habe seinen Mund jetzt schon zu viel angestarrt, denn mich zog es in dem Moment zu ihm, in dem ich auf Maddies letzter Party mit ihm zusammengestoßen war. Mir fiel gleich auf, wie heiß er war, und die letzten beiden Tage mit ihm haben ihn nur noch attraktiver gemacht. Sogar sein unverschämtes Auftreten finde ich reizvoll, je mehr ich es kennenlerne. Ja, natürlich würde ich morden dafür, seine Lippen auf meinen zu fühlen. Nur ist bislang alles zwischen Kai und mir so unkonventionell, was es so viel schwerer macht, ihn einzuschätzen.

Ich zwinge mich, ihn wieder anzusehen.

»Dann küss mich aber wenigstens gut«, scherze ich, um cool zu bleiben. Als wäre Kai zu küssen eine rein mechanische Sache und sonst nichts. Meine Lippen an seinen. Das ist alles.

Außer, dass mein Magen allein bei der Vorstellung Flickflacks aufführt.

Kais Lächeln ist umwerfend, und er zwinkert mir zu. »Darunter mache ich es nie.« Kaum sind die Worte ausgesprochen, spannen sich seine Züge an und er verkrampft sich sichtlich. Blinzelnd schaut er an mir vorbei und steht abrupt auf. Er holt Harrisons dreißig Dollar aus seiner Tasche und legt sie auf den Tisch. »Ich muss weg, Ness«, sagt er hastig. »Ruf mich später an.«

Ich kann ihn nicht fragen, was los ist, denn er verschwindet eilig durch die Hintertür des Diners. Perplex blicke ich ihm hinterher und sehe durchs Fenster, wie er sich auf sein Rad schwingt und wegfährt.

»Entschuldige?«, sagt eine zaghafte Stimme, sodass ich mich vom Fenster abwende. Ich sehe so schnell auf, dass ich zunächst nur blondes Haar wahrnehme und denke, Maddie ist zurückgekommen. Aber sie ist es nicht.

Diesmal hat jemand Neues beschlossen, zu meiner Sitznische zu kommen. Es ist ein Mädchen ungefähr in meinem Alter, das mich aufmerksam mustert. Sie hat zarte Haut, glattes, blondes Haar und ist so makellos geschminkt, als hätte sie es von einem Profi machen lassen. Ein Stück hinter ihr sehe ich eine Gruppe von Mädchen, die sich in eine Nische in der anderen Ecke setzen. Sie alle schauen in unsere Richtung. Ich erkenne niemanden, also sind sie auf keinen Fall von der Westerville North. Was bedeutet, dass sie mich von woanders her erkennen, und es ist nicht schwer zu kombinieren, wo sie mich schon mal gesehen haben müssen.

»Ja, ich bin das Mädchen aus dem Video«, sage ich und hoffe, dass es blasiert und gleichgültig klingt. Ich greife nach meiner Serviette und schwenke sie zynisch grinsend in der Luft. Wie schwer ist es eigentlich, in Ruhe etwas zu essen? »Soll ich dir ein Autogramm auf der Serviette hier geben?«

Sie zieht die perfekt geformten Augenbrauen zusammen und sieht mich schweigend an, was die komische Stimmung zwischen uns noch komischer macht. Ihrem Gesichtsausdruck nach hat sie keinen Schimmer, wovon ich rede, und mir wird klar, dass ich mich irren könnte. Vielleicht weiß sie nichts von dem Video. Sie tritt etwas näher an den Tisch und legt eine Hand auf die Kante. »War Kai eben hier bei dir? Kai Washington?«

»Äh, ja. Er ist gerade weg«, antworte ich und sehe zu ihrer Hand auf der Tischplatte – tja, ihre Fingernägel sind fantastisch, während meine brüchig und ungepflegt sind. Rasch sehe ich wieder auf, denn jetzt bin ich neugierig. »Kennst du ihn?«

»Ja, ich kenne ihn.« Sie grinst spöttisch und senkt den Blick. »Seid ihr zusammen oder so?«

»Nein, wir arbeiten nur gemeinsam an etwas.« Meine Neugier verwandelt sich in Misstrauen. Was wird das hier? Zwanzig Fragen?

»Okay«, sagt sie und lächelt mich breit an. »Danke.«

Danke wofür? Sie geht weg und ist damit die Dritte nach Maddie und Kai, der ich verwirrt nachblicke.

10

Hast du Hs Handy geklaut, du dämliche kleine Schlampe?

Die Nachricht bringt mich zum Lachen. So sehr sogar, dass mir der Bauch wehtut.

Ich sitze mit Kennedy und Chyna auf meinem Bett, und wir alle kichern wie wild über die wüsten Beschimpfungen, die ich von Harrison und seinem Kumpel Noah kassiere. Harrison hat mich ein klauendes Drecksstück genannt, Noah mich eine dämliche kleine Schlampe. Und das Beste daran? Sie wissen, dass *ich* am längeren Hebel sitze; dass ich mich wehre. Deshalb haben diese Beleidigungen null Wirkung.

Drüben auf meiner Kommode lädt Harrisons Handy. Der Akku war leer, als ich aus dem Diner zurückkam. Kai ist auf dem Weg her, und sicher werden er, Chyna und ich es schaffen, das Teil zu hacken.

»Du solltest antworten«, sagt Kennedy, die Theo auf ihrem Schoß krault.

»Und was?«

»*Fick dich, Arschgesicht*«, schlägt sie vor, und ich gebe ihr einen Klaps. Ihre Wortwahl ist wirklich das Letzte. Leider bin ich nicht viel besser.

»Noah ist ein Idiot«, sagt Chyna. »Ein total netter Typ,

als du an ihm interessiert warst, und danach ein richtiger Vollpfosten.« Sie ist dem Spiegel auf der Frisierkommode zugewandt, in Pyjama und plüschigen Häschen-Hausschuhen, und macht sich das Haar. Heute Nachmittag hat sie nach sechs Wochen begonnen ihre Zöpfe aufzumachen, und eigentlich wollte sie sich dieser Prozedur den ganzen Abend widmen, weshalb sie nicht sonderlich begeistert ist, dass ich sie mit zu mir geschleppt habe. Ich liebe den frischen Shampoo-Duft, der durch mein Zimmer wabert. Neben ihren Haarpflege- und Styling-Sachen hat sie auch ihren Laptop mitgebracht. Den werden wir brauchen.

Wieder summt mein Handy. Chyna und Kennedy beobachten, wie ich die neue Nachricht aufrufe, um zu hören, was mir Harrisons Freunde diesmal schreiben, doch sie ist von Kai. Er ist vor dem Haus und möchte nicht klopfen.

»Kai ist hier.« Ich steige vom Bett und stupse gegen Kennedys Knie. Sie weiß alles über Kai und unsere Rachepläne. »Du musst gehen. Und bring gleich deine Wäsche nach unten.«

»Ach Mann«, stöhnt Kennedy, erhebt sich aber widerwillig. Sie trägt Theo auf den Armen aus dem Zimmer, doch ich bin sicher, dass sie lauschen und möglichst auch Kai sehen will, vor allem seit ich fallen ließ, wie gut er aussieht. Ich strenge mich an, mich auf unser gemeinsames Vorhaben zu konzentrieren, aber wie soll ich denn wohl seinen Charme und sein gutes Aussehen ignorieren?

»O mein Gott«, sagt Chyna panisch. »Der heiße Typ kommt her, und mein Haar sieht *so* aus!« Verzweifelt wirft sie den Kopf in den Nacken, und ich schleudere ein Kissen nach ihr.

Dann überprüfe ich ganz schnell mein eigenes Aussehen, bevor ich das Zimmer verlasse, um Kai zu holen – Jogginghose, Trägertop, das Haar zu einem hohen Pferdeschwanz gebunden, und das Make-up von heute Morgen ist verschmiert. Was mir letztlich egal ist. Wir wollen heute Abend sowieso nicht weg, also ist »bequem« das Motto. Es ist wie eine Pyjamaparty mit den besten Freunden, auch wenn keiner die Nacht bei mir verbringt und nur einer meiner Gäste tatsächlich meine beste Freundin ist.

Ich laufe zu schnell die Treppe hinunter und streiche mir dabei lose Haarsträhnen hinter die Ohren. Seit ich vorhin das Diner verlassen habe, konnte ich nicht aufhören daran zu denken, Kai zu küssen. Deshalb bleibe ich eine Sekunde in der Diele stehen, bevor ich ihn reinlasse, richte meine Jogginghose und reibe mir Lippenbalsam auf den Mund – gestern hätte ich die Tür sofort aufgerissen. Plötzlich aber fühlt sich alles, was ich in seiner Gegenwart tue oder sage, wichtig an.

Als ich aufmache, steht Kai auf der Veranda und blickt zum Vorgarten. Er hat schwarze Sport-Shorts und ein T-Shirt an, dazu hat er noch die Baseballcap auf, aber richtig herum. »Hey«, sagt er, tippt an den Schirm seiner Cap und nickt mir zu.

Der Himmel sei mir gnädig! Ich löse meinen Blick von seiner Brust und konzentriere mich stattdessen auf seine Augen. Mir wird bewusst, dass ich zum ersten Mal einen Jungen zu mir nach Hause eingeladen habe. »Hi.«

Kai sieht mich erwartungsvoll und breit grinsend an. »Und, darf ich reinkommen, oder muss ich im Vorgarten bleiben?«

»Komm rein«, stammle ich, gehe zur Seite und bedeute ihm, mein kaltes, leeres Zuhause zu betreten. Mein Herz schlägt schneller, als Kai über die Schwelle tritt, seine Turnschuhe abstreift und sie ordentlich an die Fußleiste schiebt. Dann wartet er, dass ich ihm sage, was als Nächstes geschieht, und sein Lächeln wird angestrengter, je länger ich schweige. »Sorry«, sage ich kopfschüttelnd. *Krieg dich ein!* »Wir sind oben in meinem Zimmer.«

Ich gehe voraus zur Treppe und nehme mir ein paar Sekunden, mich zusammenzureißen, bevor ich noch etwas Peinliches mache. Kai folgt mir, und ich spüre, wie er sich im Haus umschaut.

»Vanessa?«, ruft mein Dad aus der Küche. »Mit wem redest du?«

Ach, *jetzt* beachtet er mich auf einmal? Ich bleibe mit einem Fuß auf der nächsten Treppenstufe stehen, als mein Dad kommt. Er trocknet sich die Hände in einem Geschirrtuch und blickt abwechselnd Kai und mich an. Vollkommen ausdruckslos.

»Das ist Kai«, erkläre ich hastig. »Wir machen zusammen Hausaufgaben, oben bei mir.«

»Hi«, sagt Kai höflich lächelnd und winkt meinem Dad zu. Ich wette, er möchte im Boden versinken.

»Okay.« Dad erwidert das Lächeln nicht, wirft sich bloß das Geschirrtuch über die Schulter und schlurft zurück in die Küche. Einem Fremden wie Kai muss er unhöflich, nahezu feindselig vorkommen, denn nicht jeder sieht auf Anhieb, dass er von Trauer überwältigt ist.

Ich gehe weiter nach oben und bete im Stillen, dass Kai die Begegnung nicht erwähnt, was er natürlich doch tut. Wie sollte er nicht? Dad strahlt echt schräge Vibes aus. So kalt und stoisch … Das ist unnatürlich.

»Du schmuggelst abends einen Typen in dein Zimmer, und dein Dad wirft mir nicht *den Blick* zu?«, fragt Kai, als wir oben und außer Hörweite sind.

»Nein, weil es ihm egal ist«, antworte ich, kann ihn aber nicht ansehen dabei.

»Und was ist mit deiner Mom?«

»Die ist nicht da. Muss länger arbeiten«, lüge ich, und es versetzt mir einen Stich. Nicht, dass es ein Geheimnis wäre, denn immerhin war ich die Schülerin, die im ersten Jahr an der Highschool von ihren Großeltern in völliger Panik aus dem Unterricht geholt wurde, weil ihre Mutter an dem Nachmittag gestorben war. Ich war immerzu umgeben von Freunden, die mich einluden, mittags bei mir saßen und immerzu so *nett* waren. Ich war das Mädchen mit der toten Mutter, doch der Druck des vielen Mitleids wurde anstrengend. Ich wollte nicht mehr, dass man mich über den Tod meiner Mom definiert.

Es dauerte nicht lange, bis mir aufging, wie ich meine Mitschüler dazu brachte, anders auf mich zu reagieren, ohne dass es mit Mitleid zu tun hatte. Deshalb hatte ich Andy Donovan unter der Tribüne geküsst und dafür gesorgt, dass es jeder erfuhr. So machte ich aus einem vollkommen anderen Grund auf mich aufmerksam.

Wir gehen in mein Zimmer, und Chyna hat es in der Zwischenzeit geschafft, ihr Haar zu einem wuscheligen Dutt aufzustecken. Als wir reinkommen, sieht sie zur Tür und hört auf, an ihrem Haar herumzuzupfen.

»Kai, das ist Chyna. Sie ist meine beste Freundin und ein Computer-Genie«, stelle ich sie vor und grinse ihr zu, während ich die Tür hinter uns schließe. »Und Chyna, das ist Kai. Mein Komplize und der Super-Reifenschlitzer. Du hast ihn schon auf der Party gesehen.« Wir alle lachen.

»Hey«, begrüßt Kai sie mit einem Nicken, und Chyna quietscht ein leises »Hallo«.

»Mach es dir gemütlich«, sage ich zu Kai und setze mich wieder auf mein Bett. Insgeheim hoffe ich, dass er sich neben mich setzt, aber das tut er nicht. Er hockt sich auf den Fußboden. Als er uns für einen kurzen Moment den Rücken zukehrt, wechseln Chyna und ich einen Blick – sie reißt die Augen weit auf und grinst sehr entschieden, was bedeutet, dass sie mir zustimmt: Kai ist ernsthaft heiß. Auf der Party hatten wir ja nicht über ihn reden können.

»Hast du das Telefon aufgeladen?«, fragt Kai, der direkt auf den Punkt kommt. Er lehnt sich an die Wand und zieht die Knie an seine Brust.

»Alles geladen«, antwortet Chyna. Sie rupft das Ladekabel aus Harrisons Handy und steht auf, um sich im Schneidersitz neben mich zu setzen. Dann greift sie nach ihrem Laptop, fährt ihn aber noch nicht hoch. »Ich weiß, dass es offensichtlich ist, aber habt ihr zwei schon ein Passwort *geraten*?« Sie tippt auf ihr Handy. »Es muss vier Zeichen haben. Ich probiere mal das Naheliegende.« Über die Schulter sehe ich ihr zu, wie sie vier Nullen eintippt, dann eins-zwei-drei-vier, aber die wecken Harrisons Telefon nicht. Chyna überlegt und dreht sich zu mir. »Weißt du, wann er Geburtstag hat?«

»Oh, ja, das weiß ich!« Ich bin selbst erstaunt, dass ich irgendwie nützlich sein kann. »Das war am Labor Day, weil wir …« Mehr sage ich nicht, denn ich bin ja nicht allein mit Chyna, und Kai muss wirklich keine Einzelheiten wissen. Ich kann nicht so offen über meine Zeit mit Harrison reden, wenn ich Besuch habe.

Kai schnaubt und holt sein Handy hervor. Eine Sekunde lang scrollt er in seinem Kalender, dann sagt er: »Labor Day war in diesem Jahr am dritten September. Versuch das mal, Chyna. Übrigens, schreibst du dich wie das Land?«

»Nein, wie mein Name«, erwidert sie grinsend. Sie probiert verschiedene Kombinationen auf Harrisons Handy aus, null-neun-null-drei für den 3. September und neun-drei-null-eins für den 3. September 2001, aber nichts. Schließlich legt sie das Handy hin und klappt ihren Laptop auf. »Okay, wir können es nicht erraten. Und du brauchst alle Dateien, also kann ich das Handy nur auf die Fabrikeinstellungen zurücksetzen«, erklärt Chyna. »Es wird Zeit, alle mögliche riskante Software runterzuladen, und falls ein Virus meinen Computer zerschießt, kauft ihr mir einen neuen. Das kann ein bisschen dauern.« Sie schüttelt meine Kissen auf und macht es sich bequem.

»Geht klar«, verspreche ich. Ich bin sehr dankbar, dass Chyna uns hilft, obwohl sie nicht richtig findet, was wir tun. Ihr Moralgefühl ist sehr viel stärker ausgeprägt als meines, doch unsere Freundschaft geht für sie immer vor. Deshalb ist sie hierzu bereit.

»Hey, Nessie«, sagt Kai vom Fußboden. »Ich habe noch eine Idee für unsere Liste gehabt, nachdem ich aus dem Diner weg war.«

Ich rücke an die Bettkante und sehe ihn fragend an. »Und warum warst du auf einmal weg?«

»Weil ich jemanden gesehen hatte, mit dem ich nicht reden wollte«, antwortet er schnell. »Und da kam mir eine Idee. Du hast doch gesagt, dass Harrison jeden Mittwochabend im Bob Evans isst.« Ich nicke. »Wie würde er sich fühlen, wenn dort ein unerwünschter Gast auftaucht?«

»Woran denkst du?«, frage ich neugierig und hocke mich neben ihn auf den Boden. Ich weiß nicht, wie viel Abstand ich zwischen uns lassen soll. Zu viel könnte auffallen und unangenehm wirken. Zu wenig könnte *ebenfalls* auffallen und unangenehm sein. Ich lasse gut dreißig Zentimeter zwischen uns und frage mich, ob die Person, mit der er nicht reden wollte, dasselbe Mädchen war, das mich angesprochen hatte. Offensichtlich hatte sie ihn ja gekannt.

Kai holt den kleinen Notizblock aus seiner Tasche, räuspert sich und liest einige seiner neuen Notizen durch. »Ich dachte, wir stellen ein Profil von ihm auf eine dieser Dating-Apps für ›unverbindliche Abenteuer‹ oder so. Wir schreiben, dass er ›für alles zu haben ist‹, denn ihm seinen üblichen Typ zu schicken wäre eher ein Gefallen. Dann reden wir mit einigen von den Leuten, die sich melden, und fragen, ob sie sich morgen Abend mit ihm bei Bob Evans treffen wollen.« Kai sieht mich lächelnd an. »Und wir beobachten diskret, wie Harrison von Leuten belästigt wird, die glauben, dass er offen für alles ist.«

»Ist das nicht gemein gegenüber den Leuten, die dabei auch verletzt werden?«, fragt Chyna und blickt über ihren Laptop hinweg zu uns. Sie wirkt wirklich nicht begeistert. »Und ich habe diesen Streich schon zigmal in Filmen gesehen. Nicht sehr originell.«

»Es muss nicht originell sein, nur funktionieren«, sagt Kai gelassen. »Und bei Harrison Boyd brauchen wir Sachen, die funktionieren.«

»Hmm, okay, stimmt auch wieder«, murmelt Chyna und schaut wieder auf ihren Bildschirm. »Ich hoffe nur, du bringst meine beste Freundin nicht in Schwierigkeiten.«

Kai betrachtet mich eingehend, und sein einer Mundwinkel biegt sich zu einem winzigen, wissenden Lächeln, das beinahe … mitleidig ist. »Ich glaube, in denen war sie schon, als ich sie gefunden habe.«

Meine Brust wird eng. Ist das ein Witz, oder sollte ich eine tiefere Bedeutung erahnen? Plötzlich wünsche ich mir, Kai könnte direkt in mich hineinsehen, wissen, dass meine Mom tot ist, mein Dad sich nicht für uns interessiert, ich meine Schwester beschützen muss und nicht an Beziehungen glaube, weil ich Angst davor habe, dass mir das Herz gebrochen wird. Dass ich mich betrinke, abends zu lange unterwegs bin und mit Jungs herummache, um Aufmerksamkeit zu bekommen, und behaupte, dass mir alles egal ist, obwohl es das nicht ist. Aber dann erinnere ich mich daran, dass Kai das alles unmöglich wissen kann.

»Keine Angst, Chyna«, sage ich und zwinge den Kloß in meinem Hals nach unten. »Ich kenne die Grenzen.« Zumindest denke ich das.

Sie antwortet nicht.

»Also?«, fragt Kai. Er setzt sich ein wenig auf und hält sein Handy in die Höhe. »Lade ich jetzt irgendeine schmierige App runter, oder nicht?«

»Machen wir es«, sage ich und unterdrücke ein Lachen.

»Mann, ich hoffe sehr, dass keiner das auf meinem Handy entdeckt …«, murmelt er, und ich muss doch lachen, als wir uns beide zu seinem Telefon beugen.

Kai hat keinerlei Online-Berührung mit Harrison, deshalb wird es zu einer Team-Übung, ihm faktisch seine

Identität zu klauen. Ich spähe Harrisons Facebook- und Instagram-Accounts aus, ziehe mir diverse Bilder von ihm und schicke sie Kai aufs Handy, der sie in den falschen Account aufnimmt.

Harrison, jung und heiß, Westerville.

»Persönliche Informationen?«, fragt Kai und sieht von seinem Handy auf. »Chyna, hast du Ideen für unseren Freund Harrison?«

Chyna bedenkt ihn mit einem vernichtenden Blick. Anscheinend hat Kai noch nicht ganz begriffen, dass sie nur hier ist, um ein Telefon zu hacken, nicht, weil sie bei unserem Plan mitmachen will. »*Hey, ich bin gar nicht Harrison, triff dich nicht mit mir*«, schlägt sie süßlich lächelnd vor.

»Ich hab's«, sage ich und nehme Kai sein Handy ab. Meine Daumen schweben über dem Display, als ich bemerke, dass sein Handy in den Flugmodus gestellt ist. Ich werde misstrauisch. Warum will er nicht, dass hier irgendwelche Nachrichten für ihn eingehen? Und dann kommt mir der Gedanke, dass ich nicht mal weiß, ob Kai Single ist. Was ist, wenn er eine feste Freundin hat?

»Du musst etwas schreiben«, sagt er mir ins Ohr, wobei sein Atem auf meiner Wange kitzelt. Ich bin ziemlich sicher, dass sich sämtliche Härchen auf meinen Armen aufrichten.

Nachdem ich geschluckt habe, tippe ich einen Text für Harrison:

Was geht? Ich bin Harrison und will das hier erst mal ausprobieren, also nur unverbindliche Treffen. Alles locker.

»Das reicht«, sagt Kai und nimmt sein Telefon zurück. Seine Finger streifen meine Hand, doch ich kann bloß denken, dass irgendwo da draußen ein Mädchen ist, das uns beide umbringt, wenn es erfährt, dass er in meinem Zimmer ist. Er macht das Profil fertig und grinst stolz, als alles bereit ist. »Fangen wir an zu chatten.«

Ich weiß, dass das, was wir tun, falsch ist, aber momentan denke ich sehr eingleisig. Alles, worauf ich mich konzentrieren kann, ist, wie wir Harrison das Leben vermiesen; deshalb mache ich mir keine Sorgen um die Folgen, die mein Handeln haben könnte. Kai und ich schreiben eine Weile mit verschiedenen Leuten hin und her, fangen lose Unterhaltungen an, bis Kai sich entschuldigt, um ins Bad zu gehen. Nun bin ich für die Chats zuständig.

In dem Augenblick, in dem Kai aus dem Zimmer ist, senkt Chyna den Deckel ihres Laptops. »Der Typ ist echt der Hammer, aber irgendwie auch fies. Welcher nette Typ würde so was gerne machen?«

»Im Moment ist das genau richtig«, sage ich. Seufzend setze ich mich auf die Bettkante. »Kein netter Junge hätte Harrisons Reifen für mich aufgeschlitzt, sich mit mir in die Umkleide geschlichen oder mit mir einen falschen Account eingerichtet. Ich bin auch fies.« Mein Grinsen fühlt sich matt an. »Ich weiß, dass du nichts von dem hältst, was wir machen, aber … hast du gesehen, was online über mich gesagt wird? Das hat Harrison mir angetan. Er hat mich verraten.«

Chyna schiebt ihren Laptop zur Seite, rückt zu mir

und legt einen Arm um mich. »Okay, Vans. Tu, was du tun musst.«

Ich drücke ihre Hand an meiner Schulter. Ich weiß, dass Harrison zu verarschen das Video nicht aus der Welt schafft, aber wenigstens ist es ein kleiner Trost. »Danke. Und ich verspreche, dass wir es nicht zu weit treiben.«

»Lieber nicht, denn ich zahle keine Kaution für dich, wenn du verhaftet wirst«, scherzt sie halbherzig und schubst mich weg, ehe sie wieder zu ihrem Laptop krabbelt und zurück in meine Kissen sinkt. »Obwohl ich ziemlich sicher bin, dass ich hier selbst gerade eine Straftat begehe.«

»Und ich liebe dich dafür«, sage ich und puste ihr einen Kuss zu, den sie einfängt. Dann gehe ich nach draußen, um Kai zu suchen. Ich möchte kurz mit ihm allein reden und erwische ihn auf dem Flur, als er in mein Zimmer zurück will. Ich schließe die Zimmertür hinter mir.

»Ich glaube, deine Freundin mag mich nicht besonders«, sagt Kai mit einem vorsichtigen Lächeln. Er lehnt sich an die Wand und schiebt die Hände in die Taschen seiner Shorts.

»Stimmt, tut sie nicht«, bestätige ich. Es ist still auf dem Flur bis auf das Brummen vom Fernseher in Kennedys Zimmer. Hier oben ist auch kein Licht an, und wir sprechen leise. »Es klingt vielleicht verrückt, aber mir kommt es vor, als würde ich dich schon viel länger kennen, nicht erst seit achtundvierzig Stunden.«

Kais Augen verengen sich ein wenig, als er mich ansieht. »Könnte daran liegen, dass ich schon deine schlimmste Seite sehe und du meine. Die meisten Leute sehen die frühestens nach sechs Monaten.«

Ich bedecke mein Gesicht mit den Händen und stöhne. »Wir sind Arschlöcher, oder?«

»Nur, weil wir welche sein müssen«, antwortet Kai. Ich nehme meine Hände herunter und sehe ihn an, suche nach einem Hinweis, warum Kai hier ist. Er weiß genau, was ich denke, denn er sagt: »Du fragst dich wieder, warum ich das mache, nicht?«

»Was ich nicht müsste, würdest du es mir verraten.« Ich neige den Kopf zur Seite. »Ich meine, echt jetzt? Wer wäre ich, über dich zu urteilen?«

Kais sanftes Lächeln weicht einem Stirnrunzeln. Er blickt zum Fußboden, als würde er überlegen, ob er mir endlich die Wahrheit sagen soll oder nicht. Schließlich zuckt er mit den Schultern und schaut wieder auf.

»Harrison hat hinter meinem Rücken meiner Freundin geschrieben«, sagt er ungewöhnlich schroff. »Er hat gewusst, dass sie nicht Single war, ist aber trotzdem hinter ihr her gewesen, und, glaub mir, er kann hartnäckig sein. Ich habe die Nachrichten gesehen. Und da habe ich erfahren, dass sie mich im Sommer betrogen hat.«

In diesem Moment wird mir bewusst, dass ich egoistisch bin, denn ich bin vor allem froh, dass Kai keine feste Freundin hat. »Tut mir leid. Doch mit so einem Mädchen willst du sowieso nicht zusammen sein.«

Seine Züge verfinstern sich. »Ich habe sie geliebt, sie mich aber nicht. Also, ja, du hast recht. Mit so einem Mädchen will ich nicht zusammen sein.«

Der Schmerz in seinen Augen erschreckt mich. In den letzten achtundvierzig Stunden habe ich nur Kais witzige, verspielte und freche Seite gesehen. Jetzt steht ein vollkommen anderer Junge vor mir, in dem Wut kocht und der verletzt ist.

»Harrison verdient alles, was er kriegt«, sage ich und nicke.

Harrison hat nicht nur ein Video von mir in die Welt geschickt, sondern auch Kai Washington die Freundin ausgespannt. Jeder Funken Moral, den ich noch besessen haben mag, verpufft. Wir beide werden Harrison Boyd vernichten.

11

Am nächsten Morgen weckt mich eine Textnachricht von Chyna um sechs Uhr. Ich soll in meine E-Mails sehen. Im Halbschlaf taste ich nach meinem Laptop und fahre ihn hoch. Das grelle Bildschirmlicht brennt in meinen Augen, sodass ich blinzle. Es ist zu früh, aber ich muss unbedingt wissen, was Chyna mir gemailt hat.

Das Hacken gestern Abend dauerte länger, als wir gedacht hatten. Um elf ging Chyna mit ihrem Laptop und versprach, so lange aufzubleiben, bis Harrisons Dateien heruntergeladen waren. In der Zwischenzeit haben Kai und ich als Harrison mit viel zu vielen Leuten über die App geflirtet. Eine Handvoll von ihnen glaubt nun, Harrison heute Abend im Bob Evans zu treffen.

Ich rufe meine E-Mails auf. Lauter ungelesene Newsletters von Websites, bei denen ich mich nicht erinnere, mich eingeloggt zu haben, und eine neue E-Mail von Chyna. Mein Magen verkrampft sich, als ich den Betreff lese: *Harrisons Dateien.*

Klopfenden Herzens öffne ich die Mail. Sie ist leer bis auf einen Zip-Ordner, den ich automatisch herunterlade. Die nächsten dreißig Sekunden ziehen sich quälend lange hin, aber jetzt bin ich hellwach und trommle mit den Fingern auf dem Laptop. Schließlich erscheint eine Liste von Ordnern auf meinem Bildschirm: *Nachrichten, Fotos, Videos, Musik, Mail* und *Notizen.*

Ich starre die Ordner an und überlege, welchen ich als Erstes öffne. Es ist so erhebend, Harrisons Leben direkt vor mir zu haben. Ich beschließe, mir als Erstes die langweiligen Sachen vorzunehmen, und sehe mir seine Musik an. Es sind größtenteils Drake- und Post-Malone-Alben, allerdings gibt es auch eines von Taylor Swift, was mich zum Kichern bringt.

Dann schaue ich in seine E-Mails, aber die Eingänge sind genauso langweilig und ungelesen wie meine: Hunderte ungeöffnete Spams, verschiedene Newsletters und hin und wieder ein Angebot von einem Fremden, der ihm drei Millionen überweist, wenn Harrison ihm seine Sozialversicherungsnummer schickt. Ach, und der tragbare Lautsprecher, den er bei Amazon gekauft hat, wurde gestern versandt.

Als Nächstes mache ich seine Notizen auf. Ein paar Erinnerungen an Abgabetermine für Hausaufgaben, eine Liste von Colleges, für die er sich anscheinend interessiert, und dann das erste Lohnende, was ich bisher gefunden habe: Namen. Unter denen auch meiner ist.

Lizzie Avery 7/10
Madison Romy 5/10
Sierra Jennings 8/10
Vanessa Murphy 9/10

Verdutzt blicke ich auf den Monitor, und die Namen brennen sich in meine Netzhaut ein.

Es sind die Mädchen, mit denen er etwas gehabt hat.

Das muss es sein. Eine andere Erklärung gibt es nicht, vor allem nicht, weil mein Name der neueste in der Liste ist. Es ist so eklig, dass ich aus der Haut fahren will. Wie konnte ich so einen Typen je gut finden? Und Madison Romy ist auch da drauf? Oh, verdammt. Das hätte ich nie gedacht. Lizzie Avery hingegen ist Cheerleaderin, womit es mich nicht weiter wundert. Eher hätte ich mich gewundert, wenn nicht. Aber Sierra Jennings? Der Name sagt mir nichts. Falls sie nicht aus dem ersten Highschool-Jahr ist, geht sie nicht auf die Westerville North. Vielleicht …

Vielleicht ist Sierra Jennings die Ex von Kai.

Ich schnappe mir mein Handy und fotografiere die Liste. Diese Information ist eher interessant als nützlich, und sie zeigt mir, dass Harrison ein Kotzbrocken ist. Ich meine, ernsthaft? Er bewertet die Mädchen, mit denen er was gehabt hat? Als müsste er über seine Eroberungen Buch führen? Was für ein Drecksack. Ich hätte es am Sonntag schon wissen müssen, als er mir gesagt hat, dass ich nicht das einzige Mädchen bin, das er auf Kurzwahl hat.

Sonst findet sich nichts Spannendes in seinen Notizen, deshalb wechsle ich zu seinen Nachrichten. Die sind in Unterordner sortiert. Zuerst öffne ich unsere, obwohl ich genau weiß, was da drinsteht. Unsere letzten sind von Sonntagabend, bevor ich Schluss gemacht habe und er mich aus seinem Truck geworfen hat. Ich scrolle zurück bis zu unseren ersten Nachrichten am ersten September. Da war ich es gewesen, die den Anfang gemacht hat.

Vanessa: Hey, hier ist Vanessa. Ich habe dich vorhin im Polaris gesehen. Wir sollten mal was zusammen machen.

Harrison: Was geht? Ja, sollten wir vielleicht mal.

Im Nachhinein wünschte ich, ich hätte ihm nie geschrieben. Ich war gelangweilt, weil ich einen Monat vorher das mit Nick Foster beendet hatte. Und dann sah ich Harrison im Einkaufszentrum. An dem Tag wirkte er zufällig heißer als sonst, und ich hatte mich gefragt, wie es wäre, ihn zu küssen. Am selben Abend haben wir uns getroffen und unsere zweimonatige Affäre begonnen.

Ich verziehe das Gesicht, als ich unsere restlichen Nachrichten überfliege. Das ganze Flirten … Nichts davon war die Sache wert gewesen. Aber wie hätte ich ahnen sollen, dass Harrison sich als solch ein Vollidiot entpuppt? Dass er absolut null Respekt vor mir hat?

Ich wappne mich – weil ich nicht weiß, was mich jetzt erwartet – und lese seinen Austausch mit Noah und Anthony, wobei ich mich hauptsächlich auf den Sonntagabend und den Montag konzentriere. Sie sind alle in einer großen Gruppe mit einer Handvoll anderer Jungs aus dem Team.

Harrison: Du hast recht gehabt, Mann. Sie hat es beendet. Ich hab sie im Heritage Park ausgesetzt, lol. Mädchen wie die werden da gerne aufgegabelt.

Noah: Ich hab dir doch gesagt, dass sie schnell gelangweilt ist.

Anthony: Auf wen hat sie es wohl als Nächsten abgesehen?

Noah: Dich, wenn du Pech hast ;)

Dann sehe ich, dass Harrison am nächsten Morgen um kurz nach sechs eine Datei in den Chat geschickt hat, und ich weiß genau, welche. Vor meinen Augen ist der exakte Moment, in dem Harrison mein Vertrauen missbraucht und das Video geteilt hat. Ich schaffe es nicht, die Nachrichten zu lesen, die danach kommen, sondern schließe den Chat.

Dann arbeite ich mich durch die anderen Unterhaltungen mit unterschiedlichen Kontakten, lese die banale Korrespondenz zwischen Harrison und seinen Eltern, bis ich zu seinem Chat mit Sierra Jennings komme. Ich zögere, ehe ich den Ordner öffne. Plötzlich ist mir bewusst, dass ich in Harrisons Privatleben herumschnüffle, und es fühlt sich falsch an. Aber ich erinnere mich daran, dass er keine Privatsphäre verdient hat. Meine hat er mir ja auch nicht gelassen.

Ich sehe nach der Uhrzeit. Es ist 06:23. Draußen wird es langsam hell. Ich atme tief ein, klicke den Ordner an und klebe förmlich am Monitor, als ich die letzten Nachrichten zwischen Harrison Boyd und Sierra Jennings lese. Sie sind vom Montag.

Harrison: Heute ist eine Menge Mist passiert. Du musst mich trösten.

Sierra: Oh, Babe. Soll ich vorbeikommen?

Oh, Babe … Sierra Jennings ist also das andere Mädchen. Was enorm merkwürdig ist, bedenkt man, dass sie mit Kai zusammen war. Wie die schlimmste Dreiecksgeschichte aller Zeiten. Und jetzt sind wir alle miteinander verbunden.

Eine Sekunde lang erwäge ich, diese Ordner an Kai zu schicken. Die Texte reichen bis Januar zurück – eine Nachricht nach der anderen. Aber mir fällt wieder ein, dass Kai sie schon gelesen hat. Anhand dieser Nachrichten hat er überhaupt erst das mit Harrison und Sierra herausgefunden, und er hat nicht gescherzt, als er sagte, dass Harrison hartnäckig war. Am Anfang sind die Nachrichten ziemlich harmlos. Harrison und Sierra reden über die Schule – auch wenn sie auf verschiedene Schulen gehen – und wie ihr Tag war. Harrison schlägt vor, dass sie mal was zusammen machen; Sierra sagt Nein und dass sie einen festen Freund hat. Ich springe weiter zum März. Jetzt legt Harrison sich richtig ins Zeug, fleht Sierra an, mit ihm auszugehen, verspricht ihr Essen in Nobelrestaurants und Abende, die sie nie vergessen wird. Sie spielt mit dem Gedanken und scheint sogar amüsiert von Harrisons Seitenhieben auf Kai. Immer wieder sagt er ihr, dass sie es so viel besser treffen könnte, und ich beschließe, dass ich den Rest nicht lesen will. Mir ist schon klar, dass ich Sierra Jennings nicht mag und ebenfalls stinksauer wäre, würde sich jemand so anstrengen, mir jemanden auszuspannen.

Es ist Zeit, Harrisons Videos zu öffnen. Ich kann unmöglich ignorieren, dass eines der Videos in diesem Ordner einen Riesenwirbel verursacht hat. Hätte Harrison es nicht rausgeschickt, könnten wir uns einfach aus dem Weg gehen. Unsere Affäre wäre vorbei gewesen und gut. Jetzt herrscht Krieg.

Das Video von mir ist das Neueste.

Doch ich kann es nicht öffnen, geschweige denn ansehen, sondern lösche es von meinem Computer. Ich will dieses Video nicht in meinem Leben haben, und das schließt meine Festplatte mit ein.

Stattdessen sehe ich mir den Rest von Harrisons Sammlung an. Verschwommene Videos von Partys. Kurze Clips von ihm und den Jungs beim Football-Training. Und dann eines, das tödlich sein könnte, wenn es in die falschen Hände gerät.

Zum Beispiel in meine …

Ein Video von Harrison, Noah, Anthony und einigen anderen Jungs aus dem Team. Sie sitzen auf der Tribüne an unserem Football-Feld. Anscheinend ist es spätabends, denn es ist dunkel und kein Flutlicht an. Das Bild ist unscharf – Harrison bewegt sein Handy zu viel –, aber man erkennt deutlich, was da los ist. Die Jungs reichen einen Joint herum und ziehen abwechselnd. Kiffen auf dem Schulgelände … Das ist an sich schon selten bescheuert, aber es auch noch zu filmen? Hiermit beweist Harrison, dass er mehr als blöd ist.

Was wunderbare Neuigkeiten für mich sind.

Wollte ich Harrisons Leben so *richtig* vernichten, könnte ich dieses Video anonym an Coach Maverick schicken. Harrison würde garantiert aus dem Team fliegen, womit seine Chancen auf College-Football dahin wären. Es wäre ein ernster, riskanter Schritt, doch allein die Macht zu haben ist schon enorm befriedigend. Ich mache eine Kopie von dem Video, für den Fall, dass ich gezwungen bin, es zu benutzen.

Schließlich öffne ich Harrisons Fotos. Es sind Tausende. Ich scrolle mich rasch durch die Seiten, überfliege die

Aufnahmen nach irgendwas, das hervorsticht. Da ist alles, von Bildern von saftigen Hamburgern bis hin zu Internet-Memes. Zu langweilig, um mir irgendwas genauer anzusehen. Dann jedoch entdecke ich etwas wahrhaft Aufregendes.

Ich vergrößere das Bild.

Und um 06:47 lache ich so laut, dass es in der Morgenstille hallt.

»Oh, Harrison«, sage ich kopfschüttelnd zu meinem Bildschirm. »Du machst es mir viel zu leicht.«

12

An der Schule geht Chyna schon vor und holt ihre Bücher aus dem Spind, während ich draußen bei den Fahrradständern bleibe. Ich versuche, möglichst nicht aufzufallen, was größtenteils auch funktioniert. Heute interessiert sich keiner für mich, aber es ist immer noch erst Tag drei nach Erscheinen des Videos, und es wäre naiv zu glauben, dass alle es schon vergessen haben. Tatsache ist, dass immer noch darüber geredet wird – nur diesmal hinter meinem Rücken, wette ich.

Ich gehe auf und ab, bis ich ein Fahrrad heranrollen höre. Als ich aufschaue, seufze ich erleichtert, denn Kai kommt auf mich zu.

»Guten Morgen«, sagt er und bremst quietschend. Rasch steigt er von seinem Rad und blickt sich an dem Fahrradständer um. Wir hatten nicht vorgehabt, uns hier zu treffen. Vielmehr sollen wir wohl immer noch versuchen, nicht zusammen gesehen zu werden.

»Chyna hat die Dateien«, platze ich heraus. Ich wippe auf meinen Zehenspitzen und fühle das Gewicht von Harrisons und meinem Handy in meiner Jacke. Aufgeregt drücke ich Kais Ellbogen, weil ich mich nicht beherrschen kann. Den ganzen Morgen sitze ich auf dieser Information und konnte es nicht erwarten, ihm die Neuigkeiten mitzuteilen. »Ich habe alles durchgesehen, sobald ich wach war, und da ist so viel, was wir benutzen können.«

Kai sieht zu meiner Hand an seinem Arm, und ich ziehe sie zurück. »Im Ernst? Verdammt, ich sollte deiner Freundin dankbar sein«, sagt er. »Was habt ihr gefunden?«

»Videos von Harrison und einigen anderen aus dem Team, die auf der Tribüne kiffen. Einige Fotos, die nützlich sind, und ich glaube, er hat was mit Madison Romy gehabt.«

»Das Mädchen aus dem Diner?«

»Ja. Das erklärt wohl, warum sie uns helfen will«, antworte ich, denn jetzt wird es mir klar. Es muss einen Grund geben, warum keiner je von der Sache mit ihnen gehört hat. Sonst hätte Maddie damit angegeben – sich einen Typen aus dem Footballteam zu angeln bedeutet einen Aufstieg in der Schulhierarchie. Also warum hatte sie es geheim gehalten? »Wollen wir uns nach der Schule beim Büro treffen?«

Kai nickt. »Und rede im Unterricht nicht mit mir.«

Ich verdrehe die Augen, als er sich abwendet und geht. Wie angewurzelt stehe ich da und blicke ihm nach. Ich habe ihm nicht alles erzählt, was ich gefunden habe – wie die Nachrichten zwischen Harrison und Sierra. Mir kommt es grausam vor, ihm zu sagen, dass ich sie gelesen habe, weil sie wirklich beschämend für ihn sind. Harrison und Sierra haben Kai wie einen Idioten aussehen lassen.

»Kai«, sage ich laut. Er bleibt stehen und sieht sich über die Schulter um. Leiser frage ich: »Sie heißt Sierra Jennings, oder? Deine Freundin?«

Etwas blitzt in seinen Augen auf. Resignation, aber auch Wut. Einige Sekunden lang bleibt er stumm. »*Ex*freundin«, antwortet er und geht weiter.

Ich beobachte ihn, bis er im Schulgebäude verschwunden ist. Dann zähle ich im Kopf bis dreißig, bevor ich pünktlich zum ersten Läuten hineingehe. Ich marschiere direkt zu meinem Bio-Kurs, bemerke allerdings im Vorbeigehen, dass mein Spind saubergeschrubbt wurde. Die Schmierereien von gestern sind spurlos verschwunden, und mein Schloss sieht nagelneu aus; es glänzt ein bisschen mehr als die anderen. Was ja wenigstens etwas ist.

Ich bin nicht mal besonders nervös, als ich mich den Naturkunderäumen nähere. In diesem Kurs bin ich mit Harrison zusammen und hatte ihn am Montagmorgen geohrfeigt, als ich hineinkam. Seitdem war ich nicht mehr hier, trotzdem verkrampfe ich mich kein bisschen. Weil ich jetzt alle Macht habe. Harrison hat nichts mehr, was er gegen mich benutzen kann, während ich *bergeweise* brisantes Material über ihn besitze. Und er hat nicht den blassesten Schimmer, dass heute Abend, wenn er mit seinem Vater die Burger bei Bob Evans genießt, an die fünf, sechs angebliche »Dates« auf ihn zukommen werden. Ebenso wenig weiß er, dass ich das alles nicht allein mache, sondern einen wahnsinnig guten Komplizen habe. Auch wenn Harrison klar ist, dass ich hinter dem Handy-Diebstahl stecken dürfte, wird er kaum ahnen, dass ich auf seine sämtlichen Dateien zugreifen kann. Am Zug zu sein fühlt sich richtig gut an.

Ich gehe erhobenen Hauptes in den Biologieraum. Die Erste, die ich sehe, ist Maddie Romy, die mir zum ersten Mal in ihrem Leben kurz zulächelt und wieder wegsieht.

Nicht mal *sie* will öffentlich mit mir in Zusammenhang gebracht werden. Aber ich nehme es nicht persönlich. Sie wird Kai und mir später einen Gefallen tun, und sofern es mich betrifft, ist sie eine der wenigen hier, denen ich jetzt überhaupt trauen kann.

Dann sehe ich ein Gesicht, das mal so umwerfend war und heute alles andere als das ist: Harrison Boyd.

Er ist an seinem üblichen Platz und fixiert mich bereits mit seinem Blick, als ich mich durch den Raum bewege. Der Tisch neben ihm, an dem ich gewöhnlich sitze, ist noch frei, und ich raffe all meinen Mut zusammen, um hinzugehen und mich einen knappen Meter neben ihn zu setzen.

»Hi, Harrison«, sage ich süßlich. Ich drehe mich ein wenig zu ihm, greife in meine Jackentasche und halte ihm sein Handy hin. Es ist so viel leichter, Selbstvertrauen vorzugaukeln, als mich von meiner Wut zu Tränen treiben zu lassen. »Suchst du das hier?«

Harrison schmeißt fast seinen Stuhl um, so schnell springt er auf, um mir sein Handy zu entreißen. Er sieht es einmal genau an, ob ich auch nicht das Display zerschmettert habe. Schade, jetzt wünschte ich, ich hätte es getan. Wütend blickt er wieder zu mir. »Was für'n Scheiß ziehst du hier ab?«

»Oh, keine Angst. Ich konnte das Passwort nicht knacken«, antworte ich und werfe mir das Haar über die Schulter. Dann wende ich mich wieder nach vorn und schweige, um ihn richtig zappeln zu lassen, ehe ich ihm einen Seitenblick zuwerfe. »Aber das habe ich auch nicht gebraucht.«

Harrison blickt sich um, als mehr Leute reinkommen, rückt näher zu mir und zischt: »Wovon redest du?«

»Ich frage mich, was Coach Maverick sagt, wenn ich ihm das Video von dir schicke – kiffend auf der Tribüne«, sage ich vollkommen unschuldig.

Harrison wird blass, schaut zu dem Telefon in seiner Hand und fragt sich offensichtlich, wie ich da reingekommen bin. »Das wagst du nicht.«

»Du schickst doch selbst gerne Videos rum.« Wieder sehe ich ihn an, vollkommen ausdruckslos, als würde mich dieses Gespräch null interessieren. »Warum kann ich das nicht auch machen?«

Harrison stöhnt und reibt sich mit beiden Händen das Gesicht. Es fällt ihm definitiv schwer, seinen Zorn zu bändigen. Wir sind still, sodass es keinen Grund für eine Szene gibt, auch wenn einige in der Klasse genau darauf warten. »Mach es nicht, Vanessa. Verdammt! Du hast meine Reifen zerschlitzt, und es kostet übrigens ein Vermögen, die zu ersetzen. Dann klaust du auch noch mein Handy. Hör auf, mich in die Scheiße zu reiten.« Er wird verzweifelter und greift nach meinem Handgelenk, damit ich nicht wegsehe. »Es tut mir leid, okay? Ich hätte das Video nicht rumschicken sollen. Ich war bloß sauer auf dich.«

»Harrison«, antworte ich und ziehe meinen Arm zurück. »Ich fange gerade erst an.« Mit einem Lächeln wende ich mich von ihm ab.

»Vanessa«, zischt er wieder, aber ich sehe für den Rest der Stunde nicht mehr in seine Richtung.

Bei jeder sich bietenden Gelegenheit flüstert er meinen Namen. Er versucht sogar, mir eine Nachricht zuzuschieben, die ich sofort von meinem Tisch schnippe. Es ist amüsant, ihn flehen zu sehen, vor allem, weil ich weiß, dass es ihm eigentlich nicht leidtut, das Video von uns online gepostet zu haben. Er will bloß, dass ich aufhöre, ihm das Leben schwer zu machen.

Als die Stunde vorbei ist, sammle ich ruhig meine Bücher zusammen und verlasse den Raum.

Harrison sieht mir hilflos zu.

Auf dem Gang ist alles still. Kai steht drei Meter entfernt von mir, gibt vor, Textnachrichten zu schicken, und hält den Kopf gesenkt. Ich sitze auf einem Stuhl vor dem Hauptbüro der Schule, die Beine überkreuzt, und starre ihn an. Eigentlich müsste ich jetzt nachsitzen, aber ich bin bereit, die doppelte Zeit zu kassieren, wenn ich auch das schwänze. In dieser Woche war ich kein einziges Mal beim Nachsitzen erschienen, und mich erstaunt, dass es Direktor Stone noch nicht gemeldet wurde.

»Du weißt schon, dass du gerne an unserem Tisch essen kannst, oder?«, frage ich Kai. Als ich ihm vorhin in der Cafeteria dezent zuwinkte, hat er mich komplett ignoriert und sich allein an einen Tisch gesetzt.

»Dann würden die anderen denken, dass wir *befreundet* sind«, antwortet Kai leise und weigert sich, mich dabei anzusehen. Er nimmt unser Undercover-Ding viel zu ernst. Obwohl niemand in der Nähe ist und der Unterricht vor zwanzig Minuten endete, hat er immer noch Angst, dass sich jemand anschleichen und uns beide zusammen sehen könnte.

»Und du willst nicht mit mir befreundet sein?«

»Doch, will ich«, sagt er und kämpft sichtlich gegen ein Grinsen an. »Aber erst, wenn diese Geschichte vorbei ist.«

Für einen Moment frage ich mich, *wann* sie vorbei sein wird. Wie weit wollen wir gehen, um Harrison zu vernichten? Wann entscheiden wir, dass es genug ist? Ich will Kai gerade fragen, als wir von klackernden Absätzen auf dem Flur unterbrochen werden.

»Hi, Hooligans«, sagt Maddie mit einem Anflug von Überlegenheit.

»Bist du nicht theoretisch auch ein Hooligan?«, kontert Kai.

Sie sieht ihn wütend an. »Klappe halten, Neuer.«

Gott, sind wir ein schräges Trio! Ich hätte nie gedacht, dass ich an einem Mittwoch länger bleiben würde, um mit Kai Washington, dem Neuen, und Madison Romy, dem Liebling aller Lehrer, heimlich in das Aktensystem der Schule einzusehen. Jetzt stehe ich von meinem Stuhl auf und geselle mich zu den beiden, als Maddie direkt ins Hauptbüro eilt. Ehrlich, mich überrascht nicht mal, dass sie hier aushilft. Sie ist eben eine Schleimerin.

»Hi, Miss Hillman«, begrüßt Maddie die Frau hinter dem Schreibtisch. Miss Hillman arbeitet seit Jahrzehnten hier und ist süß, was allerdings auch gleichbedeutend mit naiv sein kann. »Die zwei hier haben ihre Stundenpläne verloren. Ich druck sie ihnen noch mal aus.«

Miss Hillman nickt und lächelt uns allen zu. Ich hoffe, sie bekommt hierfür am Ende keinen Ärger.

Maddie geht voraus, vorbei an Direktor Stones Büro und den Beratungszimmern weiter hinten. Es sind kaum noch Leute hier, denn die meisten haben schon Feierabend gemacht.

»Die Akten sind hier hinten«, erklärt Maddie vor der Tür zu Mrs. Delaneys Büro. »Und haben wir nicht ein Glück, dass keiner von den Beratungslehrern länger arbeitet? Nach Schulschluss sollte man also möglichst keinen Nervenzusammenbruch haben.« Sie blickt sich noch einmal um, ob auch keine anderen Angestellten mehr da sind, aber die Luft ist rein. Unbemerkt schleichen wir uns in Mrs. Delaneys Büro.

Kai wirft sich sofort in den riesigen weichen Sessel, dreht sich hin und her und fasst alle möglichen Sachen auf Mrs. Delaneys Schreibtisch an. Ich sehe ihn streng an, denn überall Fingerabdrücke zu hinterlassen dürfte bei Undercover-Einsätzen ein No-Go sein.

»Was können wir denn in diesen Akten finden?«, fragt er Maddie. Er lehnt sich zurück, sieht sie an und tippt seine Fingerspitzen aneinander wie ein eingebildeter CEO eines Milliarden-Unternehmens.

»Zunächst mal können wir herausfinden, warum *du* überhaupt an dieser Schule bist«, sagt sie und geht zu der Reihe mit Aktenschränken an der Wand. Dort bückt sie sich zu einer Schublade unten und sucht stumm in den Hängeordnern, bevor sie sich mit einem schmalen in der Hand wiederaufrichtet. Sie lächelt Kai zu und schlägt die Mappe auf. »Aha! Wegen Schlägerei von der Westerville Central geflogen. Wundert mich nicht. Bei mir hast du letztes Wochenende ja auch gleich eine Prügelei angefangen. Und Mrs. Delaney hat notiert, dass du übertrieben selbstbewusst und charmant bist.« Sie blickt auf. »Übertrieben selbstbewusst würde ich unterschreiben, aber charmant? Nein.«

Kai steht auf, nimmt ihr den Ordner ab und liest selbst. »Ich bin eben nur was für Kenner«, sagt er und überfliegt die Angaben in seiner Schulakte.

Während ich an der Tür Schmiere stehe, wird mir bewusst, dass ich mich mal wieder mehr auf Kai konzentriere als auf mögliche Zeugen. Beim Lesen zieht er die dunklen Brauen zusammen und kaut auf seiner Unterlippe. Für manche mag er gewöhnungsbedürftig sein, aber von allen unterschiedlichen Menschen, die ich kenne, ist mir er im Moment am liebsten.

»Vanessa, Mrs. Delaney denkt, dass du durchdrehen könntest«, lenkt Maddie mich ab. Ich schaue zu ihr, und sie wirft mir eine Akte zu, die ich gerade noch fangen kann. »Und bedenkt man, dass du dich mit diesem Charmebolzen zusammengetan hast, um jemandem das Leben zu ruinieren, würde ich sagen, sie hat recht.«

Ich sehe meine Akte an. Sie ist dicker als Kais, aber er ist ja auch erst seit drei Tagen an der Schule, und ich bin schon seit vier Jahren hier. Ich schlage die Mappe auf und überfliege die erste Seite. Allgemeine Daten über mich wie Geburtsdatum und Adresse. Kopien meiner Zeugnisse. Eine Liste meiner Zensuren in jedem Fach. Eine Liste von Colleges, bei denen ich mich beworben habe. Und dann noch persönliche Notizen, die sich meine Beratungslehrer über die Jahre gemacht haben.

Mr. Williams, der Beratungslehrer in meinem ersten Jahr, hatte geschrieben, dass ich in sämtlichen Fächern glänze, dass ich eine wohlerzogene, höfliche und fleißige Schülerin bin, die sich nahtlos in die Highschool eingefügt hat.

Mrs. Sinclair im zweiten Jahr hatte notiert, dass meine Mom im ersten Halbjahr gestorben war. Sie merkt an, dass ich einen ganzen Monat Unterricht versäumt habe und zusätzliche Unterstützung bräuchte, die ich – das muss man der Westerville North lassen – auch bekommen habe. Am Ende des Schuljahres schreibt Mrs. Sinclair, wie viel glücklicher ich zu sein schien.

Mr. Rogers, der Beratungslehrer im dritten Jahr, schrieb, dass ich immer noch in den Kursen hinterherhinke und mich nicht bemühe, Stoff aufzuholen. In dem Jahr musste ich zum ersten Mal nachsitzen. Seinen Notizen zufolge war ich keine Musterschülerin mehr, aber auch nicht die schlimmste. Ich war irgendwo dazwischen und noch nicht schlecht genug, dass man sich Sorgen machen musste.

Und als wäre es doch so, hat meine gegenwärtige Beratungslehrerin, Mrs. Delaney, notiert, dass ich mich mehr auf soziale Aspekte als auf akademische fokussieren würde. Woher zur Hölle will sie das denn wissen? Hängen die Beratungslehrer auf den Korridoren herum und stalken uns? Mrs. Delaney sorgt sich anscheinend, dass ich abstürze und mir alles egal ist.

Ich beiße die Zähne zusammen und sehe zu Maddie. »Dürfen die echt solche Informationen hier horten?«

Sie zuckt mit den Schultern, während sie weiter durch die verschiedenen Hängeregister im Aktenschrank geht – vermutlich auf der Suche nach Harrisons Akte. »Eine Schule muss ihre Schüler kennen«, antwortet sie. »So behalten sie im Blick, wer die potenziellen Psychos sind. Ich tippe auf Ryan Malone.«

Kai und ich wechseln einen Blick. Dann wirft er seine Akte auf Mrs. Delaneys Schreibtisch und sagt: »Jetzt gib uns schon Harrisons Akte.«

»Ist ja gut.« Maddie knallt die Schublade zu und gibt Kai die Mappe. »Hier.«

Kai setzt sich mit der Akte an den Schreibtisch, und Maddie und ich lesen über seine Schulter mit. Alles ist unheimlich still, wie so oft in leeren Schulen, und es macht mich besonders wachsam. Ich verkrampfe mich und bemühe mich, ruhig zu atmen.

Harrison hat in allen Fächern gute Noten, wie ich mir schon gedacht hatte, und es gibt eine Menge Notizen über seine Football-Statistiken. Kai blättert durch die langweiligen Seiten und sucht nach dem spannenden Stoff, von dem einzig unsere Beratungslehrer wissen. Er hält bei einer Seite mit Notizen von Mr. Rogers aus dem letzten Halbjahr inne.

Harrison hatte im Frühjahr bei den Eignungsprüfungen fürs College geschummelt.

Und der einzige Grund, weshalb er nicht aus dem Footballteam geworfen wurde, war der, dass Mr. Rogers empfahl, alles ruhig zu handhaben. Beim Schummeln erwischt zu werden *und* aus dem Team zu fliegen würde Harrisons Chancen auf ein Stipendium vernichten. Dabei könnten seine Eltern es sich sowieso leisten, ihn aufs College zu schicken. Bei jedem anderen wäre Mr. Rogers ganz sicher nicht so rücksichtsvoll gewesen, aber anscheinend hatte er Angst, dass Harrisons Eltern Stress machen. Also kam Harrison mit einem Monat Nachsitzen davon.

Kai sieht zu mir, sodass unsere Münder nur Zentimeter trennen. »Bingo«, sagt er grinsend.

Maddie nimmt Harrisons und Kais Akten vom Schreibtisch und mir meine ab. Dann geht sie wieder zum Schrank, um sie einzusortieren. Ich hatte mich gefragt, warum sie uns unbedingt helfen wollte, aber ich glaube, ich weiß es. Sie hat selbst noch eine Rechnung mit Harrison Boyd offen.

»Maddie«, sage ich ruhig, doch sie dreht sich nicht um, sondern steckt Harrisons Akte zurück in die »B«-Schublade. »Hilfst du uns, weil du mal was mit Harrison gehabt hast?«

Sie versteift sich merklich. »Was?«

»Was?«, fragt Kai und dreht sich auf dem Schreibtischsessel zu mir.

Ich blicke weiter zu Maddie. Sie ist wie versteinert. Langsam gehe ich auf sie zu. »Was ist passiert?«

»Er ist ein Idiot«, murmelt sie, und ihre Stimme bricht ein wenig. Sie spricht leise und blinzelt schnell, als müsste sie Tränen unterdrücken. »Ich habe gedacht, dass er mich wirklich mag. Jedenfalls hat er das behauptet, aber er wollte nicht, dass irgendwer von uns weiß, ehe es offiziell ist. Und er hat gesagt, offiziell ist es erst, wenn wir miteinander schlafen. Er hat mich total manipuliert. Ich war blöd, okay?« Ruckartig dreht sie den Kopf zu mir, und bei dieser Bewegung löst sich doch eine Träne und läuft ihr über die Wange. »Ich war überhaupt noch nicht so weit, und danach hat er nie wieder mit mir geredet. Ich habe versucht, so zu tun, als wäre es nie passiert, und ich glaube nicht, dass er es irgendwem erzählt hat, denn ich *weiß*, dass es sich sofort herumgesprochen hätte.« Sie verengt die Augen. »Also, woher weißt du das?«

»War nur so eine Ahnung«, antworte ich, weil ich denke, es würde sie erst recht fertigmachen zu hören, dass er es auf seinem Handy notiert hat. Und dass sie *bewertet* wurde. Ich komme mir selbst blöd vor, weil ich tatsächlich geglaubt habe, er wäre ein netter Typ. Aber zumindest bedeuten diese neuesten Entdeckungen, dass ich null schlechtes Gewissen bei dem habe, was wir machen. »Es tut mir leid, Maddie. Du hast recht, er ist ein Idiot. Deshalb tun wir das hier.«

Nun erkenne ich etwas an Madison Romy, das ich noch nie zuvor gesehen habe. Ich sehe … *mich selbst*. Ich sehe ein unsicheres Mädchen, das alles tut, um von ihren Mitschülern beachtet, gemocht und akzeptiert zu werden; so wie ich alles tue, um die Aufmerksamkeit zu bekommen, die ich von meinem Dad nicht kriege. Wir sind gar nicht so verschieden. Wir beide wollen bloß, dass uns jemand beachtet. Und vielleicht habe ich Maddie deshalb nie besonders gemocht. Es kann sein, dass ich meine Gedanken bezüglich meines Verhaltens auf sie projiziert habe.

Maddie wischt sich die Tränen weg und wendet sich wieder ab, um meine Akte zurückzupacken. »Aber er darf nicht erfahren, dass ich geholfen habe, okay?«, schnieft sie. »Ich möchte immer noch mit ihm befreundet sein.«

»Du musst nicht mit jedem befreundet sein«, sage ich. Gott, jetzt komme ich mir schon wie eine beknackte Beratungslehrerin vor. Wieso habe ich auf einmal Mitleid mit Madison Romy, die ich nie leiden konnte? Es ist beinahe, als würde ich begreifen, dass ich mir selbst leidtue, weil es erbärmlich ist, was wir für verzweifelte Maßnahmen ergreifen, anstatt uns zu erlauben, verwundbar und offen zu sein. »Es ist besser, von wenigen Leuten geliebt zu werden, als von vielen gemocht.«

»Wow, das lappt ja ins Philosophische, Nessie. Hast du das auf Facebook gelesen?«, fragt Kai vom Schreibtisch aus, und ich werfe ihm einen wütenden Blick zu.

Maddie steckt Kais Akte zurück in den untersten Schub, richtet sich wieder auf und sieht mich an. Ihr Lächeln ist zittrig, und Tränen glänzen in ihren Augen. »Weißt du, ich habe dich eigentlich nie sehr gemocht. Tut mir leid.«

»Ging mir nicht anders«, entgegne ich, und wir beide lachen leise, weil wir einander zum ersten Mal richtig wahrnehmen. Letztlich sind wir bloß zwei Mädchen, die von Harrison Boyd verarscht wurden. Wir sollten befreundet sein.

Kai kommt zu uns und schaut Maddie an. »Anscheinend ist Harrison zu jedem ein Arsch, also nimm es nicht persönlich. Sieh es als eine Lektion, die du gelernt hast. Du triffst noch jemanden, der dich wirklich um deinetwillen mag«, versucht er sie aufzumuntern. »Vielleicht jemanden, der übertrieben selbstbewusst und charmant ist, wie ich. Aber ich bezweifle, dass du solches Glück hast.« Er zwinkert ihr zu und legt einen Arm um sie.

Maddie lacht und lehnt kurz ihren Kopf an seine Brust. »Danke, Neuer.«

Wie stellt er das an? Wie kann er alles immer richtig machen, selbst wenn er etwas Falsches tut? Er ist so unangestrengt charmant, so sarkastisch und witzig, aber eben auch so richtig *nett*, wenn es sein muss.

Als wir den Bürotrakt verlassen, hat sich die Dynamik verändert, und ich bleibe ein wenig zurück, denn ich muss gegen den Tagtraum von Kais Lippen auf meinen kämpfen.

13

»Ja, sicher, das Rechtssystem ist korrupt. Wie können diese Cops nachts schlafen, wenn sie wissen, dass sie Beweise gefälscht und zwei Unschuldige ins Gefängnis gebracht haben? Das ist so krank«, sagt Kai und blickt nachdenklich durch meine Windschutzscheibe. Er erzählt mir alles zu den Verschwörungstheorien, über die er irgendeine Netflix-Doku gesehen hat. Und er glaubt auch, dass Avril Lavigne gestorben ist und von einer Doppelgängerin ersetzt wurde. *Klar doch!*

»Irgendwelche Theorien über Aliens?«

Kai sieht mich an. »Die gibt es. In der Area 51 ist definitiv ein Ufo.«

Ich verdrehe die Augen und stecke mir Chips in den Mund, während ich mich auf dem Parkplatz umschaue. Wir stehen mit dem grünen Rostmonster unter einer Reihe von Bäumen vor dem Bob Evans. Harrison und sein Dad sind schon drinnen, und wir können sie in ihrer Sitznische am Fenster sehen, wo sie ihre Hamburger essen. Die Heizung im Wagen ist voll aufgedreht, und wir haben Milchshakes in den Getränkehaltern sowie eine Auswahl an Snacks auf der Mittelkonsole. Es ist wie Kino, denn wir warten, dass die »unverbindlichen Bekanntschaften« um acht Uhr auftauchen. Noch zehn Minuten.

Kai zuzuhören ist witzig. So vergeht die Zeit richtig schnell. Er erzählt sehr lebhaft, gestikuliert wild, und obwohl ich nicht an seine Verschwörungstheorien glaube, ist dies die interessanteste Unterhaltung, die ich seit Langem hatte. Es ist erfrischend, ausnahmsweise mal über etwas anderes zu reden als darüber, mit wem man was hatte und was Soundso in der Schule angehabt hat.

Ich setze mich im Schneidersitz hin, sodass meine Knie gegen das Lenkrad stoßen. »Okay, neue Theorie: Harrison Boyd ist eigentlich der Teufel, der sich wie ein typischer Teenager benimmt, beliebt, mit guten Noten – um Mädchen zu verarschen.«

»Das ist keine Theorie, sondern Fakt«, sagt Kai.

Lachend greife ich nach meinem Milchshake und blicke mich wieder um. Draußen ist es kalt, aber im Wagen fühlt es sich warm und gemütlich an. Kai lehnt sich auf dem Beifahrersitz zurück und stützt die Füße auf das Armaturenbrett, wo sein Handy bei den CD-Hüllen steht. Er streamt eine Zusammenfassung des NFL-Spiels von Montag, allerdings passt er nicht sonderlich gut auf.

Das grüne Rostmonster ist vorübergehend zu unserem privaten Camp geworden.

»Dieses Überwachen ist ermüdend«, sagt Kai. Er neigt seine Rückenlehne nach hinten, bis er praktisch an das Wagendach starrt. Dann nimmt er die Chipstüte und legt sie auf seinen Schoß. »Hast du so was schon mal gemacht?«

»Nein«, gestehe ich, »aber ich finde, es macht irgendwie Spaß.«

»Weil ich dabei bin.« Er sieht zu mir und lässt seine Augenbrauen tanzen, bevor er sich eine Handvoll Chips in den Mund stopft. Jetzt sind nur noch das krachende Kauen und der Football-Kommentator zu hören.

Ich blicke zu Kai. »Ja, stimmt.«

»Oh!« Kai schwingt sich nach oben, sodass um ein Haar die Chipstüte umkippt, und tippt hektisch ans Fenster. »Die ist von der App. Samantha, glaube ich. Die ›attraktive ältere Frau‹. O Mann, das wird klasse!« Er greift nach seinem Milchshake und schlürft den Rest laut auf.

Und wieder ist der Moment verdorben. Als hätte sich das Universum gegen mich verschworen.

Ich lehne mein Kinn auf das Lenkrad und starre hinaus auf den dunklen Parkplatz. Eine kurvenreiche Gestalt nähert sich selbstsicher der Eingangstür. Ja, Samantha, keine Frage. Mir stockt der Atem, als sie hineingeht.

»Vielleicht hat Chyna recht«, flüstere ich. »Wir hätten keine Unschuldigen mit reinziehen sollen.«

Kai sieht kurz zu mir und legt eine Hand auf mein Knie. »Ja, du hast recht. Aber jetzt können wir nichts mehr tun.«

Ich blicke zu seiner Hand. Meine Jeans ist an den Knien eingerissen, deshalb fühle ich seine Haut auf meiner. Ich komme mir vor wie eine Zwölfjährige beim ersten Händchenhalten mit ihrem Schwarm. Trotzdem versuche ich, mich auf Samantha zu konzentrieren, auch wenn ich sehr gern Kais Hand nehmen und ihn näher zu mir ziehen würde.

»Guck mal!« Kais Hand verschwindet, und er drückt sich so dicht an die Frontscheibe, dass sie von seinem Atem beschlägt.

Im Restaurant ist Samantha nun bei der Sitznische mit Harrison und seinem Vater. Selbst aus dieser Entfernung ist zu erkennen, was dort vor sich geht. Samantha bleibt an dem Tisch stehen und beugt sich vor. Harrison und sein Vater schauen zu ihr auf. Es wäre super, zu hören, was gesagt wird, doch wir können es uns auch so denken. Harrison beginnt, wild mit den Händen zu fuchteln, und sein Vater steht auf. Samantha blickt sich verwirrt um – womit ich wieder daran erinnert werde, was für ein furchtbarer Mensch ich bin. Schließlich stürmt Samantha aus dem Restaurant, entriegelt einen Wagen auf der anderen Seite des Parkplatzes und rast davon. Zweifellos ist sie stinksauer.

»Können wir diese Leute irgendwie für ihren Ärger entschädigen?«, frage ich Kai.

Er lehnt sich zurück und runzelt die Stirn. »Du willst die bezahlen?« Auf mein Achselzucken hin lächelt er sanft. »Okay, Nessie. Ich schreibe ihnen später und entschuldige mich, aber ich finde nicht, dass wir ihnen ein Friedensangebot machen müssen … Hey, da kommt die Nächste!«

Ja, es nähert sich eine Frau in einer engen, schwarzen Jeans und mit zotteligem Pony. Das muss Raven sein. Die Szene wiederholt sich. Die Emo-Frau geht zu der Nische, Harrison wird sichtlich wütend und gestikuliert, bis Raven nur noch die Flucht bleibt. Allerdings zeigt sie Harrison noch den Stinkefinger.

Direkt danach kommt das dritte Date. Wieder läuft es wie die beiden Male vorher ab, nur dass Harrison nun aufsteht, als wolle er seine unerwünschte »Verabredung« wegstoßen. Was nicht nötig ist. Kai futtert Chips im Akkord, als würde er einen Live-Kampf im Fernsehen gucken.

»O Mist, sie kommen raus«, sagt er und sinkt tief in seinen Sitz, als könnten wir ertappt werden.

Harrison und sein Dad verlassen eilig das Restaurant. Sie marschieren über den Parkplatz zum BMW seines Vaters, und an Harrisons Körpersprache ist deutlich zu erkennen, dass ihm das Ganze extrem peinlich ist. Spaßig ist es gewiss nicht, beim Essen mehrmals von Fremden gestört zu werden, die auf eine heiße Nacht hoffen. Aber das ist ja der Sinn dieser Übung. Harrison Boyd darf keinen Spaß mehr haben. Der BMW braust vom Parkplatz und in Richtung Zentrum.

»Ich wette, er will im Boden versinken«, sage ich und setze mich auf. »Und was sein Dad wohl denkt?«

»Sehr gut.« Kai holt seinen kleinen Notizblock und einen Stift hervor und streicht die heutige Aufgabe von der Liste. Wir haben Harrisons Reifen zerschlitzt, sein Handy gehackt und ein Trio lustgesteuerter Wildfremder auf ihn gehetzt. »Morgen Abend brechen wir bei ihm zu Hause ein.«

Wie bitte? Bei Harrison einzubrechen scheint mir zu weit zu gehen. »Ist das dein Ernst?«

»Äh, ja. Zieh dir nur schwarze Sachen an. Zum Beispiel diese Lederjacke, die sieht gut bei dir aus.«

»Kai …«

»Ja?«

Meine Lippen bewegen sich, aber ich bringe keinen Ton heraus. Was ich sagen möchte, ist: *Kai, das klingt vielleicht ein bisschen schräg, aber … ich mag dich wirklich.*

Doch ich sage: »Verschwinden wir von hier.«

Ich verstelle meinen Sitz, lasse den Motor an und biege vom Parkplatz des Bob Evans. Über eine Stunde haben wir hier gesessen, deshalb fühlen sich meine Beine taub an, als ich durchs Ortszentrum in Richtung von Kais Viertel fahre. Die Lichter der Straßenlaternen rasen über die Windschutzscheibe und beleuchten unsere Gesichter alle paar Sekunden.

»Hör auf, dir Sorgen zu machen. Ich finde immer noch, dass du ein guter Mensch bist«, bricht Kai leise das Schweigen. Seine Bemerkung erwischt mich eiskalt. Ist mein schlechtes Gewissen so offensichtlich?

»Du kennst mich seit drei Tagen«, erwidere ich mit einem kurzen Lachen. Die letzten drei Tage fühlen sich wie eine Ewigkeit an. »Wie kannst du wissen, dass ich ein guter Mensch bin?«

»Ich denke, das sind wir alle. Sogar Harrison, auch wenn er sich scheiße verhält. Wir alle machen einfach schlimme Sachen.«

»Und wie oft machst du die?«

Ich starre geradeaus und merke trotzdem, dass Kai neben mir verlegen grinst. »Nicht sooo oft. Du hast einen schlechten Einfluss auf mich.«

»Ey!« Ich bringe den Wagen zum Schlingern. »*Du* bist in dem Büro auf *mich* zugekommen, schon vergessen? Wenn hier einer einen schlechten Einfluss hat, dann bist du das.«

Kai grinst mich an, und seine blauen Augen strahlen. Mir fällt es schwer, mich aufs Fahren zu konzentrieren. »Bist du froh, dass ich es getan habe?«

»Na ja, *so* übel bist du nicht.« Die letzten Tage waren die Hölle, aber auch sehr witzig. Und das dank Kai.

»Obwohl du meine schlimmste Seite siehst? Die Seite von mir, die sich entscheidet, sehr viel Falsches zu tun?«

Ich biege vor seinem Haus ein und sehe ihn an. Zwar schalte ich auf »Parken«, lasse aber den Motor laufen. Wir beide sehen uns für einen Moment schweigend an. »Ich mag diese Seite an dir«, gebe ich leise zu und wende mich ab, weil meine Wangen sehr heiß werden. Deshalb drehe ich die Heizung runter, obwohl ich nicht denke, dass sie das Problem ist. In meinem Bauch findet schon wieder Bodenturnen für Fortgeschrittene statt.

»Ach ja?«, fragt Kai amüsiert. Ich merke, wie er sich aufsetzt und auf dem Beifahrersitz zu mir dreht, kann ihn aber nicht ansehen. Auf einmal ist da eine Spannung zwischen uns.

»Ja, okay?«, antworte ich schnippisch. Jetzt sehe ich ihn doch an, wobei ich das Lenkrad umklammere. »Ich mag diese falsche Seite an dir. Ich mag *dich*.«

Kais Grinsen ist sofort weg. Jetzt sieht er eher verwirrt aus, als hätte ich eben Chinesisch mit ihm geredet. Er blinzelt einige Male. »Du weißt, wie Action-Filme normalerweise ausgehen, oder? Die weibliche Komplizin verliebt sich in ihren cleveren Kollegen.«

»Ich habe nicht gesagt, dass ich in dich verliebt bin«, erwidere ich. Jedenfalls noch nicht. Aber wenn das so weitergeht, könnte ich mich bis Montag in ihn verliebt haben. Obwohl sich Vanessa Murphy *nicht* verliebt.

»Noch nicht«, sagt Kai, womit er wieder mal meine Gedanken ausspricht. Er zwinkert mir zu und zieht meine Hände vom Lenkrad. Ich spüre die Wärme seiner Hände. »Wart's ab, bis du meine gute Seite siehst. Ich bin ein echter Gentleman.« Er sieht mir in die Augen und hebt meine Hand an seinen Mund, um mich auf die Fingerknöchel zu küssen. Er macht Quatsch, um die Stimmung nach diesem Geständnis aufzulockern, nur setzt es einen Impuls frei, der sich nicht bremsen lässt.

Ich umfange sein Kinn und presse meine Lippen auf seine. Mein Herz hämmert in meiner Brust, als ich ihn in dem dunklen Wagen küsse. Mein Mund an seinem, Kais an meinem … Er bewegt seinen Daumen zu meinem Kinn, hebt meinen Kopf an und fängt meine Lippen mit seinen ein, ganz sanft, so behutsam, so unschuldig. Ich lege eine Hand in seinen Nacken, tauche meine Finger in sein kurzes Haar dort und arbeite mich nach oben in die dichten Locken.

Aber Kai greift nach meinen Händen und löst seine Lippen von meinen. Ich erstarre wie ein Reh im Scheinwerferlicht, als er meine Hände festhält und wir uns ansehen. Der Kuss war wirklich kurz, trotzdem bin ich außer Atem.

»Sorry, Nessie. Ich muss gehen«, sagt Kai, der meine Hände von sich wegschiebt und seine Sachen zusammensucht. Er nimmt sein Handy vom Armaturenbrett und greift nach seinem Hoodie im Fußraum.

»Was?«, quieke ich ungläubig, als ich sehe, wie er aus dem Wagen steigt. Habe ich irgendwas falsch gemacht?

Kai dreht sich zu mir um, eine Hand oben auf der Tür, und er sieht verblüfft, fast panisch aus. »Tut mir leid«, flüstert er. Sein Atem bildet eine Wolke, die seine Worte noch verstärkt. Dann wirft er die Tür zu und eilt in sein Haus, ohne sich noch einmal umzusehen.

Wie gelähmt vor Scham sitze ich allein im Wagen vor seinem Haus. *Er wollte mich nicht küssen,* wird mir klar. *O Gott, warum habe ich das gemacht?* Kai hat nie behauptet, dass er mich auch mag. Er hat mit mir herumgealbert, weil er eben so ist, und ich schmeiße mich ihm an den Hals wie eine verdammte Irre.

Ich stöhne so laut, dass ich fast glaube, der Wagen vibriert, und knalle meinen Kopf auf das Lenkrad. Würde sich jetzt der Boden unter mir auftun und mich verschlingen, ich würde ihm eine Dankeskarte schicken.

Kai war in ein Mädchen verliebt. Er ist der Typ Junge, der sich verliebt und ein Mädchen küsst, weil es ihm wichtig ist. Ich bin nicht der Typ Mädchen, auf den Jungen wie Kai fliegen, und natürlich *weiß* er, was für ein Mädchen ich bin, denn er hat schon gehört, wie über mich geredet wird. Und ich küsse Leute, weil es Spaß macht, weil ich es will, aber ich wünschte, ich könnte Kai erklären, dass es eben anders war. Ich mag ihn nicht im Sinne von, *du bist heiß und nett zum Rummachen*. Eher in der Art, *ich mag dich, weil du umwerfend und witzig bist und mich deine Nähe mit der Luft versorgt, die ich so dringend zum Atmen gebraucht habe.*

Ich hebe den Kopf vom Lenkrad. Mir ist immer noch heiß vor Scham, und ich staune bei dem Bild vor mir. Dicke Schneeflocken landen auf meiner Windschutzscheibe. Ich schaue mich um und werde ganz aufgeregt. Es schneit! Endlich!

Fasziniert beobachte ich die Schneeflocken aus dem warmen Wagen heraus und schalte leise Musik an. Schnee ist für mich das Schönste überhaupt. Es fängt zahm an, mit tanzenden Flocken, und wird nach und nach mehr, bis ich mitten in einem Schneesturm bin. Meine Scheibenwischer sind nicht schnell genug, um die Scheibe frei zu halten. Die Straßen um mich herum werden weiß, wunderschön und rein.

Hilflos blicke ich zu Kais Haus, wo Dach und Fenster mit einer feinen Schneeschicht bedeckt sind, und denke, wie perfekt es wäre, würde Kai noch hier bei mir sitzen. Ich male mir aus, wie wir gemeinsam den Schnee betrachten und uns hin und wieder küssen. Doch als mein Blick auf den leeren Beifahrersitz fällt, bekommt meine Stimmung einen herben Dämpfer. Kai *will* mich nicht küssen.

Ich drehe die Musik auf, um meine Gedanken zu verscheuchen, schnalle mich an und fahre weg von Kais Haus. Meine Reifen hinterlassen frische Spuren im Schnee.

14

»Es war *furchtbar*«, jammere ich, werfe den Kopf in den Nacken und blicke zum dumpf grauen Himmel auf. »Nicht der Kuss, der war fantastisch«, ergänze ich hastig. »Aber die Umstände … O Gott, noch nie im Leben war mir etwas so peinlich!«

Chyna sieht mich fragend an. »Wurde nicht gerade am Montag ein Sextape von dir verbreitet?«

»Darüber darfst du erst nach Weihnachten Witze machen«, ermahne ich sie und erhebe drohend meinen Zeigefinger in ihre Richtung.

Es ist Donnerstagmorgen, und wir trotten durch den Schnee vom Schülerparkplatz zum Eingang, eingemummelt in dicke Jacken. Stiefel zu tragen fühlt sich noch komisch an, als wären wir von einer Sekunde zur nächsten vom Herbst in den Winter gewechselt. Es hat die ganze Nacht durchgeschneit, und die gesamte Gegend ist mit einer wunderschönen weißen Decke verhüllt. Das Ohio-Wetter enttäuscht nicht. Ich *lebe* hierfür. Heute trage ich meine neue blaue Mütze mit passendem Schal und Handschuhen, die ich vor Monaten gekauft habe und dringend endlich anziehen wollte.

»Tut mir leid«, entschuldigt Chyna sich. »Und er ist wirklich einfach ausgestiegen und weggegangen?«

»Du hättest sein Gesicht sehen sollen«, sage ich und kneife die Augen zu, als ich mir den furchtbaren Moment gestern Abend ins Gedächtnis rufe, als Kai vor mir geflohen war. Es war so klar gewesen, dass er mich nicht küssen wollte. Fast als hätte er bereut, dass es überhaupt geschehen war. »Er konnte gar nicht schnell genug wegkommen. Hat sich seine Sachen geschnappt und ist praktisch weggerannt.«

Chyna überlegt einen Moment, als wir in das Gebäude gehen. »Vielleicht liegt es nicht an dir«, sagt sie, und wir sehen uns an. »Vielleicht ist er noch in seine Exfreundin verliebt.«

Ihre Worte überraschen mich, denn ich hatte Sierra Jennings vollkommen vergessen. Stumm gehe ich neben Chyna her durch den Korridor. Kai hatte gesagt, dass er Sierra nicht mehr liebt und sowieso nicht mit einem Mädchen wie ihr zusammen sein will, aber er *könnte* seine Gefühle auch schlicht leugnen. Es ist ja nicht so, als hätte er die Beziehung beenden wollen. Wie es sich anhörte, wäre Kai mit ihr zusammengeblieben, hätte sie ihn nicht betrogen. Außerdem … warum sollte Kai so unbedingt Harrisons Leben ruinieren wollen, wenn ihm Sierra egal ist?

»Mist«, murmle ich. Ich. Bin. Eine. Idiotin.

Wir bleiben an Chynas Spind stehen – auf ihrem war noch nie Graffiti, denn Chyna macht keine Fehler – und pusten uns einen Kuss zu, ehe wir uns trennen. Mittags werden wir uns wie immer treffen, trotzdem ist es blöd, dass wir in diesem Halbjahr keinen einzigen gemeinsamen Kurs haben.

Ich gehe weiter den Flur entlang zu meinem Spind – super, jemand hat die Umrisse einer nackten Frau auf die

Tür gemalt –, doch bevor ich meine Kombination eingeben kann, legt mir jemand seine Hände auf die Schultern, und das so fest, dass sich die Daumen in meine Schulterblätter bohren.

»Vanessa«, zischt eine vertraute Stimme in mein Ohr. Heißer Atem trifft auf meine Wange. Harrison.

Ich werfe einen kurzen Blick über die Schulter. Harrison hat sich dicht an mich gedrängt, er hält mich fest, und Noah und Anthony stehen hinter ihm. Noah wirft mir ein hämisches Grinsen zu.

»Lass mich los«, befehle ich so streng, wie ich kann. Ich versuche ihn mit dem Ellbogen wegzustoßen, doch er rührt sich nicht.

Auf einmal drückt er meine Schultern noch mehr und reißt mich weg von meinem Spind. Wir sind mitten auf dem Flur, umgeben von den letzten Schülern, die zu ihren Klassen eilen, aber ausgerechnet jetzt achtet niemand auf mich. Noah springt vor und packt mein Handgelenk. Alarmglocken schrillen in meinem Kopf, und mir wird der Brustkorb eng vor Angst.

»Wir wollen nur reden«, sagt Noah, aber sein kurzes Lachen straft ihn Lügen. Es ist bedrohlich und sadistisch, fast schon böse.

»Lasst mich verflucht noch mal los!«, fordere ich lauter. Ich versuche, mich Noahs Griff zu entwinden und Harrison den Ellbogen gegen die Brust zu rammen, doch sie lassen nicht los. Sie halten mich zu fest, ziehen und schieben mich den Flur entlang. Ich fühle mich machtlos, und mir schießen lauter Furcht einflößende Gedanken durch den Kopf. Wo bringen sie mich hin?

Anthony öffnet die Tür zur Hausmeisterkammer, und ich werde hineingezerrt. Alle drei kommen mit rein, schließen die Tür hinter uns und schalten das matte Licht ein. Jetzt lassen sie mich los, aber hier drinnen ist es so eng, dass es sich erstickend anfühlt. Um mich herum sind Regale und Wischeimer, und ich beschließe mich zu wehren – falls nötig würde ich sogar einen Mopp als Waffe benutzen.

»Hast du gedacht, das ist witzig?«, fragt Harrison. Er verschränkt die Arme vor der Brust und mustert mich. Sein Gesicht ist hässlich, wenn er es so verzieht. »Die Irren gestern Abend zu Bob Evans zu schicken? Ich weiß, dass du es warst. Hast du zugeguckt?«

»Ich weiß wirklich nicht, wovon du redest, Harrison«, antworte ich so ruhig wie möglich und weiche seinem Blick nicht aus. Unschuld vorzutäuschen scheint mir die logische Reaktion, doch seinem Schnauben nach ist Harrison sicher, dass ich hinter der Geschichte stecke. Wer sollte es sonst sein? Bisher ahnt er ja nicht, dass er auch in Kai Washington einen Feind hat.

»Hör mit den Spielchen auf«, faucht Harrison und kommt einen Schritt näher. Seine Arme sind noch verschränkt, aber ich bemerke, dass er die Fäuste geballt hat. »Ich habe dir gesagt, dass du es bereuen wirst, wenn du nicht aufhörst, mich zu verarschen.«

»Hast du mal überlegt, dass du es vielleicht bereuen wirst, mich verarscht zu haben?«, kontere ich und bin verblüfft, wie stark ich klinge. Die Worte kommen mir so leicht über die Lippen, so selbstbewusst. Ich sehe Harrison an und presse meine Lippen zusammen. Meine Hände zittern, aber er und seine Freunde schüchtern mich *nicht* ein.

»Geht es immer noch um dieses Video?«, fragt Harrison und neigt den Kopf, sodass wir auf Augenhöhe sind.

»Es wäre privat geblieben, hätte mir irgendwas an dir gelegen.«

Noah greift nach meiner Mütze und reißt sie mir vom Kopf, obwohl ich sie festzuhalten versuche. Ich fühle, dass mein Haar statisch aufgeladen ist. »Aber immerhin war das Video gut«, höhnt er mit einem Augenzwinkern. Anthony grinst.

»Du bist das Letzte«, murmle ich und entreiße ihm meine Mütze. Ich stopfe sie in meine Jackentasche und drehe mich zu Harrison. »Und, ja, es geht um das Video. Das wird mich ewig verfolgen. Kapierst du das nicht, oder bist du zu sehr von dir selbst besessen, um zu begreifen, dass es falsch war? Ich habe gedacht, dass ich dir vertrauen kann.«

»Ist mir egal!«, fährt Harrison mich an. Noah scheint begeistert von dieser Szene. »Ich warne dich … Wenn du nicht aufhörst, mache ich dir das Leben zur Hölle.«

»Vielleicht sollte ich Sierra warnen, was für ein Typ du bist«, erwidere ich. Es ist schwer zu glauben, dass ich ihn noch letzte Woche für einen netten Kerl gehalten habe und tatsächlich ein schlechtes Gewissen hatte, weil ich nicht mit ihm auf diesen Ski-Trip wollte.

»Wer ist Sierra?«, fragt Anthony. Er und Noah sehen gleichzeitig zu Harrison.

Der reißt die Augen weit auf, blickt zu seinen Freunden und dann wieder zu mir. Ich habe nicht gewusst, dass seine Affäre mit Sierra geheim war, doch sein verdutzter Gesichtsausdruck bringt mich zum Grinsen. Ihm wird klar, dass ich weiß, mit wem er parallel zu mir etwas hatte. »Woher weißt du von ihr?«, fragt er zornig.

Plötzlich bin ich am Ruder. »Tja, ich weiß auch, dass du bei deinen Eignungstests geschummelt hast. Sollten diese

Informationen privat bleiben? So wie dieses Video von uns?« Ich lächle. »Tja, sorry, hier gibt es keine Privatsphäre.«

Harrison macht einen Satz nach vorn, packt meinen Arm und beugt sich dicht zu mir. Seine Lippen sind Zentimeter von meinen entfernt, und er knurrt: »Ich habe dich gewarnt!« Seine blauen Augen blitzen vor Verachtung, und seine Züge sind hart und kalt, aber ich sehe immer noch einen Anflug von Panik.

»Fass mich nicht an«, fauche ich und winde mich unter ihm. Mein Rücken ist gegen die Regale gepresst, und Harrison hält mich mit seinem Körper gefangen. Als er meinen Arm nach hinten biegt, wird mir bewusst, dass ich keine Chance gegen ihn habe. Ich bin nur etwas über einen Meter sechzig groß, und er ist Footballspieler. Ich kann mich nicht wehren.

Dennoch versuche ich es. Ich bemühe mich, meinen Arm zu befreien, doch je mehr ich ziehe, desto fester drückt er zu. Ich balle meine freie Hand zur Faust und schlage sie ihm so kräftig ich kann gegen die Brust, immer wieder, bis Noah mein Handgelenk umklammert. Die beiden halten mich fest.

»Ey, ist ja gut jetzt«, murmelt Anthony, aber keiner hört auf ihn.

Harrison und Noah halten mich weiter gefangen, sehen mich hämisch an, und ich versteife mich. Mein Herz rast, und mir wird schlecht.

Ich blicke stumm flehend zu Anthony. Die drei sind enge Freunde, immer schon gewesen, aber sie sind nicht alle gleich. Noah ist ein Alphatier, der Quarterback des Teams und in jeder Gruppe der Anführer. Harrison kommt im Rang gleich nach ihm; wichtig genug, dass andere auf ihn hören, aber auch mit hinreichend Rückgrat, um eigene

Entscheidungen zu treffen. Und Anthony, der Netteste von den dreien, ist der Mitläufer, der nicht viel sagt, egal, wie gut oder schlecht er findet, was seine Freunde tun. Wenn irgendwer dies hier stoppt, dann Anthony. Er steht ruhig in der Ecke und meidet meinen Blick.

»Ich dachte, du magst es, wenn Jungs dich beachten«, spottet Noah und kommt näher. »Ist das nicht dein Ding?« Sein Mund ist so nahe, dass ich seinen Atem fühle.

Harrisons Lachen ist gehässig, aber ich bin zu gelähmt, um mich zu rühren, selbst wenn ich könnte. Ich mache die Augen zu und halte mich sehr steif. Harrison ist viel zu dicht an mir, und seine Hand biegt immer noch meinen Arm nach hinten.

Dann ist das metallische Klicken der Türklinke zu hören, und Harrison und Noah lassen mich abrupt los, als die Tür aufschwingt. Ich keuche, und wir alle sehen den Hausmeister an.

Mr. Kratz reibt sich über den kahlen Schädel und runzelt verwirrt die Stirn. »Was ist denn hier los?«

Ich warte nicht ab, sondern presche an ihm vorbei nach draußen und in Sicherheit. Der Unterricht hat angefangen, deshalb sind die Gänge leer, die ich entlangsprinte. Ich stürme aus dem Schulgebäude und in den Schnee, wo das Laufen schwieriger wird. Die kalte Luft kneift mir in die Nase und die Ohren, aber ich vergeude keine Zeit damit, meine Mütze wieder aufzusetzen. Mit langen, angestrengten Schritten eile ich über den Parkplatz und vom Schulgelände. Ich atme heftig.

Heute gehe ich nicht wieder in die Schule. Zur Hölle mit Harrison Boyd. Zur Hölle mit Noah Diaz. Und zur Hölle mit Anthony Vincent, der stumm zugeguckt hat. Natürlich könnte ich zu Mrs. Delaney gehen und ihr erzählen, was eben war, aber ich habe so schon genug Probleme. Und ich will einfach nur weg von hier. Inzwischen zittere ich, rede mir allerdings ein, dass es an der Kälte liegt.

So schnell, wie ich kann, entferne ich mich von der Schule, eile vorbei an der Grund- und der Mittelschule nebenan, der Feuerwehrwache und den Kirchen. Wohin ich laufe, geht mir erst auf, als ich vor der Friedhofspforte stehe.

Jetzt werde ich abermals schneller, öffne die Pforte und überlege fieberhaft, in welche Richtung ich gehen muss. Es ist Monate her, seit ich zuletzt hier war. Die Grabsteine sind von Schnee bedeckt und einige Gravuren gar nicht mehr zu sehen. Ich werde panisch und wütend auf mich, weil ich so lange brauche, um es zu finden. Abrupt bleibe ich stehen, hole tief Luft und blicke mich erneut um. Mit der Schneedecke sieht alles so anders aus. Langsam bewege ich mich, nehme mir Zeit, jeden Grabstein anzuschauen, bis ich endlich den richtigen finde.

Mit meinem Handschuh wische ich den Schnee von dem Stein, sodass die Gravur darunter zu sehen ist.

DEBRA MURPHY

5. SEPTEMBER 1979 – 18. AUGUST 2016

GELIEBTE UND SCHMERZLICH VERMISSTE
EHEFRAU, MUTTER, TOCHTER UND SCHWESTER

Ich sinke im Schnee auf die Knie. Meine Tränen sind schneller da, als ich sie aufhalten kann. Sie strömen mir über die kalten, geröteten Wangen. Meine rissigen Lippen beben, und meine Brust hebt und senkt sich bei jedem Schluchzen.

»Es tut mir leid«, flüstere ich. »Es tut mir so leid, Mom.«

Ich denke an all die Fehler, die ich in den zwei Jahren gemacht habe, in denen ich ohne Mutter leben musste. An all die Schreie nach Aufmerksamkeit, all die Ablenkungen, all das Vorgeben, jemand zu sein, der ich nicht bin. Ich weiß nicht, wer ich bin. Ich habe zu viel Bier getrunken, zu oft geschwänzt, zu viele Dinge gesagt und getan, die ich bereue. Ich blicke zum bewölkten Himmel auf und stelle mir vor, dass Mom zu mir herabsieht. Wie enttäuscht wäre sie jetzt? Ich bin nicht die Tochter, die sie großgezogen hat.

Mom hatte mich zu einem guten Menschen erzogen und mir beigebracht, auf andere zu achten, immer zu lächeln und mein Bestes zu geben. Und ich hatte es versucht, ganz ehrlich, nur ist es schwer. Dad erinnert sich kaum noch, dass ich existiere, weil ihn seine Trauer so sehr gefangen nimmt, dass er gar nicht begreift, wie sehr seine beiden Töchter einen Vater brauchen. Ich habe Harrison dieses blöde Video machen lassen, und jetzt ist es da draußen und wird mir überallhin folgen. Gestern Abend habe ich sogar Kai geküsst, einen Jungen, der mich nicht küssen wollte, weil ich keine Ahnung mehr habe, was ich tue.

Hinter mir knirschen Schritte im Schnee, und jemand setzt sich neben mich. Ich blicke benommen zur Seite und sehe Kai. Es ist so kalt, dass sich die Tränen auf meinen Wangen wie gefroren anfühlen. Kai schaut zu dem Grabstein, die Knie an seine Brust gezogen. Dann sieht er mich an.

»Deine Grandma?«, fragt er sanft.

Mein Herz verkrampft sich, und ich senke den Blick zu meinem Schoß, während ich neue Tränen wegblinzle. Offensichtlich hat er die Daten nicht richtig angesehen – es kann unmöglich meine Großmutter sein –, also muss ich ihn korrigieren. Es laut aussprechen. »Meine Mom«, sage ich heiser. »Hirn-Aneurysma.«

»Oh.« Er ist hörbar erschrocken. Erst neulich Abend habe ich ihm erzählt, dass meine Mom noch bei der Arbeit wäre. Wieder blickt er zum Grabstein.

Ein Schluchzen steigt in meiner Kehle auf. Sogar über Mom habe ich gelogen. Ich habe meiner Mom ihre Wahrheit verweigert. Ich bin die schlimmste Tochter der Welt. Um mein Heulen zu dämpfen, lege ich die Hände vors Gesicht. Inzwischen bebe ich unkontrollierbar, aber das war längst überfällig. So gerne ich mir einrede, ich sei stark und würde erhobenen Hauptes durchs Leben gehen, breche ich hin und wieder zusammen. Ich schätze, es soll mich daran erinnern, dass ich auch nur ein Mensch bin.

Ich nehme die Hände herunter und sehe Kai wieder an. »Was machst du hier?«, frage ich ihn schniefend. Ich habe gedacht, dass ich allein bin, nur Mom, der Schnee und ich. Und momentan fühle ich mich so verwundbar und bloßgestellt, noch übler als am Montag, nachdem alle das Video gesehen hatten. Ich bin auf ganz andere Weise nackt.

»Bei dem Wetter konnte ich nicht mit dem Rad zur Schule und musste zu Fuß gehen. Da bin ich zu spät gekommen«, erklärt Kai leise, und ich bemerke seinen sanften Blick, der den Schmerz in meinen Augen zu entschlüsseln versucht. »Und als ich angekommen bin, kamst du rausgerannt. Du hast so panisch ausgesehen, und ich musste dir einfach folgen, entschuldige. Was ist passiert?«

Ich wische mir die Tränen weg und schüttle den Kopf. »Bloß Harrison und Noah. Sie haben versucht, mir Angst zu machen. Es war nichts«, spiele ich es herunter. Angegriffen und in einer Hausmeisterkammer bedroht zu werden ist ein neuer Tiefpunkt für mich, aber darüber will ich nicht reden. Ich will Kai nicht mit reinziehen.

Er sieht skeptisch aus. »Nichts, und trotzdem weinst du?«

»Nicht deshalb«, murmle ich, was teils wahr ist. Ich weine wegen *allem*. Weil ich zu viele Fehler gemacht habe. Nichts scheint richtig zu laufen, und ich bin ziemlich sicher, dass es meine Schuld ist. Es ist, als wäre ich auf dem besten Weg, mich selbst zu zerstören, und kann es nicht aufhalten. »Ich hatte eben einen harten Morgen, okay?«

Zu meiner Überraschung rückt Kai näher, sodass sich unsere Körper berühren. Er drückte seine bloße Hand in meine von dem Handschuh verhüllte. Ich sehe hin, und wir beide schweigen, während der Wind um uns herum pfeift. Es ist solch eine kleine Geste, und doch fühlt sie sich warm und vertraut an. Mir fällt ein Stein vom Herzen.

»Okay, tja, jetzt bin ich hier. Willst du mir von ihr erzählen? Deiner Mom?«

Ich zwinge mich, ihn wieder anzusehen, obwohl mir neue Tränen kommen, denn mir wird bewusst, dass mich noch nie jemand gebeten hat, über meine Mom zu reden. Die meisten Leute glauben wohl lieber, dass ich es verwunden habe. In der Schule lächle ich möglichst viel, gehe zu Partys und Footballspielen und stehe oft im Mittelpunkt. Ich bin glücklich, oder? Nein, bin ich nicht. Nicht wirklich. Ich spiele es, damit mich keiner fragt, wie es mir geht oder ob ich reden will.

»Wir haben sie vor zwei Jahren verloren …« Meine Stimme bricht, und ich hole Luft, bevor ich wieder zu ihrem Grabstein vor uns sehe. »Es kam völlig unerwartet, als würde uns der Boden unter den Füßen weggerissen. Mom war das Rückgrat der Familie, und ohne sie … Wir kommen nicht besonders gut damit zurecht.«

Wieder schaue ich zu meiner Hand in Kais, und er malt mit dem Daumen kleine Kreise auf meinen Handrücken, ohne den Blick von mir abzuwenden. Ich *spüre*, dass er mich beobachtet, auch wenn ich ihn nicht ansehen kann. Kai hört aufmerksam zu und lässt mir alle Zeit, die ich brauche, um die richtigen Worte zu finden. Es tut gut, denn eigentlich habe ich bisher noch keinem die Wahrheit gesagt.

»Mein Dad … mein Dad …«, stammle ich. »Er ist nicht mehr derselbe. Ich kenne ihn überhaupt nicht mehr, und er ist so in seine Trauer versunken, dass er sich gar nicht mehr für meine Schwester und mich interessiert. Es ist, als wäre mit Mom auch ein großer Teil von ihm gestorben.«

»Sie fehlen dir, hmm?« Seine Frage schockt mich beinahe. Aber tatsächlich stimmt es: Ich vermisse sie *beide*, nicht nur Mom.

Ja, mir fehlt mein Dad, was bekloppt klingt, da ich ihn ja täglich sehe. Jeden Morgen bewegen wir uns schweigend in der Küche umeinander herum; abends sehe ich ihn im Sessel sitzen und rauchen; und mit jedem Tag entgleitet er mir mehr. Ich vermisse es, mich beschützt und geliebt zu fühlen. An jenem furchtbaren Tag vor zwei Jahren habe ich beide Eltern verloren.

Ich nicke nur und kneife die Augen zu, als neue Tränen aufwallen. Zuerst unterdrücke ich das Schluchzen, aber dann lasse ich einfach los. Ich erlaube mir zu weinen, und mir ist gleich, dass Kai mich sieht. Soll er ruhig wissen, dass ich nicht so stark bin, wie ich tue.

Kai legt einen Arm um meine Schultern und zieht mich an sich. Ich sacke an seine Brust, vergrabe mein Gesicht in seiner Jacke, während er sanft das Kinn auf meinen Kopf lehnt. Nun fühle ich seinen Atem an meinem Haar, und er umfängt mich wie eine wärmende, schützende Decke. So bleiben wir, bis ich die aufgestauten Tränen aus zwei Jahren geweint habe.

»Du bist echt lieb, Kai«, sage ich schließlich mit einem kleinen Lächeln, als ich mir die Augen abtupfe und mich aufsetze. »Weißt du das?«

»Das ist meine bessere Seite«, gesteht er lachend. Er drückt meine Hand und stupst mich mit der Schulter an. »Und da wir jetzt sowieso schon die Schule schwänzen: Kann ich dir eine heiße Schokolade spendieren?«

15

Kai und ich bestellen ein Uber nach Columbus, dabei sollten wir eigentlich in der Schule sein. Aber ich stimme Kai gerne zu, dass wir die erste Stunde schon verpasst haben und wir es jetzt auch einfach lassen können. Ich möchte so oder so nicht hin. Ich will so weit weg von der Westerville North und Harrison Boyd sein, wie ich kann, ob mit oder ohne Kai. Aber ihn dabeizuhaben, ist definitiv besser.

Zwanzig Minuten später steigen wir aus dem Uber und laufen durch die kalten Straßen von Columbus, ganz in der Nähe des Flusses. Etwas an dieser Stadt ist wohltuend, als würden wir in den Vororten langsam ersticken, obwohl hier alles viel voller ist. Vielleicht liegt es daran, dass all diese Menschen hier keine Ahnung haben, wer ich bin. Keiner von ihnen weiß, dass es ein Video von mir gibt. Es ist befreiend, anonym und unsichtbar zu sein. Hier urteilt niemand über mich.

»Also«, sagt Kai, als wir uns an einen Fenstertisch in einem Café gleich auf der anderen Seite des Flusses setzen. Drinnen ist es so warm, dass die Scheiben beschlagen sind und man alles draußen nur verschwommen sieht. »Kommst du oft hier in die Stadt?«

Ich schüttle den Kopf, während ich meine Mütze abnehme und meine Handschuhe ausziehe. Meine Wangen brennen von der Kälte, als wären meine Tränen von vorhin auf meiner Haut eingefroren. »Nur manchmal mit Chyna«, antworte ich achselzuckend. »Du?«

»Nein.« Kai blickt aus dem Fenster und beobachtet die schemenhaften Gestalten draußen. In dem Café wimmelt es von Leuten, aber wir beide schweigen. Bisher waren wir oft albern miteinander, nur ist heute kein Platz für Scherze. Wir sind beide ernst.

Die Kellnerin kommt, und wir bestellen zwei heiße Schokoladen mit Marshmallows und Schlagsahne. Als sie wenige Minuten später gebracht werden, schlingen wir unsere Hände um die dampfenden Becher. Wir sind beide noch nicht ganz aufgetaut.

»Vanessa«, sagt Kai, als er seinen Löffel in die Sahne taucht. Er sieht mich über den Tisch hinweg an und schiebt sich die Schlagsahne in den Mund. »Erzählst du mir, was heute Morgen mit Harrison passiert ist? Wie hat er dich bedroht?«

Ich hätte wissen müssen, dass Kai mir die Das-war-nichts-weiter-Nummer nicht glaubt. Jetzt starre ich hinunter zu meiner heißen Schokolade und versuche, Zeit zu schinden, und hoffe, dass Kai das Thema wechselt, wenn ich lange genug schweige. Tut er nicht.

»Er hat mir gesagt, dass ich aufhören soll, ihn zu verarschen, oder ich würde es bereuen«, gestehe ich letztlich und sehe auf. Meine Stimme klingt nicht wie meine. »Er ist aggressiv geworden und hat mich gepackt und festgehalten.«

Kai setzt sich kerzengerade auf und senkt seinen Löffel. »Was?«

»Ist schon gut«, sage ich rasch. »Ich schätze, das habe

ich verdient. Wir haben ihn ja verarscht, und natürlich ist er stinksauer auf mich.«

»Nein«, widerspricht Kai mit einem energischen Kopfschütteln. »Hast du nicht. Du hast nicht verdient, dass dieses Video von dir rumgeschickt wird, und du hast auch nicht verdient, bedroht oder angepackt zu werden. Harrison ist der, der alles verdient, was er kriegt.«

Ich beuge mich über meinen Becher und berühre die Sahne mit der Fingerspitze. Jetzt gerade kann ich Kai nicht in die Augen sehen. Ich bin immer noch so aufgewühlt und … wütend. Richtig wäre, alles sofort zu beenden, bevor es schlimmer wird und wir Harrison tatsächlich bis zum Äußersten treiben … aber jetzt will ich es ihm erst recht heimzahlen. Ich ringe mit mir, und ich stelle fest, dass die böse Seite in mir zu gewinnen scheint.

Deshalb sehe ich zu Kai auf und frage: »Brechen wir immer noch heute Abend bei ihm ein?«

»Vielleicht hören wir lieber auf, Nessie«, sagt Kai zögerlich. »Klar ist es witzig, Harrison richtig hochzunehmen, aber nicht, wenn er zurückschlägt. Vergessen wir nicht, dass er denkt, du machst das alles allein. Und ich will nicht, dass dir noch wegen etwas wehgetan wird, was ich vorgeschlagen habe.«

Zum ersten Mal höre ich Kai richtig besorgt, was diese Racheplanung angeht. Und prompt wirkt er älter und reifer. »Mit Harrison werde ich fertig«, sage ich, obwohl ich mir alles andere als sicher bin.

»Hast du vergessen, dass ich gesehen habe, wie du vor einer Stunde panisch aus der Schule geflohen bist?«

Ich hebe meinen Becher an und trinke einen großen Schluck von meiner heißen Schokolade. Danach wische ich mir die Sahne vom Mund. »Darf ich dich was zu

Sierra fragen?«, wechsle ich das Thema, um nicht gleich wieder rot zu werden. Ich weiß, dass Kai wahrscheinlich nicht über sie reden will, aber seit gestern denke ich immerzu an ihn und sie.

Kai lehnt sich zurück und spielt mit seinen Händen. Es ist offensichtlich, dass ihm nicht wohl ist, und mir war klar, dass es nicht leicht für ihn wäre. »Was willst du wissen?«

Ich stocke, denn auch mir fällt diese Frage nicht leicht. »Hast du sie geliebt?«

Nun starre ich ihn an, und er sieht gequält aus, sodass ich mir fast wünsche, ich hätte sie nicht angesprochen.

»Ganz ehrlich? Ja. Sie hat mir alles bedeutet. Ich hatte diese Vorstellung von uns, dass wir immer zusammenbleiben würden. Das Highschool-Traumpaar, du weißt schon. Ich denke, sie hat mich einfach glücklich gemacht.« Er grinst ein bisschen, aber er sieht auf den Tisch, und alles an ihm wirkt gebrochen.

Ich hatte keine Ahnung, dass Kai und ich so gegensätzlich sind. Er glaubt an ein Happy End, während ich bezweifle, dass es so etwas gibt. »War es so ernst?«

»Für mich, ja, aber ich war so überzeugt von uns, dass ich am Ende nicht mal gemerkt habe, wie sehr sie mich verarscht hat.« Er hebt den Kopf und sieht wieder durchs Fenster, wobei er die Zähne zusammenbeißt. Wahrscheinlich gehen ihm gerade tausend Gedanken durch den Kopf ... und ich werde sie mit einigen Fragen stören.

»Und warum verarschst du *sie* dann nicht?«

Langsam dreht er den Kopf zu mir. »Weil ich ihr schon gesagt habe, wie ich jetzt zu ihr stehe, und es gibt nichts mehr, was wir uns noch sagen könnten. Harrison aber ...

Er hat echt gründliche Arbeit geleistet, ihr einzureden, dass er die bessere Wahl ist.«

Ich sehe ihn über den Rand meines Bechers an und muss nach kurzem Überlegen fies grinsen. »Tja, deshalb werden wir heute Abend bei ihm zu Hause einbrechen. Um Harrison fühlen zu lassen, was er dir angetan hat. Bist du dabei?«

»Bin ich«, sagt Kai und stößt mit mir an.

16

Wir stehen bei der Eiche vor Harrisons Haus, wo wir uns auch schon am Montagabend versteckt hatten. Jetzt ist Donnerstagnacht, und es sind noch vier Minuten bis Mitternacht. Wir sind in dicke Jacken und Mützen gehüllt, und ich reibe die ganze Zeit meine Hände aneinander, um sie warm zu halten. Schon die Fahrt her auf der glitschigen Fahrbahn mit den Rädern ist heikel gewesen. Wir haben die Räder fünf Minuten Fußweg entfernt abgelegt und sind den Rest zu Fuß gegangen, wobei sich meine Füße bleiern angefühlt haben.

»Als Erstes sollten wir jede Tür und jedes Fenster hinten überprüfen«, sagt Kai, der das Haus betrachtet. Nachdenklich tippt er sich an den Mund.

»Oder wir versuchen es beim Fenster im Souterrain«, schlage ich vor. Kai blickt sich über die Schulter zu mir um. »Das ist immer offen. So hat Harrison mich früher reingeschmuggelt.«

»Durch das Kellerfenster?«

»Was? Hast du gedacht, er lässt mich durch die Haustür rein?« Ich lache verbittert, schiebe ihn sanft zur Seite und gehe voraus.

Es ist spät, und obwohl alle Wagen in der Einfahrt stehen, die Boyds also eindeutig zu Hause sind, ist alles dunkel, bis auf das Verandalicht. Ich weiß nicht, was Kai und ich zu finden hoffen, abgesehen von dem schlafenden Harrison in seinem Zimmer, aber wir haben entschieden, nichts zu stehlen. Zumindest nicht heute Nacht. Stattdessen wollen wir ihn wissen lassen, dass wir es können, wenn wir wollen. Wir werden einige Möbel bewegen, einige Familienfotos umstellen. Irgendwas, das ihm klarmacht, dass jemand im Haus war.

»Jetzt oder nie«, sage ich und sprinte über den Rasen zur Einfahrt, sodass ich hinter den Autos entlanglaufen kann. Harrisons Truck fehlen drei Reifen. Er ist aufgebockt und steht ein bisschen schief. Kai kichert leise, als wir daran vorbeieilen.

Das Fenster ist gleich seitlich. Ich halte mich wie eine echte Geheimagentin dicht an der Hausmauer. Harrison wollte nie, dass seine Eltern von mir erfahren, deshalb schlich ich genauso um das Haus wie jetzt und stieg durch das Souterrainfenster ein, hinter dem er auf mich wartete.

»*Das*?«, fragt Kai entsetzt, als wir bei dem Fenster sind. »Das winzige Ding?«

Irgendwie wirkt es tatsächlich kleiner, was vielleicht daran liegt, dass wir in unseren vielen Kleiderschichten größer wirken. Ich gehe im inzwischen vereisten Schnee auf alle viere und greife nach dem Riegel. Mit angehaltenem Atem ziehe ich, und das Fenster gleitet nach oben.

Triumphierend grinse ich Kai an, doch er stöhnt.

»Kannst du nicht da reinsteigen und mir eine Tür aufmachen?«, fragt er. Mein Plan überzeugt ihn nicht.

»Du bleibst schon nicht stecken, Captain Washington«, sage ich und verdrehe die Augen. Dann ziehe ich rasch meine Jacke aus, um mich schmaler zu machen, und rutsche mit den Füßen voran durchs Fenster. Ich winke Kai sogar zu, bevor ich ganz im Souterrain verschwinde. Hier drinnen es ist dunkel, aber als ich mich umdrehe, wird Kai vom Mondlicht angeschienen. »Kommst du jetzt, oder nicht?«

»Na gut«, zischt Kai. Er zieht seine Jacke aus, legt sich auf den Rücken und gleitet mühelos nach drinnen. Dort stößt er gegen mich, doch wir gehen rasch auf Abstand zueinander. »Sorry.«

»Nichts passiert«, antworte ich lässig, bin allerdings froh, dass er in der Dunkelheit nicht sieht, wie rot ich werde.

Stumm blicken wir uns um, während sich unsere Augen auf die Finsternis einstellen. An den Möbeln taste ich mich zur Treppe, die ins Haus führt. Ich finde einen Lichtschalter und drücke ihn, sodass alles in orangenes Licht getaucht wird. Es sieht eher wie ein zweites Wohnzimmer als ein Keller aus. Hier gibt es einen Flachbildfernseher an der Wand, eine große Couch, ein sehr volles Bücherregal und sogar eine kleine Bar. Die Zeit, die ich hier mit Harrison verbracht habe, fühlt sich weit weg an.

»So leben also die Bessergestellten«, sagt Kai, der herumgeht. Er nimmt einen Pokal von einem Wandregal und liest die Gravur. Dann stellt er ihn wieder hin und greift nach einem anderen.

Wie oft ist Sierra Jennings in diesem Souterrain gewesen? Verdammt, ich bin ziemlich sicher, dass sie am Montagabend hier war, als wir draußen Harrisons Reifen zerschlitzt haben. Zumindest legen das die Textnachrichten nahe.

»Kai«, sage ich, gehe zur Bar und streiche mit den Fingern über die Flaschen. Ich halte den Kopf gesenkt und hole tief Luft, ehe ich leise frage: »Denk mal nach. Bist du insgeheim immer noch in Sierra verliebt?«

In der Stille fühlt sich die Luft schwerer an. Mein Blick brennt Löcher in eine Wodkaflasche, und mein Herz pocht, als ich warte, dass Kai etwas sagt. Schließlich antwortet er: »Nein.«

Überrascht drehe ich mich zu ihm um. Aus drei Metern Entfernung sieht er mich an. »Bist du nicht?« Er schüttelt den Kopf, während ich noch dabei bin, seine Antwort zu verarbeiten. Wenn er nicht mehr in Sierra verliebt ist, warum wollte er dann gestern Abend nach dem Kuss so eilig von mir weg?

»Warum sollte ich noch in ein Mädchen verliebt sein, das mir das Herz gebrochen hat?«

»Oh«, ist alles, was ich herausbringe. So, wie er über sie redet … Gott, es muss echt heftig für ihn gewesen sein. Ich glaube, dass er sie geliebt hat, aber jetzt bin ich mir auch recht sicher, dass er es nicht mehr tut. Ich setze mich auf einen der Barhocker und runzle die Stirn. »Dann ist es nicht, weil du noch in deine Ex verliebt bist«, murmle ich.

»Was?«

»Offensichtlich magst du *mich* einfach nicht.«

»Nessie«, sagt er und kommt zu mir. »Wovon redest du?«

»Gestern Abend!«, platze ich heraus und vergrabe das Gesicht in den Händen. Es ist mir zu peinlich, ihn anzusehen. Anscheinend empfindet er einfach nichts für mich. »Du wolltest mich nicht küssen.«

Wir sind schon den ganzen Tag zusammen, trotzdem

hat bisher keiner von uns den Kuss gestern angesprochen. Wir sind beide um das Thema herumgeschlichen, und mir ist klar, dass dies kaum der geeignete Moment für dieses Gespräch ist, aber ich halte es nicht mehr aus. Ich muss wissen, warum Kai mich nicht mag. Diese Woche habe ich wirklich gedacht, dass wir uns prima verstehen. Wir haben gelacht, Spaß gehabt, herumgealbert. Und vermutlich habe ich alle Signale falsch gedeutet. Vielleicht fühlt sich so Freundschaft an.

Jetzt lacht Kai. Es ist ein richtiges Lachen, das er mühsam zu unterdrücken versucht. »Glaub mir, ich wollte. Ich will«, sagt er und greift nach meinen Händen. Er zieht sie von meinem Gesicht und schaut mich an. Sein Lächeln ist umwerfend, aber das ist es ja immer. »Ich hatte es nur nicht erwartet. Seit Sierra habe ich eine andere nicht mal angesehen. Es hat mich überrascht, weiter nichts.«

Ich starre in seine blauen Augen und versuche seine Worte zu verdauen. Ein Kribbeln durchfährt mich und breitet sich bis in meine Fingerspitzen aus, die Kai umfangen hält. »Was?«

»Die Wahrheit ist, dass ich dich schon küssen will, seit ich dich auf meinem Rad gesehen habe.«

Mein Herz wummert. »Warum seitdem?«

Sein Lächeln wird breiter. »Weil mich jedes Mädchen fasziniert, das nachts mit mir Rad fährt.«

Im nächsten Augenblick ist sein Mund auf meinem. Er küsst mich, und es ist viel intensiver als gestern Abend; es ist ein Kuss voller Leidenschaft und Verlangen. Er legt die Hände an meine kalten Wangen und streichelt sie mit den Daumen. Die ersten Sekunden bin ich benommen vor Schreck, wie gefroren unter Kais Berührung, doch das gibt sich rasch. Ich erwidere den Kuss, bewege meinen Mund synchron zu seinem, erlaube ihm, die Führung zu übernehmen. Ich rutsche von dem Barhocker, presse eine Hand auf Kais Brust und die andere in seinen Nacken. Wir stolpern durch das Souterrain, und ich höre nichts außer dem Pochen meines Herzens. Kai küsst sagenhaft gut.

Wir lösen unsere Münder erst voneinander, als er beginnt, mich auf den Hals zu küssen. Dabei bekomme ich weiche Knie. Ich schlinge meine Arme um ihn, um mich aufrecht zu halten, und kämpfe gegen das peinliche Seufzen in meiner Kehle, während ich Kais Mund zu meinem zurücklenke.

Wir sinken an die Wand, und Kai hält mich fest. Keiner kann genug von dem anderen bekommen.

Doch auf einmal gibt es ein gewaltiges Scheppern, das uns in die Wirklichkeit zurückreißt.

Kai und ich unterbrechen abrupt. Auf dem Boden liegen ein Haufen Pokale, die wir vom Regal gestoßen haben.

»Mist«, haucht Kai.

Automatisch sehen wir beide zur Treppe und horchen. Wie versteinert stehen wir da. Sekundenlang sind wir still, bis wir es hören: Schritte über uns.

Sofort lassen wir uns los. Es bleibt keine Zeit, uns zurück durchs Fenster zu hieven. Kai taucht hinter die Bar, und ich renne hinter die Couch, wo ich mich auf den Boden hocke. Beide bleiben wir außer Sicht, können uns jedoch sehen. Kai blickt zu mir, während wir weiterlauschen. Die Schritte bewegen sich über uns, und mir bleibt das Herz stehen, als ich höre, wie die Kellertür geöffnet wird.

Und mir wird klar, dass wir das Licht angelassen haben.

»Wer ist da unten?«, ruft eine tiefe Stimme von oben. Es ist nicht Harrisons, sondern muss die seines Vaters sein.

Kai starrt mich mit großen Augen an. Hierauf sind wir nicht vorbereitet. Wir haben nicht mal daran *gedacht*, dass wir erwischt werden könnten, weil wir zu sehr auf den Kitzel konzentriert gewesen sind. Doch jetzt begreife ich, wie blöd wir sind, und ich habe eine Riesenangst.

»WER IST DA UNTEN«, wiederholt die Stimme aggressiver. Die Treppe knarzt, als Harrisons Vater vorsichtig nach unten kommt. »Kommt raus. Ich bin bewaffnet!«

Scheiße.

Zum Teufel mit Ohio und seinen laschen Waffengesetzen. Kai wird blass, und ich überlege, dass Harrisons Vater sehr viel übler reagieren wird, wenn er plötzlich auftaucht – ein großer, muskulöser Typ? Definitiv ein Einbrecher. Aber ein ängstliches, dünnes Mädchen? Harmlos.

Deshalb stehe ich langsam hinter der Couch auf und hebe meine Hände.

Harrisons Vater steht unten an der Treppe, nur in einer Jogginghose. Er richtet seine Waffe auf mich, nimmt sie jedoch sofort herunter, als er erkennt, dass er nur einen Teenager vor sich hat.

»Ich … ich bin eine Freundin von Harrison«, quieke ich und trete hinter der Couch hervor, was nicht einfach ist, weil sich meine Beine kaum rühren wollen. Nichts hiervon fühlt sich auch nur noch entfernt wie ein Spiel an.

»Was machst du hier?« Harrisons Vater mustert mich verärgert von oben bis unten. Dann sinken seine Schultern ein, und er fährt sich mit einer Hand durch sein aschblondes Haar. »Herrje, ist Harrison auch hier unten?«

Welche Ironie, dass Harrisons Vater das eine Mal, dass ich nicht mit seinem Sohn im Souterrain herummache, genau das vermutet. Wäre ich nicht so geschockt, hätte ich wohl gelacht.

»Harrison ist nicht hier«, bringe ich heraus. Meine Worte kratzen in meiner Kehle.

Aus dem Augenwinkel sehe ich, dass Kai sich hinter der Bar aufrichtet. Auch er bewegt sich sehr langsam und hält beide Hände hoch, dennoch richtet Harrisons Vater sofort die Waffe auf ihn. Der zweite Eindringling erschreckt ihn.

»Ganz ruhig«, sagt Kai und rührt sich nicht. »Wir wollten nur zu Harrison.«

Kai und ich einigen uns stumm, dass wir am besten cool bleiben und lügen. Verstohlen sehe ich zu dem offenen Fenster und frage mich, wie schnell ich dort sein könnte, aber mir fehlt der Mut, einen Fluchtversuch zu unternehmen. Kai und ich bleiben, wo wir sind.

»Wer seid ihr?«, fragt Harrisons Vater, dessen Blick zwischen Kai und mir hin und her wandert.

»Vanessa und Kai«, platze ich heraus, und es ist der unpassendste Moment überhaupt, um daran zu denken, wie schön unsere Namen zusammen klingen. »Entschuldigen Sie, Mr. Boyd. Wir wollten Sie nicht stören. Können Sie bitte Harrison holen? Wir sind Freunde von ihm.«

Ich plane unsere Flucht – Mr. Boyd wird nach oben gehen, um Harrison zu holen, und in der Zwischenzeit verschwinden Kai und ich blitzschnell durch das Fenster. Wir werden auf unsere Räder springen und rasen wie nie zuvor.

Nur geht Harrisons Vater nicht. Er legt die Waffe auf ein Regal, dreht sich um und brüllt: »Harrison! Komm nach unten!«

Eine Minute lang ist es still. Kai und ich sind wie Statuen, bewegen uns nicht, blinzeln nicht, während Mr. Boyd uns streng anstarrt. Entweder ist er wütend, weil er *weiß*, dass wir lügen, oder weil Harrison erlaubt, dass sich Freunde nachts bei ihm einschleichen. Inzwischen ist es nach Mitternacht.

Wir hören neue Schritte – diesmal schnellere –, die sich erst über uns, dann die Treppe hinunterbewegen. »Was ist, Dad?«, fragt Harrison hörbar nervös. Er erscheint oben und bleibt auf der halben Treppe stehen. Harrison trägt nur Boxershorts, und sein blondes Haar ist zerzaust. »Was ist denn los?«

»Sind das Freunde von dir?«, fragt sein Vater.

Harrison blickt an seinem Vater vorbei zu mir und blinzelt, als könne er nicht glauben, dass ich tatsächlich mitten in der Nacht in seinem Souterrain stehe. Dann verengt er die Augen, und ich grinse ihm zu.

»Ich regle das«, sagt er, doch sein Vater will widersprechen. »Dad! Ich mach das schon«, wiederholt er energischer. »Und pack das Ding weg.«

Zögerlich senkt Mr. Boyd die Waffe, schnaubt verärgert und geht nach oben. Wir alle warten, bis seine Schritte verklungen sind. Dann sieht Harrison mich wütend an.

»Was soll der Scheiß, Vanessa?«, zischt er. »Hat es dir nicht gereicht, meine Reifen aufzuschlitzen? Willst du jetzt auch noch mein Haus abfackeln?« Er kommt auf mich zu, bis er direkt vor mir steht, dann sieht er hinüber zu Kai und wird vollkommen still. Es dauert ein wenig, bis er ihn erkennt. »Und was zur Hölle machst *du* hier?«

»Ich bin nur vorbeigekommen, um nach deinem Truck zu sehen. Echt Mist, das mit den Reifen, nicht?«, provoziert Kai ihn und kommt hinter der Bar vor. Ruhig stellt er sich neben mich und grinst Harrison hasserfüllt an.

»Du bist das gewesen?«, fragt Harrison steif. Ihm dämmert, dass ich nicht alles allein getan habe.

Kai tritt ein wenig vor und senkt die Stimme. »Ja, und ich hoffe, Sierra ist es wert.« Plötzlich spannt er sich an und schubst Harrison zurück. So zornig habe ich Kai noch nie gesehen. Seine Augen funkeln vor Verachtung, als hätte er Monate auf diesen Moment gewartet.

Bevor Harrison nach vorn stürmen und zurückschlagen kann, springe ich zwischen die beiden. Der Testosteronpegel im Raum ist überwältigend, und anscheinend würden sie sich gern gegenseitig zu Boden ringen.

»Hört auf«, warne ich sie. So gern ich auch sehen würde, wie Kai seine Faust Harrison direkt in sein selbstgefälliges Gesicht rammt, müssen wir hier dringend unversehrt raus. Meine Nerven liegen blank, weil ich fürchte, dass Harrisons Vater wieder mit der Waffe ankommt. Auf einmal ist mir bewusst, wie ernst dies hier ist. Und was Kai und ich tun, könnte echte Konsequenzen haben.

»Verschwindet aus meinem Haus!«, befiehlt Harrison, der nun erschöpft und hilflos wirkt, als wisse er nicht recht, wie er mit dieser Situation umgehen soll. In seinem Souterrain stehen zwei Leute vor ihm, die er nicht ausstehen kann und von denen er *weiß*, dass sie ihn verarschen wollen. Langsam weicht er zurück.

Kai hebt beide Hände. »Na gut, wir sind dann weg.«

Ich nutze die Gelegenheit zur Flucht, drehe mich um und laufe hinüber zu dem kleinen Fenster, durch das wir eingestiegen sind. Von drinnen ist es auf Augenhöhe. Ich stemme mich mit den Ellbogen nach oben, was mir dank einer Menge Adrenalin gelingt, und lande draußen bäuchlings auf dem Schnee. Dann will ich Kai eine Hand reichen, aber er zieht sich schon ganz mühelos nach oben. Im nächsten Augenblick ist er bei mir in der kalten, frischen Luft und wendet sich zum Fenster um.

»Wiedersehen, Harrison«, höhnt er, bevor Harrison das Fenster zuknallt und den Riegel vorschiebt.

Wir schnappen uns unsere Jacken, stehen atemlos auf und sehen einander an. Was für eine Nummer! Uns beiden ist klar, dass wir zu weit gegangen sind. Mein Puls rast, und meine Kehle ist eng; und Kais seltsamem Gesichtsausdruck nach geht es ihm nicht anders. Es ist, als hätten wir unsere Fantasiewelt verlassen und wären mit einem Rumms in der Realität gelandet, denn nun erkenne ich, dass wir *Glück* gehabt haben, erwischt zu werden. Hätten wir unseren Plan durchgezogen, wären wir in noch größere Schwierigkeiten geraten. Harrisons Eltern hätten die Polizei gerufen, wenn sie morgen früh festgestellt hätten, dass jemand in ihrem Souterrain gewesen war. Und Kais und meine Fingerabdrücke wären überall gewesen.

Wie konnten wir nur so unbedacht sein?

»Komm mit«, haucht Kai und nimmt meine Hand.

Wir rennen von Harrisons Haus weg, vorbei an den

Wagen in der Einfahrt. Kai zieht mich mit sich, und wir beide passen auf, dass wir uns im Schnee nicht die Knöchel brechen. Wir stolpern die Straße entlang zurück bis zu unseren Rädern. Natürlich sind die nicht geklaut worden – diese Gegend ist viel zu gut für so etwas.

»Das war Wahnsinn!«, sage ich und lasse Kais Hand los, um mir mit den Fingern durchs Haar zu fahren. Ich zittere noch vom Laufen und der Angst, und ich kann nicht stillstehen, weil ich viel zu aufgekratzt bin. Deshalb hüpfe ich von einem Fuß auf den anderen, während ich mich immer wieder umblicke, als könnten Harrison und sein Vater schwerbewaffnet hinter uns herkommen.

»War es«, stimmt Kai mir zu. Er lehnt sich an einen Baumstamm und tritt nach seinem Fahrradreifen, als sein Adrenalin wieder zurückgeht und ihm bewusst wird, wie gefährlich die Aktion war. »Danke übrigens, dass du dich als Erste gezeigt hast. Ich wollte nämlich nicht unbedingt erschossen werden«, murmelt er mit gesenktem Blick und wird rot. »Ich komme mir wie ein Arsch vor. So viel zu meiner Ritterlichkeit.«

»Alles gut«, winke ich ab. Mir hat es wirklich nichts ausgemacht, Kai zu decken, als es nötig war. Erst jetzt wird mir kalt, und während ich meine Jacke anziehe, überlege ich, dass wir nicht erreicht haben, was wir vorhatten. »Verdammt. Wir sind in sein Haus eingebrochen und wurden mit einer Waffe bedroht, für nichts und wieder nichts.«

»Für nichts?«, fragt Kai. Er richtet sich auf und kommt um die Räder herum zu mir, wobei er verschlagen grinst. Wir stehen im Schnee auf dem Gehweg. Alles um uns herum ist still. Kai bleibt vor mir stehen, sieht mich an und legt eine Hand an meine Hüfte. »Vielleicht ist die beste Rache, dich zu küssen.«

Und in der Mitternachtskälte findet Kais Mund meinen.

17

Zum ersten Mal in dieser Woche dürfte ich es pünktlich zur ersten Stunde schaffen. Chyna und ich gehen vom Parkplatz auf das Schulgebäude zu, und es sind noch volle fünf Minuten bis zum ersten Klingeln. Das Schulgelände ist eine Schlittschuhbahn. Seit letztem Mittwoch hat es nicht mehr geschneit, und inzwischen ist der Schnee komplett gefroren, sodass sich alle schlitternd auf den Haupteingang zubewegen.

»Er hat tatsächlich eine Waffe auf euch gerichtet?«, flüstert Chyna. Sie sieht zu mir hinüber, und ihre Lippen bilden ein schockiertes »O«. Zum Glück habe ich eine beste Freundin, die sich meine täglichen Updates über das Drama in meinem Leben anhört. Chyna braucht kein Reality-TV, solange sie mich hat.

»Ja! Na ja, wir sind ja eingebrochen, aber trotzdem … Ich war völlig fertig.«

In diesem Moment kommen uns diverse Leute aus der Schule entgegen. Sie tuscheln aufgeregt untereinander, und es sind größtenteils Leute aus dem untersten Jahrgang. Ich blicke mich um und sehe, dass noch mehr Leute in Richtung Parkplatz eilen.

Als ich Hailey Wilson in einer der Schülertrauben entdecke, packe ich ihren Arm. Letzte Woche waren wir noch befreundet gewesen. Sie hat früher gerne mit mir geredet, aber in dieser Woche meidet sie mich wie alle anderen. Nun spreche ich erstmals seit dem Video jemanden aus meiner Clique an. »Was ist los?«

Hailey sieht zu meiner Hand an ihrem Arm, als wäre die eine blanke Frechheit, und murmelt: »Ich glaube, da ist eine Prügelei oder so«, raunt sie hastig und schlittert weiter.

»Eine Prügelei?«, wiederholt Chyna und schaut mich an.

Mir wird unwohl. An dieser Schule sind tausend Schüler, also könnte sich jetzt gerade sonst wer prügeln, aber normalerweise sind nur die älteren Schüler klug genug, sich außerhalb des Schulgeländes, gleich hinter dem Parkplatz zu schlagen.

»Ich habe ein ganz ungutes Gefühl«, sage ich und schlucke, als ich zu der Menge blicke, die sich in der Ferne sammelt. Jetzt sprinten Leute an uns vorbei, um ja nichts zu verpassen.

»Denkst du, es ist Harrison?«, fragt Chyna, und ich nicke.

Ich denke außerdem, dass es Kai sein könnte. Wenn Harrison und seine Kumpels mich in eine Hausmeisterkammer zerren und bedrohen können, will ich nicht mal daran denken, was sie Kai antun, nachdem Harrison jetzt weiß, dass er mit drinsteckt … Es könnte Zufall sein, dass am darauffolgenden Morgen ein Kampf stattfindet, aber mein Gefühl sagt mir, dass es keiner ist.

Ich komme definitiv zu spät zur ersten Stunde.

Chyna und ich fassen uns bei den Händen und glitschen gemeinsam in die Richtung, aus der wir gerade gekommen sind. Wir eilen um die Autos herum und zu der

Menge auf dem offenen Feld direkt hinter dem Parkplatz. Mein Herzschlag wird beständig schneller.

Es hat sich ein Kreis gebildet, in dem alle dichtgedrängt stehen, um etwas zu sehen. Der Lärm ist ohrenbetäubend – Leute brüllen und johlen. Ihr Freitagmorgen ist soeben erheblich spannender geworden. Chyna und ich können nach wie vor nicht sehen, was los ist. Wir suchen nach einer kleinen Lücke, durch die wir uns drängen können, und ich werde immer verzweifelter.

»Geh!«, schreit Chyna mir ins Ohr, lässt meine Hand los und schiebt mich in das Gedränge. Ich habe nicht einmal mehr die Chance, mich bei ihr zu bedanken, denn sie ist plötzlich weg, und ich stehe mittendrin.

Ich arbeite mich weiter vorwärts, bis ich ganz vorn bin. Wir stehen um eine Gruppe von Jungen herum, und mir sackt das Herz in die Hose.

Meine Ahnung bestätigt sich.

Kai ist auf den Knien und will sich aufrappeln, da rammt Harrison ihm die Faust gegen das Kinn, sodass er wieder zurückfällt. Und Harrison ist nicht sein einziger Gegner. Natürlich macht Noah auch mit und tritt Kai mit dem Stiefel in die Rippen. Anthony ist nicht hier, dafür ein paar andere Freunde von Harrison aus dem Team. Es sind vier gegen einen, und Kai ist schon ziemlich mitgenommen. Seine Lippe ist blutig, seine Wangen sind aufgeschürft, und sein eines Auge ist zugeschwollen. Es ist ernst. Er ist wehrlos auf allen vieren und hustet übel. Noah und die anderen beiden treten erneut auf ihn ein.

»STOPP!«, schreie ich, aber meine Stimme geht im Lärm unter.

In diesem Moment bemerkt Harrison mich. Er betrachtet meinen entsetzten Gesichtsausdruck, dann schmettert er Kai mit einem fiesen Grinsen die Faust auf den Mund.

»Okay, wir sind hier fertig!«, brüllt Harrison, als ich mich schon in den Kampf stürzen will. Er blickt sich in der Menge um und droht: »Nicht vergessen, wer singt, ist erledigt.«

Sofort löst sich die Menge auf. Niemand muss daran erinnert werden, kein Wort über das zu sagen, was er gerade gesehen hat – jeder kennt den Preis. Harrison wischt sich mit dem Handrücken den Schweiß von der Stirn und folgt den anderen zurück zur Schule.

»Hey, Süße«, sagt Noah und rempelt mich im Vorbeigehen mit der Schulter an. Ich beachte ihn nicht, denn ich habe nur Augen für Kai.

Er liegt mit dem Gesicht nach unten auf dem harten Schnee und atmet heftig. Ich renne zu ihm und knie mich hin. Vorsichtig lege ich eine Hand auf seine Schulter, ziehe sie jedoch gleich wieder zurück, als er stöhnt. Er spuckt Blut und rollt sich auf den Rücken, um mit seinem intakten Auge zum Himmel aufzusehen.

»O mein Gott!« Panisch fuchtle ich mit den Händen, weil ich unsicher bin, was ich tun soll. Kais Gesicht ist geschwollen, und Blut rinnt ihm aus Mund und Nase. Wahrscheinlich sind auch seine Rippen angeknackst. Er hält die Hände an seine Seiten und stöhnt, als er versucht, tief einzuatmen.

»Oh, hey, Vanessa«, sagt er und drehte den Kopf zu mir. »Was geht?«

Vollkommen entsetzt starre ich ihn an. Harrison hätte nie herausgefunden, dass Kai irgendwas mit den Sachen zu tun hatte, wären wir letzte Nacht nicht bei ihm eingestiegen. Und ich war es, die darauf bestanden hatte. Kai hatte vorgeschlagen, dass wir aufhören, weil es zu riskant wäre, Harrison weiter zu provozieren … Aber ich hatte nicht auf ihn gehört.

»Das ist alles meine Schuld!«

»Ach was, Nessie«, sagt Kai und versucht zu lachen, was schnell in ein gequältes Husten übergeht.

Einige Leute sind noch hier. Wahrscheinlich wollen sie sehen, wie schlimm Kai verletzt ist. Chyna kommt zu uns gelaufen. Kai schafft es, ihr zuzuwinken, und mir ist schleierhaft, wie er jetzt Witze machen kann. Er ist eben vor der halben Schule zusammengeschlagen worden, doch irgendwie scheint sein Ego nichts abbekommen zu haben.

»Wollen wir ihn zur Schulschwester bringen?«, fragt Chyna mich. Sie nagt an ihrer Unterlippe und blickt hinüber zum Schulgebäude.

»O nein«, widerspricht Kai, dessen Stimme von den geschwollenen Lippen gedämpft ist. »Mir geht es gut, Chyna-nicht-wie-das-Land.«

Madison kommt ebenfalls angerannt, kniet sich hin und kramt in ihrer Tasche. »Habt ihr keine Erste-Hilfe-Sachen dabei?«, fragt sie Chyna und mich vorwurfsvoll. *Natürlich* trägt Maddie ein kleines Unfallset mit sich herum. Sie holt eine Schachtel mit diversen Sachen heraus und rückt näher zu Kai. »Blutverschmiert bist du nicht mehr so charmant, was?«

»Und dennoch umschwärmen mich die Mädchen«, stöhnt Kai. Langsam setzt er sich auf, wobei er immer noch die Hände auf seine Rippen presst, und atmet lange aus. »Mann, dieser Noah ist zum Kotzen. Jetzt verstehe ich, warum er auf dem Spielfeld so verschrien ist. Der ist ja schlimmer als Harrison.«

»Was ist passiert?«, frage ich, während Maddie sich an seinem Gesicht zu schaffen macht, die offenen Wunden desinfiziert und das Blut wegwischt. Ich bin beeindruckt, wie ruhig und gefasst sie ist.

»Tja, Nessie, letzte Nacht hat Harrison mitbekommen, dass ich dir helfe …«

»Kai!«, unterbreche ich ihn streng. Dies ist nicht der Moment für Scherze.

»Die haben mir aufgelauert, als ich angekommen bin«, erzählt Kai mir schließlich und lässt den amüsierten Ton. Er sieht mich mit dem noch offenen Auge an, und Maddie säubert behutsam das andere. »Und dann haben sie mich hergezerrt. Ich schätze, wir sind nicht mehr auf dem Schulgelände?« Ich nicke. »Ach, und falls jemand ein Rad irgendwo im Gebüsch findet, das gehört mir.«

Mir wird noch flauer. Kai fährt unglaublich gerne Rad. »Die haben dir dein Fahrrad geklaut?«

»Nein, du hast meins«, korrigiert Kai. Sein Grinsen ist eher eine gequälte Grimasse. »Die Arschlöcher haben das von meinem Dad geklaut.«

»Ich suche es«, bietet Chyna an. »Ich komme sowieso schon zu spät.« Sie läuft los, um sich irgendwie nützlich zu machen.

Maddie klebt ein Pflaster auf eine Wunde unter Kais Auge, und ich sitze einfach nur da. Ich bin die Einzige, die überhaupt nichts tut, weil ich nicht weiß, was ich machen soll. Es ist meine Schuld, dass Kai in dieser Lage ist. Ich hätte niemals den Rachefeldzug gegen Harrison vorschlagen dürfen. Anfangs schien es so spaßig, doch jetzt stecken wir zu tief drin.

»Was soll ich tun, Kai?«

»Mich küssen?«, schlägt er vor.

»Halt still!«, befiehlt Maddie ihm. Sie greift nach seinem Kinn und hält seinen Kopf ruhig, um ihm noch ein Pflaster auf die Wange zu kleben. Bald ist er völlig von Pflastern bedeckt. Und sie gibt ihm ein Tuch für seine Nase. »Du solltest trotzdem lieber ins Krankenhaus gehen. Es könnte sein, dass du eine Gehirnerschütterung hast oder so.«

»Und eine fette Rechnung produzieren, die meine Eltern nicht bezahlen können?«, kontert Kai. »Nein, danke. Ich lasse mich von dir behandeln, und dann trinke ich einen Kaffee.« Maddie verpasst ihm noch ein letztes Pflaster, dann richtet er sich auf und schwankt leicht. »Danke, Maddie. Ich denke allerdings, dass ich jetzt nach Hause gehe.«

Ich stehe ebenfalls auf und mustere ihn. Wahrscheinlich ist es besser, wenn er heute nicht in die Schule geht. Ist das alles ein Mist! Diese Prügelei wird das Gespräch schlechthin sein, und wäre es jemand anders, wäre ich begeistert, dass sie endlich nicht mehr über mich reden. Aber bei Kai nicht.

Chyna kommt zurückgelaufen und schüttelt den Kopf. »Ich habe kein Fahrrad gefunden, tut mir leid.«

»Schon gut, danke«, antwortet Kai und sieht zu Maddie, die noch auf dem Schnee hockt und ihre Sachen zusammenpackt. »Und noch mal danke, Madison.«

Sie winkt bescheiden ab. »Das war nichts weiter. Aber halte die Platzwunden sauber, klar?«

Ich gehe zu Kai, lege meine Arme um ihn und lehne den Kopf an seine Brust. Meine Schuldgefühle sind wie ein Tonne Steine, die auf mich drücken.

»Autsch«, sagt er.

Prompt lasse ich ihn los und mache einen Satz zurück. »Entschuldige!«

Kai verdreht sein Auge. Vielleicht sollte ich ihm eine Piraten-Augenklappe besorgen. Dann lehnt er sich wieder zu mir und drückt seine Lippen kurz an meine Schläfe, bevor er sich abwendet und sichtlich mühsam weggeht. Ich schaue ihm nach, bis er nur noch eine Gestalt in der Ferne ist. Eigentlich sollte ich wieder schwänzen und mit ihm gehen, aber als ich mich zur Schule umsehe, wallt neue Wut in mir auf.

Wie kann Harrison es wagen, Kai zu verletzen?!

Also gehe ich mit Chyna und Maddie zurück zur Schule. Zuerst müssen wir ins Büro und Bescheid sagen, dass wir zu spät sind. Ich bekomme noch mehr Stunden Nachsitzen aufgebrummt. Miss Hillman wirkt ehrlich entgeistert, dass sie Madison Romy ein Nachsitz-Formular geben muss, doch Maddie nimmt es total gefasst. Sie jammert nicht oder erwähnt auch nur mit einer Silbe, dass sie eine Heilige ist, weil sie das hier auf sich nimmt, um Kai zu helfen. Wortlos steckt sie den Zettel in ihre Tasche und geht zu ihrem Unterricht.

»Und siehst du *jetzt* ein, dass dieser ganze Racheplan eine schlechte Idee war?«, fragt Chyna mich, als wir allein auf dem Flur sind. Bis auf uns sitzen alle im Unterricht, und Chyna zieht tadelnd eine Augenbraue hoch, was so viel heißen soll wie: *Habe ich dir doch gleich gesagt*. Und das hatte sie. Sie hatte mich gewarnt, dass es eine blöde Idee war und wir mächtigen Ärger bekommen könnten.

Nur hat Harrison mich zuerst verarscht. Er hat das alles losgetreten, und selbstverständlich haben Kai und ich zurückgeschlagen. Es ist zu einem Teufelskreis geworden. Trotzdem kann ich Harrison nicht *gewinnen* lassen. Es geht einfach nicht, nicht nachdem er Kai so verletzt hat. Ich muss dies hier beenden. Zu meinen Bedingungen.

»Ja, es war eine schlechte Idee«, stimme ich verlegen zu, aber ich bin noch nicht fertig. Jetzt wird es ernst, und ich brauche keine Hilfe mehr. Was nun kommt, ist eine Sache zwischen Harrison und mir.

Chyna stöhnt und erinnert mich daran, dass abends bei den Tates Taco-Freitag ist. Dann pustet sie mir einen Kuss zu und geht zu ihrem Unterricht. Ich fange den Kuss ein und verstaue ihn sicher in meiner Jackentasche. Sobald Chyna weg ist, lege ich los.

Ich gehe nicht zu meinem Geschichtskurs, sondern eile zur Bibliothek. Ich hatte das ursprünglich nicht tun wollen, doch Harrison treibt mich hierzu. Ich hatte gelacht, als ich die Fotos auf Harrisons Handy gefunden hatte, auch wenn mir schnell klar gewesen war, dass ich nicht *so* weit gehen wollte. Deshalb hatte ich Kai nichts von ihnen erzählt. Ich habe sie für mich behalten, aber das ist jetzt vorbei.

Ich stürme in die Bibliothek und nehme gar nicht recht wahr, dass die Bibliothekarin mich bittet, mich einzutragen. Ich sage ihr, dass ich spät dran bin und schnell meine Hausaufgabe ausdrucken muss. Sie schüttelt nur den Kopf, als ich auf die Computer zulaufe. Es ist niemand sonst hier, Gott sei Dank, dennoch drehe ich den Monitor seitlich, damit keiner draufsehen kann. Mein Herz pocht sehr schnell, als ich mein Handy an den Computer anschließe und meine Dateien hochlade. Einige sind Harrisons, die ich sicherheitshalber auf mein Telefon überspielt hatte.

Ich finde das gesuchte Foto und drucke es aus.

Danach fahre ich so schnell wie möglich den Computer herunter und renne zu den Druckern in der Ecke, ehe die Bibliothekarin sieht, was ich tue. Dies ist definitiv keine Hausaufgabe, und ich würde wohl von der Schule fliegen, sollte ich erwischt werden, wie ich für so etwas Schuleigentum nutze.

»Danke!«, sage ich munter auf dem Weg nach draußen, obwohl die Bibliothekarin immer noch skeptisch wirkt. Vor der Tür fällt mir ein, dass ich noch etwas brauche. Ich gehe wieder rein und direkt vorn an den Tresen. »Verzeihung, können Sie mir einen Marker leihen? Oh, und eine Reißzwecke?«

Jetzt sieht sie richtig genervt aus. Sie murmelt etwas vor sich hin – wahrscheinlich hat sie restlos die Nase voll von Teenagern – und holt mir einen schwarzen Marker und eine Reißzwecke. Wieder danke ich ihr und verschwinde endgültig. Gut möglich, dass es das letzte Mal war, dass sie mich gesehen hat.

Bewaffnet mit meinem Foto und dem Marker, mache ich mich auf den Weg zurück zu dem Korridor mit den Spinden. In knapp zehn Minuten endet die erste Stunde, was bedeutet, dass es bald auf den Gängen wimmeln wird und alle vor der nächsten Stunde zu ihren Schränken gehen. Dann soll sich die gesamte Aufmerksamkeit auf Harrison richten.

»Vanessa«, sagt eine Stimme, und ich erstarre. Als ich mich umdrehe, kommt Anthony auf mich zu. Ich schiebe den Ausdruck und den Marker in meine Jackentasche und verschränke die Arme vor der Brust.

»Was?«, frage ich ihn wütend. Mich interessiert nicht mal, warum er nicht im Unterricht ist, denn ich habe Wichtigeres zu tun, als jetzt mit Anthony zu reden.

Er bleibt ein wenig auf Abstand zu mir stehen und

steckt die Hände in die Taschen. Dann wippt er auf den Zehenspitzen und starrt zum Fußboden. »Ich wollte dir nur sagen, wie leid mir das mit gestern tut. Du weißt schon, in der Hausmeisterkammer. Das war nicht richtig«, sagt er leise. »Und ich finde auch nicht richtig, was sie heute Morgen gemacht haben.«

»Trotzdem hast du *nichts* gesagt und erst recht nichts getan«, erwidere ich verbittert. »Das macht dich genauso schlimm wie Harrison und Noah.«

»Ich bin nicht wie die«, sagt er und sieht kurz zu mir auf. Er ist tierisch nervös, was ich schon an seinem leichten Schweißfilm erkenne. Mir war immer klar gewesen, dass Anthony von den dreien der Netteste ist. Aber das entlastet ihn nicht vollends.

»Dann such dir bessere Freunde.« Ich sehe ihn an, bis er es seufzend aufgibt. Mit gesenktem Kopf schlurft er weg. Als er nicht mehr zu sehen ist, zähle ich bis zwanzig, bevor ich mich ans Werk mache.

Ich hole meine Munition aus der Tasche und eile weiter den Flur hinunter. Harrisons Spind ist leicht zu finden, denn er ist ganz am Ende der Reihe. Und er hat mich oft genug dagegengedrückt, um mich zu küssen. Jetzt stehe ich vor dem Schrank und horche angestrengt, ob auch niemand kommt.

Wenn Harrison mich verarschen will, soll er ruhig.

Aber ich werde mich umso energischer wehren.

Ich klatsche das Foto an die Spindtür und stecke es fest, wobei ich meine gesamte Kraft aufbieten muss, um durch das Metall zu dringen. Dann zücke ich den Marker und schreibe in riesigen Großbuchstaben:

#SMILEFORTHECAMERA

Ich trete zurück, um meine Arbeit zu bewundern. An Harrisons Spind ist ein Foto, das er selbst aufgenommen hat. Er wurde erst kürzlich gemacht und ist eines aus einer ganzen Serie von Harrison vor seinem Badezimmerspiegel. Das Handy verdeckt sein Gesicht, und er reckt zwei Finger zu einem Victory-Zeichen. Er ist vollkommen nackt.

Wenn Harrison das Video von uns in die Welt schickt, gebe ich unseren Mitschülern eben noch ein bisschen mehr Content, den sie genießen dürfen. Vielleicht macht es ihm nicht mal allzu viel aus, denn er ist ja schon auf dem Video mit mir zu sehen. Allerdings ist dies hier persönlicher. Diesmal hat er keine Wahl. Wie wird *er* sich fühlen, wenn er feststellt, dass etwas so Privates ohne seine Zustimmung öffentlich gemacht wird? Wie wird es ihm damit gehen, verhöhnt, verachtet und aus dem Gleichgewicht gebracht zu werden?

Und das Hashtag? Das ist nur ein hübsches Extra.

Ich werfe den Marker in einen Mülleimer in der Nähe und entferne mich. Am Ende des Korridors bleibe ich vor der Anschlagtafel stehen, in sicherer Distanz zu Harrisons Spind, und warte geduldig. Ich blicke zur Wanduhr und beobachte, wie die Sekunden vergehen, zähle einen Countdown bis zu dem Moment, in dem es läutet und meine Mitschüler das Nackt-Selfie von Harrison sehen. Mein Bauch verkrampft sich vor Nervosität und Aufregung. Ich habe Angst davor, wie Harrison reagiert und welche Nachwirkungen dies hier haben wird, weil ich *weiß*, dass ich zu weit gehe. Ich *weiß*, dass ich nur Öl in ein bereits lichterloh brennendes Feuer gieße. Aber ich muss das machen, weil mein Ego verlangt, dass ich diesen Krieg gewinne, koste es, was es wolle.

Die Glocke schrillt durchs Gebäude, hallt lauter denn je in den leeren Fluren. Ich fixiere ein Plakat auf der Tafel, das für einen neuen Yoga-Kurs nach der Schule wirbt, und gebe mich cool. Gleichzeitig lausche ich auf den anschwellenden Lärm aus Stimmen und Schritten. Es fühlt sich an, als würde mein Herz gar nicht mehr schlagen, und mir stockt der Atem. Ich will mich umdrehen, die verdutzten Gesichter der Schüler sehen, wenn sie das Bild auf Harrison Boyds Spind entdecken. Doch es wird schnell klar, dass ich das gar nicht muss. Bis hierher höre ich das erschrockene Luftschnappen und das Prusten.

Verstohlen bewege ich den Kopf minimal, sodass ich es aus dem Augenwinkel beobachten kann. Die Leute versammeln sich vor dem Spind am Ende der Reihe; alle drängeln und schubsen, um besser sehen zu können, genau wie sie es eine gute halbe Stunde zuvor bei der Prügelei gemacht haben. Ich bleibe vor der Anschlagtafel.

Harrisons Leben hat sich diese Woche durch das Video kein bisschen verändert. Niemand hat ihn gequält, hinter seinem Rücken über ihn gelästert oder sich geweigert, mittags an seinem Tisch zu sitzen. Keinen kümmert, dass er in dem Video ist, denn ein Footballspieler, der ein Mädchen auf einer Party aufreißt? Ist doch normal, ja, sogar *cool.* Aber das Mädchen, das er aufreißt? Das ist offensichtlich ein Flittchen mit keinem Funken Selbstachtung.

Harrison verdient es, erniedrigt zu werden. Er hat dieses Video rumgeschickt und genau gewusst, dass es nur mir allein massiv schaden würde.

»Was ist hier los?«, höre ich eine Stimme brüllen, die ich sofort erkenne. Er ist da.

Meine Neugier übermannt mich. Ich blicke den Flur

hinunter. Leute machen Handyfotos von der Spindtür. Andere ziehen ihre Freunde herbei, um ihnen das neueste Westerville-North-Drama zu zeigen. Und Harrison? Er schubst sichtlich panisch Mitschüler aus dem Weg, bis er sehen kann, was los ist.

Ich beobachte ihn, freue mich, als er entsetzt das Gesicht verzieht und sehr blass wird. Er schaut sich zu der Menge um, die freien Blick auf seine vollkommen durchschnittliche Ausstattung hat. Dann rupft er das Bild vom Spind, zerreißt es und knallt die Faust gegen die Metalltür. Alle weichen vor ihm zurück, und er stürmt den Flur hinunter, eindeutig aufgebracht, und es ist enorm befriedigend.

Ungefähr zwei Sekunden lang.

Denn im selben Moment wird mir bewusst, dass Harrison und ich uns gleichen. Wir sind beide furchtbare Menschen. Wie kann ich besser sein als er, wenn ich ihm antue, was er mir angetan hat? Bin ich nicht. Es ist ein abscheuliches Gefühl, und mein Brustkorb zieht sich zusammen vor Reue. Harrison zu verletzen fühlt sich nicht gut an. Vielmehr fühle ich mich schlimmer als am Montagmorgen.

Ich kann hier nicht bleiben. Rasch drehe ich mich um und gehe zum Ausgang. Wieder mal brennen mir Tränen in den Augen, so wie gestern schon, als ich durch denselben Flur gelaufen bin. Ich stoße die Tür auf und trete in die eisige Kälte draußen. Dort hole ich so tief Luft, dass mir beinahe die Lunge explodiert, und atme aus.

Dann gehe ich zu Fuß den Weg bis zu meinem leeren Zuhause.

Ich komme mir wie der schlimmste Mensch auf Erden vor.

18

Hey, Süße!«, sagt Kais Mom und macht die Tür weit auf, um mich schnell aus der Kälte zu holen. Verglichen mit draußen fühlt sich das Haus wie eine Sauna an.

»Hat Kai gesagt, dass ich komme?«, frage ich, während ich meine Stiefel abstreife. Seine Mom denkt hoffentlich nicht, dass ich uneingeladen aufkreuze. Den ganzen Nachmittag haben Kai und ich uns geschrieben, während wir beide geschwänzt haben, und ich habe angeboten, heute Abend vorbeizukommen und ihm Gesellschaft zu leisten. Es ist kurz nach acht, und ich war die letzte Stunde bei Chyna, wo ich Unmengen Hähnchen-Tacos in mich hineingestopft und Mut getankt habe, um herzukommen. Mit Kais Eltern zu reden macht mich nervös. Normalerweise meide ich die Eltern der Jungen, mit denen ich zu tun habe, um jeden Preis, weil ich nicht will, dass sie denken, ich wäre ernsthaft an ihren Söhnen interessiert. Jetzt muss ich mich daran erinnern, dass es bei Kai anders ist. Wir sind nicht so.

Zumindest glaube ich das. Bisher weiß ich nur, dass es sich nicht anfühlt wie eine flüchtige Geschichte.

»Ja, sicher«, antwortet Cindy, und ihr Lächeln weicht einem Stirnrunzeln. »Hat er sich wieder in der Schule geprügelt? Er will uns nicht sagen, was mit seinem Gesicht passiert ist. Weißt du vielleicht mehr? Und weißt du zufällig, warum er gestern geschwänzt hat? Die Schule hat mich angerufen. Er macht da keinen guten ersten Eindruck.«

»Ähhh«, sage ich und sehe überallhin, nur nicht zu ihr. Offensichtlich will Kai nicht, dass seine Eltern die Wahrheit erfahren, also was antworte ich? Ich stelle mir vor, wie ich erkläre, *Tut mir leid, Mrs. Washington, aber Ihr Sohn ist von einem Typen zusammengeschlagen worden, den wir schon die ganze Woche verarschen.* Okay, auf *den* Gesichtsausdruck von ihr kann ich verzichten.

»Mom«, sagt Kai streng und rettet mich vor einer Lüge. Ich atme erleichtert auf, als ich ihn die Treppe herunterkommen sehe. Er sieht sie kritisch an. Sein eines Auge ist noch blau und angeschwollen, aber wenigstens sind jetzt beide offen. Mit der grauen Jogginghose sieht er absurd attraktiv aus. »Es werden keine Gäste verhört.«

Cindy hebt beide Hände und weicht zurück. »Okay, okay!« Doch sie sieht Kai sehr besorgt an. Seine erste Woche an der Westerville North ist nicht gut gelaufen: Er hat einen Haufen Unterricht versäumt *und* sich geprügelt. Deshalb wundert mich, dass seine Mom ihm erlaubt, Besuch zu bekommen. »Ruft einfach, wenn ihr was braucht.«

»Werden wir nicht«, sagt Kai und bedeutet mir, ihm nach oben zu folgen. Dabei grinst er mir zu, und ich sehe die Wunde an seiner Unterlippe.

Wir gehen am Wohnzimmer vorbei, von dem aus uns sein Vater zuwinkt, der vor dem Fernseher sitzt. Ich achte darauf, höflich zu lächeln, als ich zurückwinke. Tatsächlich finde ich Kais Eltern nett, und es tut gut zu wissen, dass sie keinen Grund haben, mich für einen schrecklichen Menschen zu halten. Auch wenn ich einer bin.

Kai führt mich in sein Zimmer oben, und diesmal ist es nicht annähernd so unordentlich wie am Montag. Sein Bett ist ungemacht, und es liegt noch Kleidung auf dem Boden verstreut; es sind auch zu viele leere Limo- und Wasserflaschen auf seinem Nachttisch, aber alles andere ist in eine Zimmerecke geräumt. Mir fällt das Netflix-Logo auf seinem Fernseher auf.

»Gucken wir Netflix und chillen?«, scherze ich. Bei dem Gedanken wird mir heiß, doch ich rede mir ein, dass es nur an der Wärme im Haus liegt. Ich ziehe meine Jacke aus und werfe sie über die Rückenlehne seines Schreibtischstuhls.

Grinsend wirft Kai sich auf sein Bett, stützt den Kopf auf dem Kissen auf und sieht mich an. »Ich habe mir den ganzen Tag diese Crime-Dokus angesehen«, gesteht er. »Und ich bastle noch an meiner Verschwörungstheorie.«

Ich setze mich auf die Bettkante und schlage ein Bein über das andere, wobei ich für einen gewissen Abstand zwischen uns sorge. »Wie geht es dir?«, frage ich, denn ich fühle mich immer noch mies, weil ich der Grund bin, weshalb Kai überhaupt so übel zugerichtet wurde. Und ich habe ihm noch nicht verraten, dass ich es heute *schon wieder* versaut habe. Er weiß nicht, dass ich alles noch schlimmer gemacht habe, als es sowieso schon war, weil ich mich schlicht nicht im Griff hatte. »Übrigens habe ich dir dein Rad wieder mitgebracht. Du brauchst es dringender als ich. Ich habe es hinten in den Garten geschoben.«

»Danke, und lass mich mal überlegen«, sagt Kai, hebt

sein T-Shirt an und tastet mit den Fingern seine Rippen ab. Ich versuche, nicht hinzustarren, was praktisch unmöglich ist, denn beim Anblick seiner Bauchmuskeln setzt meine Atmung aus. Dazu die weiche Kurvenlinie seiner Taille, der Bund seiner Boxershorts … »Ein bisschen lädiert, aber ich denke nicht, dass irgendwas gebrochen ist. Und mein Gesicht? Tja, ich dürfte wie ein knallharter Typ aussehen.«

Jetzt steige ich richtig auf das Bett und lege mich neben ihn, beide Hände auf mein Gesicht gepresst. »Es ist meine Schuld«, murmle ich voller Reue. »Du hast recht gehabt. Wir hätten gestern aufhören sollen. Dann hätte Harrison nie herausgefunden, dass du mir geholfen hast.«

Ich spüre, wie Kai neben mir die Position wechselt, und als ich wieder hinsehe, hat er sich auf einen Ellbogen aufgestützt und schaut mich mit einem trägen Lächeln an. »Und wer hatte vorgeschlagen, dass wir das überhaupt erst anfangen?«

»Du … Aber wir wollten nie, dass es so schlimm wird, oder?« Ich setze mich auf, überkreuze die Beine und ringe nervös die Hände. Unmöglich kann ich ihn ansehen. »Kai, nach dem Kampf … war ich so wütend. Und da konnte ich mich nicht bremsen.«

Jetzt klingt er besorgt. »Was hast du gemacht, Nessie?«

»Ich habe dir nie von einigen Fotos erzählt, die ich auf Harrisons Handy gefunden habe«, gestehe ich. »Die habe ich gesichert, aber ich hatte nicht vor, sie zu benutzen. Das waren Nacktaufnahmen.«

Kai schnaubt, und jetzt sehe ich doch zu ihm. Es ist nicht witzig. Meine Reue frisst mich auf, und ich habe mir den ganzen Nachmittag gewünscht, ich könnte es rückgängig machen. Ich hätte mich reifer, von Angesicht zu Angesicht, mit Harrison auseinandersetzen sollen. Wenigstens wäre ich dann ein besserer Mensch.

Stattdessen habe ich zurückgeschlagen.

»Ich habe eines von den Fotos an Harrisons Spind geheftet«, sage ich. »In dem Moment kam es mir wie eine gute Idee vor. Und ich wollte so unbedingt das letzte Wort haben. Aber jetzt ... jetzt schlägt Harrison garantiert umso fieser zurück!«

Ich hätte das Foto nicht ausdrucken dürfen und erst recht nicht an seinen Spind pinnen, damit die ganze Schule es sieht. Das war zu viel, und ich hasse mich dafür, dass ich alles zu weit gehen ließ. Kai und ich hätten es nie zu einem Spiel machen dürfen.

»Ich bin sicher, dass meine Rippen noch so eine Nummer aushalten.«

»Kai!«, fauche ich. Ausnahmsweise geht mir sein Sarkasmus auf die Nerven. Er sollte ernst sein und mir sagen, dass wir das durchstehen, weil ich momentan wirklich nicht weiß, ob wir das können. Gestern Morgen bin ich schon in Tränen ausgebrochen, als mich Harrison und seine Freunde in die Hausmeisterkammer zerrten, und heute hat Kai so viele Wunden davongetragen, dass ich sie gar nicht zählen kann. Wir sind verloren.

»Dann sagen wir Harrison, dass es vorbei ist«, schlägt Kai vollkommen ruhig vor. »Wir schließen ein Friedensabkommen mit ihm. Er lässt dich in Ruhe und wir ihn. Er wäre ein Idiot, wenn er das ablehnt.« Kai rückt näher zu mir und überrascht mich damit, dass er seinen Kopf auf meinen Schoß legt.

Vorsichtig tauche ich meine Finger in seine Locken,

die sich sehr weich anfühlen. Ich fahre mit den Fingerspitzen durch den ausrasierten Bereich hinten in seinem Nacken und kraule seinen Kopf. Minutenlang bleiben wir so, ich bewege meine Hände über seinen Kopf und frage mich, ob er einnickt. »Hast du mich hergebeten, um dich in den Schlaf zu lullen?«

»Nein«, antwortet Kai. »Ich wollte dich sehen.« Er dreht sich so, dass sein Kopf noch auf meinem Schoß ist, er mich aber ansieht. Sein einer Mundwinkel ist zu einem schiefen Lächeln hochgezogen. »Ich fand, das war schon die längste Zeit diese Woche, die wir uns nicht gesehen haben.«

Meine eine Hand ist noch in seinem Haar, aber unwillkürlich lege ich die andere auf seine Brust und sehe ihm in die Augen. Ich erinnere mich gar nicht, wann wir uns mal nicht vertraut waren. Es fühlt sich an, als ob es ewig her wäre. »Stimmt. Wir verbringen so viel Zeit zusammen, dass ich das Gefühl habe, dich seit Monaten zu kennen.«

»Nein, du *wünschst* dir, du würdest mich seit Monaten kennen«, erwidert er grinsend.

»Dem Himmel sei Dank, dass du von der Central geflogen bist«, sage ich lachend. »Sonst wäre ich vielleicht nie mehr gewesen als das Mädchen, das einen Drink auf dich gekippt hat.«

»Bist du nicht froh, dass ich so mutig gewesen bin, dich im Schulbüro anzusprechen?«

»Weißt du doch«, flüstere ich und sehe ihn an. Vorsichtig berühre ich seine eine Augenbraue, streiche behutsam mit dem Daumen über eine der Wunden an seiner Wange. Er öffnet den Mund ganz leicht, und ich berühre auch die Platzwunde an seiner Unterlippe. Sein Blick verharrt bei mir, als ich all die Wunden und Blessuren auf seinem Gesicht betrachte.

»Dann küss mich«, raunt er.

Ich beuge mich zu ihm und lege zögerlich meine Lippen auf Kais. Nach wie vor ist sein Kopf auf meinem Schoß, und wir beide bewegen uns nicht. Unsere Münder berühren sich, aber wir tun nichts, bis er eine Hand in meinen Nacken legt und mich näher zu sich heranzieht, um mich intensiver zu küssen. Ich höre meinen Puls in meinen Ohren. Kai setzt sich auf, ohne den Kuss zu unterbrechen, taucht die Hände in mein Haar und beugt sich über mich. Dann drückt er seine Brust gegen meine, sodass ich nach hinten auf das Kissen sinke. Ich schlinge meine Arme um ihn, halte ihn fest und will ihn nie wieder loslassen. Kai zu küssen ist so viel mehr, als ich jemals empfunden habe. Es ist elektrisierend, jagt Funken durch meinen Körper. Und ich erkenne, dass es das ist, was ich will.

Kai ist, was ich will.

Es ist so still im Zimmer. Unsere Herzschläge sind das einzige Geräusch. Kai ist über mir, seine Hände sind in meinem Haar, seine Zunge ist in meinem Mund. Der Kuss wird intensiver, hektischer, und wir beide sind wild vor Verlangen. Ich kann nicht genug von Kai Washington bekommen und wünschte, ich hätte ihn immer schon gekannt.

Als ich den Rücken durchbiege und mich nach oben stemme, rollt Kai sich mit mir herum, sodass ich auf ihm bin. Keine Sekunde lösen sich unsere Lippen voneinander. Kai lässt seine Hände wandern. Sie sind in meinem Haar, an meinen Hüften, ziehen an den Gürtelschlaufen meiner Jeans. Ich zupfe an seinem T-Shirt, und wir unterbrechen den Kuss, als Kai mir hilft, ihm das Shirt über den Kopf zu ziehen. Dann küsst er mein Gesicht, meinen Hals, mein Schlüsselbein. Seine Lippen sind fest und feucht. Er setzt sich auf, hält mich an seiner nackten Brust, und ich tauche meine Finger in sein Haar.

Nun sind Kais Hände unter meinem Top. Sie fühlen sich warm auf meiner Haut an und machen mir eine Gänsehaut. Wir beide wissen, welche Linie wir hier überschreiten und was als Nächstes passiert.

Und ich will sie dringend überschreiten. Ich möchte, dass Kai mich überall küsst, seine Haut auf meiner fühlen, diesen Moment mit ihm teilen. Aber gleichzeitig will ich auch *noch nicht* so weit gehen.

Ich will es mit Kai nicht überstürzen. Ausnahmsweise möchte ich es langsam angehen, ihn erst besser kennenlernen. Mit ihm ist alles anders. Dies ist keine Affäre oder irgendein neuer Typ, der mich nach ein paar Monaten langweilen wird. Ich bin … *gespannt,* was aus Kai und mir wird. Und das habe ich noch nie erlebt, weshalb ich es nicht verderben will. Lieber sollten wir ein bisschen warten. Jetzt ist nicht der richtige Zeitpunkt.

»Stopp«, sage ich atemlos. Ich lege die Hände an seine Wangen und blicke in seine blauen, glänzenden Augen.

»Tut mir leid«, antwortet er und nimmt sofort die Hände von meiner Taille. Ich schaue zu seiner Brust und bin mir beinahe sicher, dass ich sein Herz schlagen sehe. Er wirkt besorgt. »Alles okay?«

»Ja. Mir geht es super. Du bist perfekt«, versichere ich und küsse ihn. Seufzend umfange ich ihn. »Es ist nur … Ich weiß nicht, ob ich hierfür schon bereit bin. Mit dir.

Und nicht, weil ich nicht will«, stammle ich, »denn das tue ich. Ich will wirklich, aber ich möchte auch noch warten. Ist das okay?«

»Ja, irgendwie habe ich dasselbe gedacht.« Kai blickt nach unten und wird verlegen. Er streicht mit den Händen über meine Taille und meine Oberschenkel. Dann sieht er unsicher zu mir auf. »Und, glaub mir, ich will das auch, aber ich bin ein bisschen altmodisch. Es sollte einem wirklich etwas bedeuten, verstehst du?«

Seine Worte sind wie ein Schlag in den Bauch. »Was soll das heißen, Kai?«

»Oh Gott«, stöhnt er und reißt die Augen weit auf. Kopfschüttelnd packt er meine Hüften. »Nessie, so habe ich das nicht gemeint, ehrlich nicht.«

Aber ich stemme mich bereits von ihm, steige vom Bett und greife mir meine Jacke. Meine Wangen glühen vor Wut und Scham. Ich kann Kai nicht mal mehr ansehen, deshalb kehre ich ihm den Rücken zu, als ich meine Jacke anziehe. »Ich weiß, was du gemeint hast«, sage ich leise. Ja, ich hätte wissen müssen, dass Kai meinen Ruf nicht ignorieren kann. »Du denkst, ich bin leicht zu haben, nicht? Ich habe gedacht, dass du anders bist, Kai. Du hast mir gesagt, dass du nicht über mich urteilst, und jetzt tust du es eindeutig.«

»Vanessa.« Er kommt hinter mich und will meine Hand nehmen. »Das denke ich nicht.«

Wütend fahre ich herum und schüttle seine Hand ab. »Wieso denn nicht? Es ist wahr«, fauche ich. So viel zu dem vertrauenswürdigen Kai. Ich finde es schon beschämend, vor ihm zu stehen und zu wissen, dass er mich genau so sieht wie alle anderen. Er weiß, dass ich nicht an Beziehungen glaube, aber das heißt nicht, dass ich nur oberflächlichen Sex will. »Ich schätze, für dich macht es keinen Unterschied, dass ich bei dir warten wollte. Und du hättest es auch nie von mir erwartet.«

Kai blinzelt und runzelt die Stirn. »Nessie, nein«, fleht er und kommt näher. Er hat sein Shirt noch nicht wieder an. »Ich meinte einfach nur, dass ich bisher erst eine Beziehung hatte, und du bist eben lockerer. Natürlich ist das okay. Aber die anderen Typen können dir nicht *alle* etwas bedeutet haben.«

»Wow.« Ungläubig atme ich aus.

»Mist«, murmelt Kai und presst die Hände auf sein Gesicht, als wolle er seine Worte wieder zurückschieben. Doch dafür ist es zu spät. Sie haben mich schon getroffen, und ihr Gift breitet sich in mir aus. »Ich versaue das hier gewaltig. Du weißt, dass mich der andere Kram nicht interessiert. Deine Vergangenheit nicht und alles, was war. Es spielt keine Rolle, Nessie.«

»Und doch scheint es dir offensichtlich etwas zu bedeuten. Und mein Name«, sage ich mit zusammengebissenen Zähnen, »ist *Vanessa*. Nur Leute, die mir wichtig sind, dürfen mich anders nennen.«

Ich schnappe mir meine Autoschlüssel und wende mich zur Tür. Dann stürme ich die Treppe hinunter. Als würde ich mir erlauben, irgendwas für einen Typen zu empfinden, der mich für unfähig hält, Gefühle zu haben. Ich bin so enttäuscht, dass ich mit den Tränen kämpfe.

Kai ist mir dicht auf den Fersen, als ich die Treppe runterlaufe. Er versucht nach mir zu rufen, nach meiner Hand zu greifen, aber ich bin viel zu wütend.

»Gehst du schon?«, fragt Cindy verwundert, als ich am Wohnzimmer vorbeieile, doch ich kann sie nicht ansehen. Ich schlüpfe in meine Schuhe und gehe hinaus, wobei ich mich bemühe, nicht mit der Tür zu knallen.

In dem Moment, in dem ich draußen bin, fließen die Tränen.

19

Ich stelle das grüne Rostmonster an der Straße ab und renne zu meiner Haustür. Immer noch wische ich mir die Tränen weg. Sicher hätte ich im Wagen weinen können, allein draußen, wo mich niemand bemerkt, aber ich will in mein Bett mit meinen Kissen und meinem Teddy. Und es ist ja nicht so, als müsste ich mich vor Dad verstecken. Er hatte nicht mal mitbekommen, wie ich vorhin weggefahren bin, also warum sollte er meine Rückkehr bemerken?

Ich stoße die Tür auf und halte den Kopf unten, als ich auf die Treppe zugehe. Aus dem Augenwinkel sehe ich Dad in der Küche an seinem Laptop. Wahrscheinlich recherchiert er wieder für diese Irlandreise, die wir nächsten Sommer machen sollen. Es war Moms großer Traum gewesen, die Heimat unserer irischen Vorfahren zu sehen, hatte Dad jedoch nie interessiert, als sie noch lebte. Jetzt versucht er es wiedergutzumachen, vermute ich.

Ich habe einen Fuß auf der Treppe und schniefe, weil mir nach wie vor die Tränen über die Wangen laufen. Kennedy guckt im Wohnzimmer fern und streichelt den schlafenden Theo. In diesem Haus sind wir uns alle so fern und versuchen, allein über die Runden zu kommen. Kennedy und ich vermeiden jedes Gespräch über Mom, aus Furcht, Dad könnte komplett zusammenbrechen, und ich missachte sämtliche normalen Grenzen für einen Teenager, damit mein Vater mich *wahrnimmt.*

»Vanessa?«, fragt Dad. Ich erstarre mit einer Hand auf dem Treppengeländer. Als ich hinübersehe, steht er sofort vom Küchentisch auf und nimmt seine Brille ab. »Weinst du?«

»Interessiert dich die Antwort?«

Dad sieht erschrocken aus. Er legt seine Brille auf den Tisch und kommt zu mir. Warum muss er ausgerechnet *jetzt* auf mich achten? »Selbstverständlich interessiert sie mich.«

In dieser Woche entgleitet alles meiner Kontrolle. Ich habe mich schrecklich verhalten, mein Ruf ist im Eimer, und jetzt finde ich heraus, dass Kai genauso über mich denkt wie alle anderen. Wieder stelle ich mir Mom vor, die mich auf der Treppe stehen sieht. Ich verdiene kein Mitleid, denn ich habe mir den ganzen Mist selbst eingebrockt, weil ich ein furchtbarer Mensch bin. Und momentan fühlt es sich an, als hätte ich wirklich nichts mehr zu verlieren.

Es gibt Dinge, die ich Dad sagen muss. Warum soll ich noch Rücksicht auf seine Gefühle nehmen? Warum muss ich erst heulen, damit er merkt, dass ich ihn brauche?

Ich drehe mich auf der Treppe um und mache einige Schritte auf ihn zu. »Ach ja? Tut es das? Denn so benimmst du dich echt nicht.«

Dad ist sichtlich verwirrt, als kämen meine Worte völlig unerwartet und als würde er ernsthaft glauben, ein hingebungsvoller Vater zu sein, nicht irgendein Fremder, der zufällig im selben Haus wohnt.

»Vanessa …«, sagt er, und prompt fällt ihm nichts mehr ein.

»Was, Dad?«, hake ich erschöpft nach. Wie kann er es nicht erkennen? »Wo warst du, als ich so betrunken war, dass ich auf die Veranda gekotzt habe? Warum hältst du mich nicht davon ab, mich nach Mitternacht aus dem Haus zu schleichen? Und wie viele Anrufe hast du diese Woche von der Schule bekommen und ignoriert? Denn ich habe so viele Stunden geschwänzt, aber du hast kein Wort gesagt. Weißt du, warum? Weil es dir EGAL ist!«

Ich höre, wie der Fernseher verstummt und sich langsam Schritte nähern. Kennedy beobachtet alles aus einiger Entfernung. Sie hat Theo auf den Armen und krault nervös seine Ohren. Ich will nicht, dass sie miterlebt, wie ich Dad anschreie, nur bin ich jetzt schon viel zu aufgebracht. Es ist zu spät, um mich noch zu bremsen und all die Fragen zurückzuhalten, die ich nie zu stellen gewagt habe. All die Wahrheiten zu unterdrücken, die ich mich nie laut auszusprechen traute.

Dad schüttelt benommen den Kopf und bewegt stumm die Lippen, als er nach einer Antwort ringt. »Ich interessiere mich … ich liebe dich. Ich liebe euch beide. Wie könnte ich nicht?« Er sieht zu Kennedy und zurück zu mir. Dann schluckt er. »Ich habe nur eine Menge im Kopf. Und ich habe gedacht, ihr seid glücklich.«

»Glücklich!«, wiederhole ich mit einem scharfen Lachen. *Glücklich*? Ist er auch noch blind? Ich tue so, als wären Chynas Eltern meine, sorge mich permanent um Kennedy und weigere mich, irgendeinen Jungen an mich heranzulassen. Wie kann ich glücklich sein? Ich bin im Überlebensmodus. »Das ist ein beschissener Scherz, Dad.«

»Nicht in dem Ton«, stammelt er.

Ich glaube nicht, dass ich jemals vor ihm geflucht habe, aber wieso soll das jetzt von Bedeutung sein? Hätte er sich um mich gekümmert, hätte ich mit fünfzehn vor ihm geflucht? Beinahe muss ich lachen. Hätte ich nur geahnt, wie leicht es wäre, von ihm beachtet zu werden.

Ich sehe ihn provozierend an, erkenne den Mann nicht, der vor mir steht. »Jetzt willst du mich zurechtweisen, weil ich fluche?«

»Was … was ist los, Vanessa? Warum bist du so?«

»Weil ich müde bin, Dad, deshalb!« Ich werde lauter, mache noch einen Schritt auf ihn zu. In meinen Augen brennen weitere Tränen. »Ich bin es leid, um dich herumzuschleichen. Es ist zwei Jahre her. Uns fehlt Mom auch, Kennedy und mir, aber man kann nicht aufhören zu *leben*. Du hast immer noch zwei Töchter, die dich brauchen, doch du bist zu egoistisch, um dich für uns zu interessieren.«

Ebenso gut hätte ich ihn ohrfeigen können, denn meine Worte scheinen ihm physische Schmerzen zu bereiten. Er greift sich an die Brust und stolpert ein wenig zurück. Gleichzeitig sucht er nach Worten, die nicht kommen. Die Anspannung ist überwältigend, und Dad wendet sich zu meiner Schwester um.

»Kennedy … du weißt, dass du mir wichtig bist, oder?«, fragt er leise, fast flehend. Er will dringend, dass sie bejaht.

Kennedy vergräbt ihr Gesicht in Theos Fell. »Eigentlich nicht«, murmelt sie.

Dad sieht entsetzt wieder zu mir. Er reibt sich die Schläfe, und ich sehe, dass ihm der Schweiß ausbricht. Seine Stimme zittert. Ja, mein Dad ist ein gebrochener Mann. »Ich habe gedacht, dass ich … Ich dachte, euch ein bisschen Freiraum zu lassen, wäre das Beste. Ich habe gedacht, es hilft.«

»*Etwas* Freiraum?« Beinahe lache ich wieder. Er kapiert so wenig, dass es schon wehtut. Wie kann es *helfen*, seine Töchter sich selbst zu überlassen, nachdem sie gerade ihre Mom verloren haben? »Ein lockerer Vater zu sein ist nicht dasselbe wie ein nicht vorhandener. Das ist dir klar, oder?«

»Was erwartest du denn von mir?«, fragt Dad.

»Für den Anfang kannst du aufhören, mich machen zu lassen, was ich will. Ich bin erst siebzehn! Und ich brauche meinen Dad, okay? Ich brauche *dich*. Du sollst mir schreiben und fragen, wann ich nach Hause komme. Du sollst mich anbrüllen, wenn ich durch die Haustür komme und nach Bier stinke. Und du sollst mir Hausarrest geben, wenn ich zu frech bin. Ich brauche einen verdammten Vater, den wirklich interessiert, dass es mir gut geht, denn manchmal frage ich mich, ob es dich überhaupt kratzen würde, sollte ich mit deiner hässlichen Rostlaube von der Brücke fahren.«

Dad ist entsetzt. »Vanessa, bitte sag das nicht.«

»Na, würde es denn?«

»Vanessa!« Er stöhnt frustriert und fährt sich mit den Händen durch sein ergrauendes Haar.

»Ist dir überhaupt aufgefallen, dass ich die schlimmste Woche aller Zeiten gehabt habe?«, frage ich. Ich gebe nicht nach, sondern erhöhe den Druck, denn auf diesen Moment warte ich schon ewig. »Nein, ist es nicht, aber ich erzähle es dir.« Ich blicke ihm direkt in die Augen. »Ich habe mit einem Jungen rumgemacht, der uns gefilmt und das Video dann an jeden in der Schule geschickt hat. Ja, Dad, ganz genau. Es gibt ein Video von mir da draußen, wie ich strippe, und ich habe nicht mal jemanden, an den ich mich wenden kann.«

Dad fällt buchstäblich die Kinnlade herunter. Er sieht mich vollkommen entgeistert an, und es spiegeln sich so viele unterschiedliche Emotionen in seinen Augen, so schnell, dass ich keine einzige identifizieren kann. Noch dazu wird er derart schnell bleich, dass ich denke, er kippt gleich um.

»Wir haben nicht nur Mom verloren«, sage ich leise, beinahe flüsternd. »Wir haben auch dich verloren.«

Mit diesen Worten lasse ich ihn stehen, sodass er seiner Schande von Tochter nachschaut, als ich nach oben in mein Zimmer renne. Frische Tränen schießen mir in die Augen. Mir drückt ein enormes Gewicht auf die Brust, das mich zu zerquetschen droht. Ich knalle meine Zimmertür zu, ziehe meine Jacke aus und werfe mich aufs Bett. Es ist dunkel, aber das ist mir lieber so. Ich verkrieche mich unter die Decke und schreie in meine Kissen, die es fast ganz dämpfen. Und ich fühle mich vollkommen hilflos.

»Vanessa?«, fragt mein Dad und klopft an. Er klingt vorsichtig und besorgt, was auch gut so ist.

»GEH WEG!«, schreie ich.

Seine Schritte entfernen sich über den Flur, und es vergeht eine Weile, in der ich nur meinen angestrengten Atem höre. Dann geht meine Tür auf, und ein Lichtstreifen aus dem Flur fällt herein. Ich mache mich bereit, Dad anzubrüllen, weil er nie uneingeladen in mein Zimmer gekommen ist und sich jetzt auf einmal alles herausnimmt. Aber er ist es nicht.

»Vanessa?«, fragt Kennedy leise, aber ich weine zu sehr, um antworten zu können.

Ich zittere am ganzen Leib und drücke die Kissen mit meinen Fäusten zusammen. Die Tür wird wieder geschlossen, und ich spüre eine Bewegung in meinem Zimmer. Meine Matratze wippt leicht, als Kennedy sich auf die Bettkante setzt. Schließlich fragt sie: »Wieso bist du so ausgetickt?«

»Weil alles zum Kotzen ist. Schlimmer konnte es sowieso nicht mehr werden«, murmle ich.

»Ist sogar der heiße Typ zum Kotzen?«

Ich hebe den Kopf von meinem tränendurchnässten Kissen und sehe sie an. »*Ganz besonders* der.«

Kennedy, die Theo unten gelassen hat, sieht mich besorgt an. Es ist, als hätten wir die Rollen getauscht. Plötzlich ist meine kleine Schwester um mich besorgt. »Was ist passiert?«

»Wie sich herausstellt, ist er wie die anderen«, flüstere ich und presse wieder das Gesicht in die Kissen. Ich will weg sein. Vor allem will ich nie wieder in die Schule gehen. Und ich will nie wieder Dad gegenübertreten müssen, genauso wenig wie Harrison, Noah oder Anthony begegnen.

Und erst recht will ich Kai Washington nie wiedersehen.

Kennedy schlüpft zu mir unter die Decke und schmiegt sich dicht an mich. Sie nimmt mich in die Arme, drückt mich fest, und sie muss mir nicht sagen, dass sie mich liebt, weil ich es auch so weiß. Ganz still liegt sie bei mir und hält mich, bis ich mich in den Schlaf geweint habe.

20

Jeden Samstag frühstücke ich bei den Tates. Es ist zur Tradition geworden, seit sie mich nach Moms Tod erstmals eingeladen hatten. Mich erinnert es daran, wie sich eine liebevolle Familie anfühlt. Rachel macht riesige, fluffige Pancakes und hat immer eine zu große Auswahl an Sachen, die man draufstreichen oder -gießen kann, und Tyrone presst frischen Orangensaft. Wir alle sitzen zusammen am Tisch, stopfen uns voll und lachen sehr viel. Da wird mir jedes Mal ganz wohlig warm.

»Und das Mädchen, mit dem er zusammen ist? Wie sich herausgestellt hat, ist sie eine entfernte Cousine von ihm!«, beendet Isaiah die Geschichte von seinem College-Kumpel, der sich unwissentlich auf eine Beziehung mit einer Verwandten eingelassen hatte, und wir alle kichern.

Heute Morgen war es schwer, mich aus dem Bett zu zwingen und herzukommen. Doch wenn es eines gibt, was mir guttut, ist es das Frühstück bei Chyna. Ich bin hergefahren, ehe Dad auch nur wach war. Und ich möchte ihn nicht sehen, nach dem, was ich ihm gestern Abend alles an den Kopf geknallt habe.

»Vanessa, was sind deine witzigen Geschichten der Woche?«, fragt Rachel und hält mir den Teller mit frischen Pancakes hin. Ich hebe eine Hand, um dankend abzulehnen – weil ich schon bei meiner zweiten Portion bin –, und lächle sie verkrampft an. Die Tradition ist nicht nur, jeden Samstag zusammen Pancakes zu essen, sondern auch, etwas Unterhaltsames zu erzählen, das kürzlich in unserem Leben passiert ist.

»Es gibt keine neuen«, lüge ich und wechsle einen kurzen Blick mit Chyna. Dann spieße ich noch einen Happen Pancake mit Banane und Schokocreme auf und hoffe, dass ich lange genug kaue, um die Frage abzuwimmeln. Tatsächlich ist in der Woche so viel passiert, nur eben nichts, was man am Frühstückstisch erzählt. Was soll an einem Sexvideo witzig sein, das in die Welt geschickt wurde? Oder an meinem Rachefeldzug gegen Harrison? Oder an meiner Auseinandersetzung mit meinem Vater? Und erst recht kann ja wohl nichts witzig daran sein, dass ich zum ersten Mal Gefühle für einen Jungen habe, der sie nicht verdient, oder?

Rachel seufzt unglücklich. »Aber du hast uns immer was zu erzählen!«

»Ich weiß was«, springt Chyna ein, die neben mir sitzt, und ich werfe ihr einen dankbaren Blick zu, ehe ich weiteresse. Wir alle hören ihr zu. »Okay, neulich musste ich in Chemie mit Malik Dorsey zusammenarbeiten. Mom, erinnerst du dich an den? Früher hat er gegenüber gewohnt, und wir haben zusammen in unserem Garten gespielt. Ich war ein bisschen in ihn verknallt. Und jetzt hat er endlich gestanden, dass er mir damals das Armband geklaut hat, und es mir dann am nächsten Tag wiedergegeben. Kann also gut sein, dass wir doch noch heiraten!«

War das wirklich passiert, oder denkt sie es sich aus,

um mich zu retten? Falls es so war, hat sie es mir gegenüber nicht erwähnt. Oder sie hat es, und ich bin viel zu sehr mit mir beschäftigt gewesen, um mich zu erinnern. Wenn ich an Chynas und meine Unterhaltungen in der letzten Woche denke, wird mir klar, dass sie sich in erster Linie um mich gedreht haben. Um mein Leben, meine Rachepläne, meine Gedanken über Kai … Habe ich Chyna überhaupt nach *ihrem* Leben gefragt? Habe ich sie gefragt, wie es mit ihren College-Bewerbungen läuft? *Nein,* denke ich, *habe ich nicht.* Falls ich heute Morgen noch einen Grund brauche, mich zu hassen: Hier ist er.

»Oh, ich habe eine Anekdote!«, ruft Tyrone aus und erzählt eine dramatische Geschichte von einem Missverständnis mit einem Kollegen gestern, aber ich blende sie aus und verpasse alle Einzelheiten.

Als wir zehn Minuten später vom Tisch aufstehen, hakt Chyna mich ganz schnell unter und zieht mich weg. Noch eine tolle Sache an Chynas Eltern ist, dass sie uns nicht zum Abräumen und Abwaschen verdonnern. Chyna und ich gehen nach oben in ihr Zimmer, wo ich mich aufs Bett lege und an die Decke starre.

»Wollen wir immer noch heute Abend auf Maddies Party?«, frage ich. Die letzten paar Tage hatte ich die Party verdrängt, aber jetzt muss ich mich entscheiden, ob ich hingehe oder nicht.

»Weiß ich nicht«, sagt Chyna. Sie stellt den Fernseher auf stumm und setzt sich neben mich aufs Bett. »Willst du? Ich schon. Malik könnte da sein.«

»Wirke ich schwach, wenn ich nicht hingehe?« Ich setze mich auf und nage unsicher an meiner Unterlippe. Noah verpasst nie eine Party, was bedeutet, dass seine

Schäfchen auch da sein werden – Harrison, Anthony und der Rest seiner Arschloch-Freunde. Und wenn die Party auch nur ähnlich wie die vom letzten Wochenende wird, ist dort auch die Hälfte des Abschlussjahrgangs … All die Leute, die diese ganze Woche auf meine Kosten gelacht und fiese Sachen über mich online gepostet haben. Andererseits wollen sie ja, dass ich mich isoliere. So gewinnen sie. »Würden alle denken, dass ich Angst habe?«

Chyna überlegt. »Wenn du zu der Party willst, komme ich mit. Wenn nicht, lasse ich sie auch aus. Wir könnten uns einen Film angucken oder so. Nur du und ich.«

Ich verdiene Chyna Tate als meine beste Freundin nicht. Sie ist alles, was ich sein möchte – auf stille Art intelligent, mitfühlend und mit einem starken Gefühl dafür, was richtig und was falsch ist. In dieser Freundschaft hat sie definitiv den Kürzeren gezogen, denn ich bin selbstsüchtig, rücksichtlos und verdorben. Ich schätze Chyna wirklich nicht genug.

»Hey«, sage ich. »Wie ist es mit deiner College-Bewerbung gelaufen?«

Damit überrasche ich sie offenbar, denn es ist ein abrupter Themenwechsel. Mir entgeht dennoch nicht, wie ihre Augen aufleuchten, als hätte sie die ganze Woche darauf gewartet, dass ich sie frage, und mir versetzt es einen Stich. »Mrs. Moore hat gesagt, dass sie super ist und ich nichts mehr tun kann, um sie zu verbessern, also habe ich sie losgeschickt. Sie glaubt, dass ich eine reelle Chance habe. Ich habe auch ein gutes Gefühl, aber ich sollte mir wohl nicht zu große Hoffnungen machen … Ach, ich weiß nicht.« Sie hält beide Hände vor ihr Gesicht und stöhnt.

»Du musst dir wirklich keine Sorgen machen«, versichere ich ihr, rücke näher zu ihr und hocke mich im Schneidersitz hin. Dann ziehe ich ihre Hände von ihrem Gesicht und lächle ihr zu. »Du bist der fantastischste Mensch, den ich kenne. Jedes College kann glücklich sein, dich zu bekommen. Hey, jetzt kannst du sogar dazuschreiben, dass du auch Handys hacken kannst!«

Chyna verdreht die Augen. »Ja, klar doch!«

Wir lachen ein bisschen, aber ich werde schnell wieder ernst. Meine Fehler einzugestehen ist schwieriger, als ich gedacht hätte. »Tut mir leid, dass ich die letzten Tage eine beschissene Freundin gewesen bin.«

»Du hast ja auch eine schräge Woche gehabt, Vans«, sagt Chyna, die mich selbst jetzt noch verteidigt. »Im Ernst, kein Problem.«

Nun sehe ich doch zu ihr auf. »Das ist keine Entschuldigung. Es tut mir leid, und ich hoffe, du bist für die Party heute Abend bereit.«

»Dann gehen wir hin?«, fragt Chyna strahlend. Sie liebt Partys. Ich weiß, dass sie die für mich ausfallen lassen würde, aber ich möchte mit ihr hingehen, damit sie wieder furchtbar laut zur Musik mitsingen kann, absichtlich schrecklich tanzen und vielleicht mit ihrem Sandkastenschwarm abhängen kann. Das ist das Mindeste, was ich ihr schulde.

»Jap, wir gehen!«

Ich muss auch um meinetwillen zu der Party. Harrison darf nicht denken, dass ich Angst habe, mich zu zeigen.

Es wird Zeit, dass ich dem hier ein Ende bereite. Bei Maddies Party letzte Woche haben Harrison und ich zum letzten Mal rumgemacht, und die sieben Tage danach waren die pure Hölle. Und das muss jetzt aufhören. Kein Kleinkrieg mehr mit Harrison. Ich weigere mich, mich von ihm länger terrorisieren zu lassen. Er hat mich verletzt und ich ihn. Mehr kann ich nicht tun. Und ich weiß, wenn ich nicht erscheine, wird er denken, dass er gewonnen hat. Die Wahrheit aber ist, dass keiner von uns gewonnen hat. Wir haben beide etwas verloren. Vor allem unsere Würde.

Chyna springt vom Bett und tänzelt zu ihrem Wandschrank. Dort fängt sie an, in ihren Sachen zu wühlen und verschiedene Jeans und kurze Blusen rauszusuchen. »Ich bin so was von gar nicht vorbereitet! Wollen wir noch ins Einkaufszentrum? Ich brauche irgendwas zu dieser Jeans«, sagt sie und hält eine eingerissene schwarze Jeans in die Höhe. Natürlich sage ich Ja.

Wir fahren auf den Parkplatz der Polaris Mall am Rande von Westerville. Weil sogar Chyna nicht mal tot in dem grünen Rostmonster gesehen werden will, sind wir mit ihrem Wagen hergefahren und steuern auf den Eingang zu.

Der Schnee ist fast vollständig geschmolzen, sodass nur noch Klumpen von hartem Eis in den Abflussrinnen übrig sind, doch über uns hängen graue, schwere Wolken, die alles um Columbus herum beschatten. Laut Wettervorhersage soll es später schneien.

»Kommt Kai zu der Party?«, fragt Chyna mich, als wir in den ersten Laden gehen. Es ist eine harmlose Frage, denn ich habe ihr nicht erzählt, was gestern Abend war. Es ist mir zu peinlich, und ich will sie nicht mit noch mehr von meinem persönlichen Drama belasten.

»Keine Ahnung«, sage ich und sehe geradeaus. Chyna muss sofort auffallen, dass ich zu gleichgültig klinge, denn sie wirft mir einen Blick zu, den ich ignoriere. Ehrlich, ich *hoffe*, dass Kai nicht zu der Party heute Abend kommt, und ich kann es mir auch nicht vorstellen. An der Westerville North hat er keine Freunde außer mir. Na ja, vielleicht noch Maddie, aber auch die nur notfalls. Es wäre echt mutig von ihm, da aufzutauchen, vor allem, weil Harrison und Noah ziemlich sicher da sind.

Chyna unterbricht ihre Suche an einem Ständer mit herabgesetzten Tops. »Ist irgendwas passiert?«, fragt sie leise und sieht wieder zu den Sachen vor ihr. Trotzdem weiß ich, dass sie aufmerksam horcht. Die ganze letzte Woche habe ich von Kai geschwärmt, wie toll und wie witzig er ist, und jetzt will ich nicht über ihn reden. Also weiß sie schon, dass offensichtlich etwas vorgefallen ist, aber sie lässt mir Zeit.

»Oooh, die ist süß!«, sage ich und zeige auf die Bluse, die sie in der Hand hat.

»Vans.« Chyna sieht mich kritisch an, hängt die Bluse zurück und dreht sich zu mir. »Du kannst es mir erzählen.«

Ich lehne mich gegen einen Spiegel und zucke mit den Schultern. »Tja, es verdirbt eben alles, wenn der Typ andeutet, du wärst so oder so leicht zu haben.«

Chynas Gesichtsausdruck dürfte ungefähr meinem gestern Abend entsprechen, als Kai diese verletzenden Sachen zu mir gesagt hat. Schock, gefolgt von Fassungslosigkeit. Sie öffnet den Mund, auch wenn es dauert, bis rauskommt: »Nein, hat er nicht.«

Ich versuche den Schmerz in meiner Brust zu ignorieren und es abzutun, mich desinteressiert zu geben. Wenn ich an gestern Abend denke, werde ich nur wieder wütend. Es ist leichter, einfach in den Kleiderständern zu kramen und so zu tun, als würde ich irgendwas suchen, obwohl ich gar nicht hinsehe. »Ja, die Sache mit Kai ist vorbei.«

Und dass es vorbei ist, bevor es richtig angefangen hatte, ist das schlimmste Gefühl aller Zeiten. Ich werde nie erfahren, was hätte passieren können, hätte Kai wirklich der sein können, der mich dazu bringt, anders über Dinge zu denken.

Chyna ist klug genug, nicht beim Thema zu bleiben. Sie sucht weiter die Ständer ab, fragt mich nach meiner Meinung zu verschiedenen Sachen, die sie hochhält, und im vierten Geschäft findet sie endlich ein Top, das sie zu ihrer Jeans tragen will. Jetzt können wir uns einen Smoothie gönnen.

Wir stehen an dem Tresen und sehen zu, wie unsere Getränke gemischt werden, als sich Chyna plötzlich neben mir versteift. Sie packt meinen Arm, damit ich mich nicht rühre.

»Dreh dich nicht um«, sagt sie und blickt mit großen Augen über meine Schulter. Natürlich drehe ich mich um.

Zuerst weiß ich nicht, was ich nicht sehen soll. Hinter uns ist der Restaurantbereich, wo es von Leuten wimmelt und ein lautes Gewirr aus Stimmen und schabenden Tabletts herrscht. Ich schaue mich um, bis mein Blick auf Kai landet.

Jetzt erstarre ich ebenfalls. Mein Körper wird zu einem Eisblock.

Kai ist nicht allein. Und ich erkenne das Mädchen bei ihm sofort. Es ist die Blonde mit dem hübschen Make-up, die mich am Dienstag in dem Diner angesprochen hatte. Sie hatte gefragt, ob Kai und ich zusammen sind. Sierra Jennings. *Sie* ist es.

»Ich habe doch gesagt, du sollst dich nicht umdrehen«, jammert Chyna.

»Sierra«, sage ich leise, aber meine Kehle ist vollkommen ausgetrocknet. Ich kann nicht wegsehen. »Das ist seine Ex.«

»Die, in die er verliebt war?«

Ich nicke, und Chyna und ich starren die beiden an. Kai und Sierra sitzen an einem kleinen Tisch am Rand, und keiner von ihnen isst etwas. Sie haben die Köpfe dicht zueinander geneigt und sind ins Gespräch vertieft. Beide wirken ernst, aber weder freudig noch wütend. Die Stimmung ist schwer einzuschätzen, und ich sehe bloß, dass hauptsächlich Sierra redet. Sie spielt mit ihrem glatten, blonden Haar, während Kai ihr zuhört. Er hat seine Hände zwischen seinen Knien eingeklemmt und seine Cleveland-Browns-Cap auf, nur richtig herum, sodass der Schirm sein Gesicht beschattet.

»Was machen die hier zusammen?«, fragt Chyna flüsternd.

»Das … weiß … ich nicht«, bringe ich heraus. Auf die Frage hätte ich auch gern eine Antwort.

Ich habe gedacht, das mit Kai und Sierra wäre vorbei. Sie hatte ihn betrogen und ihm das Herz gebrochen. Kai hat mir erzählt, dass er nicht mehr in sie verliebt ist, könnte allerdings auch gelogen haben, um an dem Morgen nach unserem ersten Kuss meine Gefühle zu schonen. Wollte er deshalb gestern Abend nicht weiter gehen? Nicht, weil es etwas bedeuten sollte, sondern weil er vorhatte, Sierra zurückzugewinnen? Habe ich mich ihm an den Hals geworfen, während er die ganze Zeit noch in seine Ex verliebt war?

Das Mädchen an der Smoothie-Bar stellt uns unsere

Getränke hin. Ich greife mir meines und gehe weg, ohne mich noch einmal zu Kai und Sierra umzuschauen. Chyna folgt mir.

Vanessa Murphy, die hinter einem Jungen her ist, der nichts von ihr will.

Vanessa Murphy, die Schwachsinnige.

21

Draußen höre ich Isaiah laut hupen.

Es ist fast neun Uhr, dichter Schnee fällt, und die kalte Luft prickelt auf der Haut, als ich die Haustür öffne. Nach allem, was in der Woche passiert ist, wäre es klug, eine weite Jeans und ein hochgeschlossenes Top zu tragen, aber *mutig* ist, mich weiterhin so anzuziehen, wie ich will. Deshalb habe ich meinen Lieblingsminirock und ein knappes bauchfreies Top an – weil ich es will. Sollen mich meine Mitschüler verurteilen, so viel sie wollen. Doch ich habe ein Paar alte Turnschuhe gewählt, um durch den Schnee zu stapfen.

»Gehst du zu einer Party?«, fragt eine matte Stimme hinter mir.

Ich blicke mich um, eine Hand an der Tür. Unten an der Treppe steht Dad. Es ist das erste Mal seit gestern Abend, dass ich ihn sehe, denn wir sind uns den ganzen Tag aus dem Weg gegangen. Als ich aus dem Einkaufszentrum zurück war, habe ich mich gleich in mein Zimmer eingeschlossen und bin nur rausgekommen, um zu duschen und etwas zu essen. Zwischendurch hatte ich mit Kennedy getextet, damit sie mich auf dem Laufenden hielt, wann die Luft rein war. Doch selbst sie hat an einem Samstag etwas vor, weshalb sie nicht mehr hier ist.

Und offensichtlich ist jetzt gerade die Luft nicht rein.

Ich zucke leicht mit den Schultern, als Dad und ich uns stumm ansehen. In diesem Outfit kann ich nur zu einer Party wollen. »Ja, und wahrscheinlich schlafe ich bei Chyna, also komme ich erst morgen wieder.« Ich weiß gar nicht, warum ich ihm das überhaupt erzähle.

Dad schiebt die Hände in seine Jeanstaschen und senkt den Blick. Anscheinend sucht er nach den richtigen Worten, als wäre sein Verstand eingerostet und müsse erst langsam wieder in Fahrt kommen. »Du solltest dir wirklich eine Jacke überziehen. Draußen ist es eisig.«

»Muss ich?«

»Ich schätze schon«, sagt er und sieht mich an. Wieder braucht er einige Sekunden, bis ihm die korrekte Reaktion einfällt. »Ich hole dir eine. Welche willst du?«

Zunächst bin ich zu baff und blinzle ungläubig. Auf einmal sagt er mir, ich soll eine Jacke anziehen, weil es kalt draußen ist? Immerhin ist es sehr viel besser als gar nichts. »Ähm, die schwarze Lederjacke«, antworte ich leise. »Sie muss bei mir auf dem Fußboden liegen.«

Dad nickt und geht die Treppe hinauf.

Ich schaue nach draußen zu Isaiahs Wagen, der mit laufendem Motor an der Straße steht; die Scheinwerfer beleuchten die weiße Schneedecke. Chyna rollt das Seitenfenster herunter und bedeutet mir, mich zu beeilen, aber ich signalisiere ihr, dass ich in zwei Sekunden da bin.

Ich will keine Jacke überziehen, aber dieser Moment ist zu rar, um ihn zu ignorieren. Dad macht mir tatsächlich mal Vorschriften. Deshalb warte ich an der Tür, bis er mit meiner Lederjacke wieder nach unten kommt.

»Hier«, sagt er und reicht mir die Jacke, wobei sich unsere Finger streifen. Keiner von uns lächelt, weil sich diese Situation zu fremd anfühlt. »Viel Spaß, Vanessa.«

Ich drücke die Jacke an mich und gehe auf die Veranda. Hinter mir schließt Dad die Tür. Doch ich ziehe die Jacke nicht an, nehme sie nur mit, als ich in meinen Turnschuhen zum Wagen laufe und in den wohlig warmen Innenraum tauche. Die Heizung läuft auf vollen Touren, und Isaiah hat seine Musik laut gestellt. Ich rieche Chynas Parfüm.

»Was war denn noch?«, fragt Chyna, die sich auf dem Beifahrersitz zu mir umdreht, als Isaiah losfährt. Ihr Haar hat sie zu einem dicken Knoten gesteckt und riesige Ringe an den Ohrläppchen. Sie trägt die Bluse, die sie vorhin gekauft hat.

»Dad wollte, dass ich eine Jacke anziehe«, sage ich schlicht und bin mir immer noch nicht ganz sicher, ob die letzten Minuten wirklich passiert sind. Seit Langem wünsche ich mir ein Zeichen von meinem Dad, dass ich ihm nicht egal bin. Mir war jedoch nicht klar gewesen, wie komisch es wäre. Es ist so … ungewohnt.

Sogar Chyna sieht verwundert aus. »Wollte er?«

»Als würdest du die anziehen«, scherzt Isaiah. Ich sehe in den Rückspiegel, und er grinst mir zu. Mit Isaiah und Chyna zu fahren ist, als würde ich mit meinen Geschwistern unterwegs sein, was heißt, dass sie mich aufziehen dürfen.

»Dann schau mal gut zu«, kontere ich, ziehe die Jacke an und wickle sie fest um mich.

Isaiah bringt uns zu Maddies Haus, und die laute Musik wie auch das vertraute sinnfreie Geplauder entspannen mich sofort. Isaiah will ebenfalls zu einer Party, die wahrscheinlich viel cooler ist als unsere Highschool-Feten, doch weil er nicht trinkt, bleibt er heute unser Fahrer. Mir wird bewusst, dass ich mich gar nicht wegen Harrison oder Kai sorge, denn ich bin viel zu sehr in dem Herumalbern und Lachen mit den beiden gefangen. Wir stoppen unterwegs bei einem Laden, in dem Isaiah uns billige Getränke kauft, und bald halten wir schlitternd vor Maddies Haus, bewaffnet mit einer positiven Haltung und viel Cider.

»Und ihr steigt zu *keinem* ins Auto, auch wenn jemand behauptet, nüchtern zu sein. Ich hole euch auf dem Rückweg ab«, erinnert Isaiah uns streng, als Chyna und ich aussteigen. Wir beide pusten ihm einen Kuss zu, aber er weiß nicht, dass er ihn einfangen und wegstecken muss.

Der eisige Wind heute Abend macht es sehr viel kälter als die letzten Tage, und Schnee knirscht unter meinen Schuhen. Wir trotten auf das Haus zu, und Isaiah fährt weg. Nun ist das Wummern aus dem Haus zu hören. Auf der Veranda stehen zwei Typen und rauchen. Sie beobachten uns aufmerksam, und ich möchte schwören, dass sie sich zugrinsen, als sie mich erkennen. Alle haben noch das Video im Kopf.

Ich atme tief durch und gehe langsam, aber zielstrebig auf die Tür zu. Chyna neben mir muss meine Angst spüren, denn sie nimmt meine Hand und bedenkt die beiden Jungen mit einem warnenden Blick. Vermutlich wird das Gaffen und Tuscheln den Abend über noch mehr.

Drinnen klingeln mir sofort die Ohren von der lauten Musik und dem Klirren und Klimpern von Flaschen. Die Party ist eindeutig eine Steigerung zur letzten Woche, und vielleicht hat Maddie recht. Vielleicht sind die Leute eigens gekommen, weil sie auf keinen Fall irgendein Drama verpassen wollen. Größtenteils sind es die oberen

Jahrgänge der Westerville North, aber auch einige beliebte Schüler der unteren Klassen sind hier. Ich kenne sie alle. Und jeder von ihnen hat sich diese Woche über mein Unglück amüsiert. Jeder hat mir auf den Fluren dreckige Blicke zugeworfen. Jeder hat mich online verhöhnt.

Auch jetzt bemerke ich verstohlene Blicke. Alle geben vor, mich nicht zu sehen, dabei tun sie es ausnahmslos. Ich schätze, sie haben sich schon gefragt, ob ich es wage, heute Abend zu kommen. Und ich bin hier, weil Vanessa Murphy sich von ihren Fehlern – oder Harrisons Verhalten – nicht ihr Leben ruinieren lässt. Sie macht erhobenen Hauptes weiter.

»Alles okay?«, fragt Chyna und drückt meine Hand fester. Ich lächle ihr verkniffen zu und nicke. »Wollen wir was trinken?«

Wieder nicke ich. Heute Abend ist Chyna die Starke. Sie passt auf, dass mit mir alles okay ist, und beschützt mich.

Hand in Hand gehen wir durch das Wohnzimmer zur Küche. Chyna hat den Cider unterm Arm. Eine Gruppe von Jungen veranstaltet ein Trinkspiel in der Küche, und alle müssen sich an ihnen vorbeiquetschen, um sich etwas zu trinken zu holen.

»Echt mutig«, murmelt jemand, an dem ich vorbeigehe, und ich kann mich nicht entscheiden, ob es eine Beleidigung oder ein Kompliment sein soll. Ich bin wirklich mutig.

Chyna und ich stellen unseren Cider ab, nehmen uns jede eine Flasche und öffnen sie. Ich trinke einen großen Schluck, um locker zu werden.

»Ich suche mal Malik Dorsey«, sagt Chyna. »Kommst du mit?«

»Nein, geh ruhig. Ich bleibe ein bisschen hier«, antworte ich, trinke noch einen Schluck und lächle ihr zu. Ich will mir selbst beweisen, dass ich auch ohne Chyna überleben kann. Letzte Woche hat es mir nichts ausgemacht, allein herumzuschlendern, weil ich wusste, dass es immer jemanden gab, der sich mit mir unterhalten würde. Jetzt ist es anders. Alle reden gerne *über* mich, aber nicht mit mir.

Nachdem Chyna gegangen ist, bleibe ich noch ein bisschen in der Küche und tue so, als würde ich das Trinkspiel beobachten. Eigentlich stehe ich bloß in der Ecke und hoffe, dass mich keiner bemerkt. So viele Leute kommen und gehen, doch niemand von ihnen ist Harrison oder Kai.

»Vanessa!« Maddie erscheint in der Küche und entdeckt mich. Ihr blondes Haar weht ihr über die Schultern, und ihr Grinsen ist so breit, dass es schon schmerzhaft aussieht. »Du hast es geschafft!«

Noch nie war ich so froh, Madison Romy zu sehen. »Hey! Hast du die halbe Schule eingeladen?« Ich zeige zu der gerappelt vollen Küche, in der alle mit den Ellbogen aneinanderstoßen.

»Musste ich gar nicht«, antwortet sie und schaut sich stolz um. Da ihre Eltern nach der letzten Party ausgerastet sind, weil irgendeine kostbare Vase zu Bruch gegangen war, frage ich mich, wie sauer sie erst nach dieser Party sein werden. Hier wird definitiv einiges zu Bruch gehen. »Nach der letzten Woche sind alle so aufgedreht, dass ich keinen überreden musste zu kommen. Danke!«

Ich ziehe eine Augenbraue hoch. »Dafür, dass ich mit Harrison Boyd im Zimmer von deinem kleinen Bruder rumgemacht habe?«

»Ja!« Sie grinst, beugt sich vor und küsst mich auf die Wange. Ich glaube, Maddie ist in Wahrheit eine ältere Frau, die im Körper eines Teenagers gefangen ist. Plötzlich wird sie ernst. »Warte mal. Wo ist Kai? Ist er noch nicht hier?«

»Tja, was das angeht …«, murmle ich. Glaubt sie ernsthaft, dass Kai und ich hier eine Vorstellung geben, um uns ein noch tieferes Loch zu schaufeln? Kai mag diesem blödsinnigen Plan zugestimmt haben, aber ich habe es nicht. Außerdem reden Kai und ich nicht mehr miteinander. Wir werden hier heute Abend keine Teamarbeit abziehen, so viel steht fest.

»Ah, wen haben wir denn hier!«, dröhnt eine Stimme über die Musik hinweg, und mein Blick wandert von Maddie zu Harrison. Ich fasse nicht, dass ich diese Stimme – oder irgendwas an ihm – jemals sexy fand.

Harrison bahnt sich seinen Weg durch die Küche, als wäre er Moses, der das Rote Meer teilt. Sofort unterbrechen die Jungs ihr Trinkspiel und gehen ihm aus dem Weg, als Harrison mit Noah an seiner Seite zu mir kommt. Anthony ist nirgends zu sehen. Die Musik ist weiterhin laut, doch alle Stimmen verstummen.

Sämtliche Blicke sind auf mich gerichtet.

22

Harrison bleibt vor mir stehen, und für einen Moment denke ich an das letzte Wochenende, als wir von entgegengesetzten Seiten des Wohnzimmers aus geflirtet hatten. Wir hatten uns zugezwinkert, verführerische Blicke gewechselt. Und jetzt sind wir zwei Feinde, die sich gegenüberstehen, während das Publikum auf eine Katastrophe wartet.

Ich schaue zu Maddie, die sich anscheinend nicht entscheiden kann, ob sie dieses Drama hier will oder nicht. Diskret geht sie auf Abstand und versteckt sich hinter einigen der anderen Gäste. Ich nehme es ihr nicht mal besonders übel. Ich weiß, dass Harrison ihr Angst macht, und bis vor wenigen Tagen waren wir nicht mal befreundet, also kann ich nicht erwarten, dass sie einspringt und mich rettet.

»Du hast mal Nerven, dich hier blicken zu lassen«, sagt Harrison und verschränkt die Arme vor seinem Brustkorb, als könne er mich so einschüchtern. Ich sehe die Verachtung in seinen Augen und die Anspannung in seinen geballten Fäusten. Garantiert weiß er, dass ich das Foto von ihm gestern an seinen Spind geheftet habe, und dies ist das erste Mal, dass wir uns seitdem begegnen. Harrison hat sichtlich Mühe, mich nicht zu schlagen.

»Es ist auch mutig von dir, dich hier zu zeigen«, erwidere ich, obwohl ich mich am liebsten ganz klein machen und weinen würde. Früher war es leicht, mich zu wehren, aber jetzt will ich keine Spiele mehr spielen. Ich möchte zugeben, dass ich dies hier keine Sekunde länger aushalte, dass ich nicht weiterstreiten will, aber ich darf jetzt nicht einknicken. Nicht vor aller Augen. »Wie fühlt sich das an, Harrison? Vor aller Welt zur Schau gestellt zu werden?«

Ein Raunen geht durch die Menge. Inzwischen drängt sich alles in der Küche, jeder lauscht, und wahrscheinlich denken sie, wie klasse es ist, dass das Drama so früh am Abend losgeht. Früher habe ich solche erbärmliche Unterhaltung geliebt, doch es ist wahrlich kein Witz, der Punchingball der Schule zu sein. Es ist schrecklich, und ich fühle mich so allein. Alle im Raum sind gegen mich, und so sollte sich niemand je fühlen.

Harrison sieht zu den Leuten um uns herum und zurück zu mir. »Dann ging es nur darum, dich an mir zu rächen?« Er lacht schnaubend. »Super gemacht, Vanessa. Du hast es geschafft. Wir sind quitt.« Sarkastisch klatscht er in die Hände, während er mitleidig den Kopf schüttelt.

Sämtliche Luft scheint aus dem Raum gewichen zu sein, denn ich drohe zu ersticken. Harrisons Reaktion ist nicht die, die ich erwartet hatte, und nun bekomme ich irgendwie keinen Ton mehr raus. Ich komme mir so hilflos vor und weiß, je länger ich stumm dastehe, desto idiotischer sehe ich aus. Ich blicke mich nach Chyna um, die ich jedoch nirgends entdecken kann.

»Ist echt ein Jammer«, sagt Noah, der um Harrison herumgeht, »dass du dir uns als Feinde ausgesucht hast.« Sein Tonfall ist bedrohlich. Noah grinst mich verbittert an, und ich kann Bier an ihm riechen. Unweigerlich frage ich mich, wie lange sie mich noch quälen wollen. Plötzlich packt Noah mich an der Taille und zieht mich vor sich. Er hält mich fest, und alle unsere Mitschüler glotzen uns fasziniert an. Dann fragt Noah sehr laut: »Wen hier hat Vanessa Murphy noch verführt?«

»Hör auf!«, fauche ich und versuche mich von ihm zu befreien. Ich schäme mich maßlos. Noah will meine Vergangenheit als Waffe nutzen, alles so darstellen, dass ich mich dafür schäme. Was ich auch tue, als nun ein paar Hände in die Höhe schießen. Nick Foster hebt weiter hinten seine Hand, und auch Blake Nelson nimmt seine hoch, tut dann allerdings so, als wolle er sich bloß am Kopf kratzen.

Harrison schneidet eine Grimasse und hebt gleichfalls seine Hand. »Leider«, sagt er, als wüsste das nicht schon die ganze Schule.

Ich versuche, Noah meinen Ellbogen in die Rippen zu stoßen, aber er packt rasch meine Arme und hält sie umklammert. Er drückt mich gegen sich. »Siehst du?«, raunt er und lehnt sein Gesicht in meine Halsbeuge. Er senkt die Stimme, bis nur noch ich ihn höre. »Keiner mag Flittchen.«

Zu gerne würde ich ihm die Faust auf die Nase knallen. Sein Kinn ist auf meiner Schulter, und ich sehe aus dem Augenwinkel zu ihm. »Komisch«, sage ich leise. »Du hast kein Problem mit mir gehabt, als wir was am Laufen hatten.«

Er knurrt und umklammert mich noch fester.

»Lass sie los«, befiehlt eine Stimme. »*Sofort*.«

Kai kommt von hinten in die Küche und drängelt sich zu mir durch, wie ich mich gestern durch die Menge zu ihm gedrängelt hatte. Nun bin ich es, die von Harrison Boyd und Noah Diaz angegangen wird.

»Verdammt!«, flucht Harrison und wirft die Hände in die Höhe, als er sich zu Kai umdreht. Seine eine Faust ist geballt. »Haben wir dir gestern ein paar Hirnzellen zermatscht oder was? Du bist irre, hier aufzukreuzen.«

Aber Kai beachtet ihn nicht. Er stößt ihn mit der Schulter beiseite und baut sich vor Noah und mir auf. Ich kann mich nach wie vor nicht rühren und blicke benommen zu Kai auf.

»Lass sie los«, wiederholt er noch strenger. Er ist ganz in Schwarz, einschließlich einer Lederjacke, die ich in jeder anderen Situation zum Niederknien fände, und fixiert Noah mit seinem Blick. Sein blaues Auge ist dunkler, und überhaupt sieht man ihm noch deutlich an, was er gestern einstecken musste.

Noahs Lachen hallt in meinen Ohren. »Na gut, Prince Charming, du kannst sie haben.« Er stößt mich auf Kai zu. Ich stolpere und falle fast hin, aber Maddie greift nach meiner Hand und stützt mich.

»Eines würde mich interessieren«, sagt Harrison langsam und stellt sich neben Noah. Beide sehen Kai an. Harrison grinst, und ich ahne, was kommt: Irgendwas, das Kai richtig fies trifft. »Wenn du jetzt was mit der Schlampe hast, wen bewertest du höher? Vanessa oder Sierra?«

Kaum hat er die Worte ausgesprochen, fliegt Kais Faust durch die Luft und im exakt richtigen Winkel gegen Harrisons Kinn. Alle im Raum schnappen nach Luft und versuchen, näher an die Szene zu gelangen, doch hier gibt es keinen Kampf zu sehen – Harrison geht zu Boden und landet mit einem dumpfen Schlag.

Unruhe bricht aus. Mehrere Stimmen rufen durcheinander, die Leute schieben, und Maddie schreit. Jemand fragt, ob er den Notruf wählen soll. Noah kniet am Boden, zieht an Harrisons Schultern und verlangt, dass er wieder aufsteht. Aber Harrison braucht eine Weile, bis er begreift, was geschehen ist. Einige der anderen Jungen scharen sich um ihre Mitspieler, und zu fünft schaffen sie es, Harrison hochzuheben. Ich sehe zu Kai, der jedoch auf seine Hand schaut und seine Finger abwechselnd krümmt und spreizt. Anscheinend staunt er über die Kraft des einzelnen Schlags.

»Ich will, dass ihr beide aus meinem Haus verschwindet!«, höre ich Maddie sagen, und zuerst denke ich, dass sie mit Kai und mir redet. Doch als ich mich zu ihr umdrehe, erkenne ich, dass sie Noah und den schwankenden Harrison meint.

Noah hat einen Arm unter Harrisons geschoben und zieht ihn rückwärts aus der Küche, bleibt jetzt aber stehen. »Er braucht bloß ein Bett und ein bisschen Wasser. In zehn Minuten ist er wieder fit. Du kannst uns nicht rausschmeißen, Madison.« Sein selbstgefälliger Ton ist zum Kotzen. Als würden diese Typen glauben, Partys werden einzig für sie veranstaltet.

»Und ob ich das kann«, widerspricht Maddie und stemmt die Hände in die Hüften. Dafür, dass sie sonst so schüchtern ist, gibt sie sich jetzt verblüffend energisch. »Und ich tue es. Bring Harrison raus, und verschwindet alle beide von hier. In meinem Haus dulde ich keine Typen wie euch.«

Harrison gibt irgendwas Unverständliches von sich, noch benommen und wacklig von Kais Kinnhaken. Noah sieht zu seinem Kumpel und wieder zu Maddie. »Willst du nicht mehr mit uns befreundet sein, Maddie?«, fragt er süßlich und schiebt die Unterlippe vor. Jeder weiß, wie sehr Maddie sich bemüht, mit jedem gut auszukommen. Genau das hatte sie ja überhaupt erst in Harrisons Welt gespült.

Maddie lächelt. Sie ist an der Macht. »Befreundet mit *euch*? Nein, danke.«

Noah schüttelt den Kopf und sieht Maddie an, als würde sie diese Entscheidung noch bereuen, bevor er Harrison mit sich zerrt. Einige der anderen aus dem Team gehen mit ihnen, während wir alle von der Küche aus zuschauen, als sie sich verziehen, wobei Harrison immer noch vor sich hinmurmelt, aber langsam wieder etwas sicherer auf den Füßen ist.

Es folgt ein komischer Moment, in dem vollkommene Stille herrscht. Und plötzlich kehrt Normalität ein. Die Musik wird wieder lauter, ohrenbetäubend laut. Leute bewegen sich wieder umher, Flaschen klirren, und überall wird geredet. Es ist, als hätte es die letzten fünf Minuten nie gegeben, und ich glaube, so ist es mir lieber. Noah und Harrison haben mich ein weiteres Mal bloßgestellt, und ich würde wohl sterben, sollte sich jetzt jeder an dieser Szene hochziehen.

Und Kai, der wie ein Actionheld hereinspaziert kommt, um mich zu retten …

Wie kann er es wagen?

»Du!«, zische ich und zeige auf ihn. Er massiert noch seine Hand, sieht aber besorgt zu mir auf. Die Wut in meiner Stimme ist unüberhörbar. Ich packe seine andere Hand und ziehe ihn aus der Küche ins weniger überfüllte Wohnzimmer. Dabei beiße ich die Zähne zusammen und bemühe mich, meine Wut zu bändigen und zu ignorieren, wie fantastisch er aussieht. »Du kannst hier nicht einfach aufkreuzen und mich retten!«

Kai runzelt die Stirn und sieht mich fragend an. »Glaubst du, dass du gerettet werden musstest, Nessie?«

»Nein, glaube ich nicht. Ich hätte das auch allein geregelt«, lüge ich unverfroren, weil ich ihm nicht danken will, obwohl er mich de facto sehr wohl gerettet hat. »Ich brauche dich nicht, genauso wenig wie du mich.«

Er versteht sofort, was ich meine, tritt einen Schritt auf mich zu und hebt beide Hände. »Okay, ich weiß, dass du noch sauer wegen dem bist, was ich gestern Abend gesagt habe …«

»Verdammt richtig, ich bin noch sauer auf dich!«

Seufzend reibt er sich die Schläfe und überlegt. »Schreib mich bitte nicht komplett ab, weil ich irgendwelchen Schwachsinn geredet habe, als ich nervös war. Du *weißt*, dass ich es nicht so gemeint habe. Komm schon, Nessie«, bittet er und greift nach meiner Hand. Seine Fingerknöchel sind geschwollen, und ich erkenne pure Verzweiflung in seinen blaugrauen Augen. »Würde ich denn die ganze Woche mit dir verbringen, wenn ich ernsthaft solchen Mist denke?«

»Du hast bloß mit mir abgehangen, weil wir dasselbe Ziel hatten«, entgegne ich und ziehe meine Hand zurück. Ich bin so wütend auf mich selbst. Wie konnte ich mir einreden, dass Kai sich jemals für ein Mädchen wie mich interessieren würde?

Jetzt wird Kai auch sauer auf mich. Seine Wangenmuskeln zucken. »Würde ich ernsthaft jeden Abend für ein Mädchen opfern, mit dem ich eigentlich nichts zu tun haben will? Würde ich die ganze Woche an dich denken, wenn wir nicht zusammen sind? Würde ich mich wirklich den ganzen Tag auf den Moment freuen, in dem ich dich wiedersehe?«

»Und trotzdem ist es dir peinlich, mit mir zusammen zu sein«, behaupte ich. Die Worte versetzen mir selbst einen Stich, und wieder habe ich das Gefühl zu ersticken. Ich versuche, mich auf meine Atmung zu konzentrieren, als ich den Kopf schüttle. »Aber das ist so oder so egal, weil du noch in Sierra verliebt bist.«

»O mein Gott!«, ruft Kai aus und rauft sich die Haare. Er holt tief Luft. »Wie kann ich denn in Sierra verliebt sein, wenn ich denke, dass ich mich in *dich* verliebt habe?«

Ich starre ihn an und frage mich, ob ich mir diese Worte nur eingebildet habe. Doch auf einmal sind Kais Hände an meinen Wangen, und dann senken sich seine Lippen auf meine.

Er küsst mich auf eine Art, die sämtliche Erinnerungen an unsere vorherigen Küsse wachruft und sie miteinander verschmelzen lässt. Da ist das Zaghafte unseres ersten Kusses im grünen Rostmonster, als unsere Münder sich noch so neu und fremd waren. Da ist dieselbe Energie wie in Harrisons Souterrain, als das Risiko so groß war. Da sind dieselbe Leidenschaft und Zuneigung wie letzte Nacht, als es in seinem Zimmer hitzig wurde und kurz darauf alles zerbrach. Und dennoch verliere ich mich jetzt hier in Kais Umarmung, in seinem Duft und seinem Kuss.

Aber nicht lange, denn ich zwinge mich, ein wenig zurückzuweichen, um in seine Augen sehen zu können. Hat er das eben ernst gemeint?

Und in diesem Moment bemerke ich, dass sämtliche Blicke auf uns gerichtet sind. Zuerst haben wir uns mitten im Wohnzimmer gestritten, dann haben wir uns geküsst. Und die anderen haben es fasziniert beobachtet. Ich möchte sterben vor Scham. Prompt senke ich den Kopf, sodass mein Haar nach vorn fällt und mein Gesicht abschirmt.

»Perfekt!«, höre ich Maddie eine Sekunde später neben mir sagen. Verstohlen linse ich zu ihr. Sie steht direkt neben Kai und mir und reibt sich begeistert die Hände. Leise sagt sie: »Ihr wart klasse! Das hat so echt ausgesehen. Und dieser Kuss? Wow! Leidenschaftlich. Ihr müsst unbedingt in die Theatergruppe kommen. O mein Gott! Ich trage euch gleich Montagmorgen ein!«

»Das war nicht … Wir haben nicht gespielt …«, stammle ich, aber Maddie ist bereits davongetänzelt. Verwirrt schaue ich ihr nach, während Kai neben mir losprustet. Erstaunt drehe ich mich zu ihm. Nun sieht uns keiner mehr an.

»Tja, da die Operation Boyd-kott jetzt vorbei ist, sieht es ganz so aus, als würden wir unsere Energie auf die Theatergruppe konzentrieren«, sagt Kai mit diesem traumhaft verschlagenen Blick. Er nimmt meine Hand und streichelt sie zart mit dem Daumen. Dann sieht er mich fast schüchtern an. »Können wir rausgehen und reden?«

23

Meine Finger sind mit Kais verschränkt, als ich ihm durchs Haus und hinaus in den Garten folge. Hier ist der Schnee hoch und von zahlreichen Fußspuren der Leute gemustert, die zum Rauchen draußen waren. Ein paar Leute chillen auf den Terrassenmöbeln, qualmen und lachen in der Kälte.

Chyna ist auch hier draußen. Ich sehe sie an der Hauswand lehnen, die Arme um ihren Oberkörper geschlungen, um sich warm zu halten. Sie redet mit ihrem Kindheitsschwarm Malik Dorsey, mit dem ich über die Jahre in einigen Kursen gewesen bin. Doch sie sieht mich direkt und blickt verwundert zwischen Kai und mir hin und her. Soweit sie weiß, wollte ich nichts mehr mit ihm zu tun haben, und jetzt stehen wir Hand in Hand hier. Rasch entschuldigt sie sich bei Malik und kommt zu uns. »Ich bin verwirrt«, flüstert sie und sieht mich erwartungsvoll an. Ihre dunklen Augen sind glasig in der eisigen Luft.

»Wie lange bist du schon hier draußen? Hast du das eben alles verpasst?«, frage ich. Kein Wunder, dass sie tiefgefroren aussieht, wenn sie die ganze Zeit hier war.

»Was eben?«, fragt sie. »Außer dem Offensichtlichen.« Hierbei sieht sie betont auf unsere Hände, und ich merke, wie ich rot werde, obwohl meine Wangen sowieso schon gerötet sein dürften.

»Na, zunächst mal hast du verpasst, wie Kai Harrison mit einem einzigen Kinnhaken plattgemacht hat.«

»Was?!« Chyna nimmt die Arme herunter und sieht mit riesigen Augen zu Kai.

»Er hatte es natürlich verdient«, sagt Kai und blickt nach unten in den Schnee.

»O nein, und ich habe nichts mitbekommen!«, jammert Chyna. Seufzend schaut sie sich zu Malik um. »Weißt du was, Vans? Du kannst es mir einfach später erzählen.« Dann lächelt sie mich an. Ich weiß, dass sie alles hören will, aber auch sieht, dass ich gerade mit Kai beschäftigt bin. Und sie ist mit Malik beschäftigt.

Ich puste ihr einen Kuss zu, sie erwidert ihn. Dann eilt sie zu Malik zurück.

»Komm her.« Kai drückt meine Hand, als er mich zu einigen vollgeschneiten Liegestühlen führt. Er wischt den Schnee mit den Händen weg und zieht seine Jacke aus. Die legt er auf einen der Stühle und bedeutet mir, mich zu setzen. Es ist gut möglich, dass wir uns Frostbeulen holen, aber das kümmert mich nicht.

Wir setzen uns dicht nebeneinander, sodass unsere Körper sich gegenseitig wärmen. Ich habe eine Gänsehaut und wickle meine Jacke fest um mich. Dann sehe ich Kai an. Ich bin unsicher, was ich sagen soll, denn mir schwirrt noch der Kopf von dem eben im Haus.

Zum Glück redet Kai als Erster. »Ich habe nichts von dem gestern Abend gemeint. Es kam völlig falsch raus«, wiederholt er leise, aber bestimmt. »Und ich bin nicht in Sierra verliebt. Wie kommst du überhaupt darauf? Sie hat mich verarscht.«

»Ich habe dich mit ihr gesehen ... Heute im Einkaufszentrum.«

Kai sieht aus, als wolle er lachen, und ich frage mich, was daran witzig sein soll. Dann schüttelt er grinsend den Kopf. »Ja, sie arbeitet bei Sephora und wollte sich in der Mittagspause mit mir treffen. Ich war nur neugierig, was sie zu sagen hat.«

»Und was war das?«, frage ich. Wollten sie es noch mal versuchen, oder nicht?

»Sie hat sich entschuldigt und gesagt, dass es ihr leidtut und sie bereut, was sie getan hat. Und sie wollte, dass wir unserer Beziehung eine zweite Chance geben.« Er verstummt kurz und klemmt seine Hände zwischen den Knien ein, wie er es vormittags im Einkaufszentrum getan hatte. Dabei blickt er nachdenklich in die Ferne. »Und das Verrückte ist, dass ich ihr glaube. Aber ich bin absolut nicht mehr an ihr interessiert. Und so war es leichter, ihr zu sagen, dass sie zur Hölle fahren soll.«

»Oh, Mist«, flüstere ich und schlucke einen Kloß in meinem Hals herunter. Gott, warum ziehe ich immer voreilige Schlüsse? Ich war überzeugt, dass Kai nichts von mir will, weil er noch in Sierra verliebt ist, was er definitiv nicht ist. Und jetzt habe ich ein schlechtes Gewissen, weil ich grundlos den ganzen Tag wütend auf ihn war, und das ist nicht fair. Vielleicht hätte ich gestern Abend auch nicht so schnell weglaufen sollen, sondern bleiben und ihm die Chance geben, sich zu entschuldigen.

Verdammt, ich muss wirklich aufhören, vorschnell zu urteilen.

Kai dreht sich zu mir und runzelt die Stirn, als er mich anschaut. Ich frage mich, was er in meinen Augen sieht, denn nicht mal ich selbst weiß, wie ich mich fühle. Alles ist total durcheinander. »Du hast solche Angst, jemandem nahe zu sein, dass du anscheinend alles sabotieren *musst,* was womöglich ernst werden könnte«, sagt er.

Sein veränderter Tonfall überrascht mich. Und ich mag dieses Vorwurfsvolle nicht. »Was?«

»Gib es zu, Vanessa«, sagt er sanft. »Du versuchst mich wegzustoßen. Deshalb hast du dir all diesen Blödsinn eingeredet. Dass ich kein Interesse an dir habe und noch in Sierra verliebt bin … damit du einen Grund hast.«

Ich schüttle den Kopf, obwohl es stimmen könnte. »Einen Grund wofür?«

»Nicht zu sehen, was zwischen uns sein könnte.«

Habe ich das getan? Habe ich unbewusst die Dinge mit Kai sabotiert, indem ich mir Sachen ausgedacht habe? Habe ich nur nach einem Grund gesucht, ihn abzuservieren, weil ich Angst habe?

Es trifft mich wie ein Vorschlaghammer. Wie konnte Kai erkennen, was ich nicht kapiert habe? Wie kann jemand, den ich erst seit Montag kenne, mich jetzt schon besser durchschauen als ich selbst?

»Wow«, ist alles, was ich herausbringe. Ich blicke zum verschneiten Boden vor uns und fühle, wie mir die Tränen kommen. Meine Zähne klappern, aber ich beiße sie zusammen. Ich weiß nicht, was ich antworten soll, denn die Wahrheit lähmt mich.

Ich will ja sehen, was mit Kai möglich ist, aber es macht mich auch nervös, dass ich so empfinde, nachdem ich so lange jeden auf Abstand gehalten habe. Ich fürchte mich davor, jemanden ernsthaft an mich heranzulassen und dann zu verlieren, aber mich ängstigt genauso sehr, dass ich meine Chance mit Kai verpassen könnte. Und es fühlt sich schrecklich an, so hin- und hergerissen zu sein und einmal im Leben etwas zu riskieren, mich aber auch selbst schützen zu wollen. Letzteres tue ich seit zwei Jahren. Habe ich deshalb versucht, Kai die Schuld zu geben und mir vorzumachen, dass *er* nichts von mir will? Weil ich so keine Entscheidung treffen müsste?

»Stoß mich nicht weg, Nessie«, sagt Kai und greift nach meiner Hand. Ich lasse es zu. Seine Berührung fühlt sich perfekt an. »Können wir nicht einfach so weitermachen wie bisher? Einfach zusammen abhängen, Quatsch machen und sehen, worauf es hinausläuft?«

Endlich sehe ich ihn an. Er wirkt hoffnungsvoll und besorgt zugleich. Anscheinend fürchtet er, dass seine Worte nicht zu mir durchgedrungen sind und ich ihm sage, dass nicht die geringste Chance auf eine echte Beziehung besteht. »Darf ich dir etwas sagen?«, frage ich.

»Nur, wenn es etwas Gutes ist«, antwortet er.

Ich grinse halb mitleidig und blicke zu unseren Händen. »Du bist der erste Junge, bei dem ich überhaupt etwas Ernsteres für möglich gehalten habe«, gestehe ich. Und das allein kommt mir schon wie eine gewaltige Errungenschaft vor. Ich mache … *so was* nicht. Ich sitze nicht mit einem Typen im Schnee und halte seine Hand, während wir über *uns* reden. Es ist beängstigend und aufregend.

Kais Augen leuchten, die Furcht verschwindet, und was bleibt, ist pure Hoffnung. »Dann also abgemacht. Captain Washington wird dich überzeugen, dass man auch mal was probieren kann.«

Kai und ich verlassen die Party. Vorher sehen wir noch nach Chyna, um uns zu vergewissern, dass es für sie in

Ordnung ist, aber sie lacht noch mit Malik und schwört, alles wäre bestens. Isaiah wird sie später abholen, daher weiß ich, dass sie sicher nach Hause kommt. Ich suche auch nach Maddie, um ihr Bescheid zu geben, dass Kai und ich früh nach Hause wollen. Sie dankt uns noch mal für die sagenhafte Vorstellung vorhin. Keiner von uns verrät ihr, dass nichts gespielt war.

Auf der Party zu bleiben lohnt sich nicht. Mir ist nicht nach Trinken und auf dem Tisch tanzen. Ich will nur mit Kai zusammen sein, und so verschwinden wir um kurz vor zehn.

Wir gehen Hand in Hand und laufen ziemlich schnell, weil es heftig schneit. Ich muss Kai immer wieder ansehen, betrachte die kantigen Linien seines Kinns, seine weichen, vollen Lippen, seine schimmernden Augen. Ich starre sogar zu der Narbe in seiner Augenbraue und überlege, wann ich beschlossen habe, dass die irgendwie scharf ist.

»Was glaubst du, wie geliefert wir am Montag in der Schule sind?«, scherzt Kai. Seine freie Hand hat er in der Tasche seiner schwarzen Jeans vergraben, und ich sehe, dass er ein bisschen bibbert vor Kälte. Aber es ist nicht mehr weit bis zu mir.

»Was auch passiert, ich werde nicht mehr zurückschlagen«, antworte ich achselzuckend. Damit bin ich so was von fertig – nichts ist den Ärger wert. Die fünf Minuten Befriedigung, die es bringt, Harrison zu triezen, lohnen das Theater nicht. Sie machen alles nur schlimmer, und ich werde mich von jetzt an anständig verhalten.

»Ich auch nicht«, sagt Kai. »Ich glaube, wir haben alles getan, was nötig war. Wir haben einen Krieg angezettelt, und ich bin jetzt zum Friedensvertrag bereit. Ich glaube, ich habe mir einen Fingerknöchel gebrochen.« Er lässt meine Hand los und hält seine in die Höhe. Dann krümmt er die Finger und zeigt mir seine blauen, geschwollenen Fingerknöchel. Ich bleibe stehen und stelle mich vor ihn, um seine Hand zu nehmen und meine Lippen auf die Knöchel zu pressen, so wie ich es gestern Abend bei seinen Wunden getan hatte.

»Danke«, sage ich.

Kai sieht mich an. »Ich dachte, du musstest nicht gerettet werden.«

»Musste ich auch nicht«, sage ich und schiebe seine Hand weg.

Lachend küssen wir uns und gehen zügig weiter, denn es ist wirklich zu kalt. Es ist komplett irrsinnig, bei diesem Wetter zu Fuß nach Hause zu gehen, aber ich schätze, keine unserer Entscheidungen in dieser Woche war besonders klug. Wir sind ein bisschen zu impulsiv und eindeutig unbedacht. Doch vielleicht hat gerade das uns zusammengeführt.

Als wir endlich bei mir zu Hause ankommen, seufze ich erleichtert und laufe zur Veranda. Noch nie hat mich der Anblick meiner Haustür so glücklich gemacht. Ich werfe sie auf und ziehe Kai nach drinnen. Gott sei Dank hat Dad die Heizung voll aufgedreht. Ausnahmsweise fühlt sich mein Zuhause warm und einladend an. Ich streife meine Turnschuhe ab und mir läuft ein gewaltiger Schauer über den Rücken.

»Wer ist da?«, ruft Dad, der mit einer Bratpfanne und einem Geschirrtuch in den Händen aus der Küche kommt. Er entspannt sich umgehend und nimmt die Pfanne herunter, als er sieht, dass ich es nur bin. Das ist der Unterschied zwischen Harrisons Familie und meiner – Mr. Boyd zielt mit einer Waffe auf Eindringlinge, mein Dad nur mit einer Bratpfanne. »Oh. Warum bist du so früh zu Hause? Ich dachte, du wolltest bei Chyna schlafen, wie sonst auch.«

Er *hat* mitbekommen, dass ich die meisten Wochenenden bei Chyna verbringe? Die ganze Zeit war ich überzeugt, dass ihm egal war, wo ich bin, aber vielleicht ergibt seine mangelnde Sorge mehr Sinn, weil er immer dachte, ich wäre sicher bei den Tates.

»Ich habe es mir anders überlegt«, antworte ich mit einem kleinen Lächeln. Ich habe noch nie eine Party verlassen. »Wir sind zu Fuß nach Hause gegangen.«

»Bei diesem Wetter?«, fragt er verdutzt. Wie sollte er es auch nicht sein, wenn ich bei diesen Temperaturen derart spärlich bekleidet nach Hause marschiere. »Heiße Schokolade kommt sofort!« Er dreht sich um und verschwindet wieder in der Küche.

»Wie bitte?«, frage ich in den leeren Raum. Ist mein Vater von irgendeinem Geist besessen? Ich habe keinen Schimmer, wer dieser Mann in meinem Haus ist.

»Was denn?«, fragt Kai. Er zieht seine verschneiten Jordans aus und stellt sie neben die Tür, ehe er zu mir kommt.

»Mein Dad … Ach, schon gut«, sage ich kopfschüttelnd. Kai würde nicht verstehen, warum ich fassungslos bin, dass mein Vater uns heiße Getränke anbietet. Es ist etwas so Normales und doch so ungewöhnlich in diesem Haus.

Ich hole ein paar Decken aus dem Wohnzimmer, gebe Kai eine und behalte die andere. Wir wickeln sie um uns, sodass wir aussehen wie zwei riesige Marshmallows, und tapsen zu Dad in die Küche.

»Ich habe keine Schlagsahne da, tut mir leid«, entschuldigt sich Dad, als er zwei Becher mit heißer Schokolade auf den Esstisch stellt. Seine Brille ist leicht beschlagen, deshalb nimmt er sie ab und putzt sie mit dem Saum seines T-Shirts. »Entschuldige, aber ich war neulich Abend mit den Gedanken woanders. Vanessa, kannst du mir deinen Freund noch mal vorstellen?«, fragt er und sieht Kai an, während er seine Brille wieder aufsetzt.

»Oh, klar«, murmle ich und setze mich an den Tisch. Ich schlinge beide Hände um den Becher, damit sie wieder etwas Gefühl bekommen, denn sie sind taubgefroren. »Das ist Kai Washington. Wir sind … Partner.« Ich wechsle einen Blick mit Kai, der sich bemüht, nicht zu grinsen.

»Bei der Schulaufgabe?«, fragt Dad, und mich erstaunt, dass er tatsächlich zugehört hatte. Vielleicht tut er das wirklich oft.

»Ja«, antwortet Kai. »Freut mich sehr, Sir.«

»Oh, bitte«, sagt Dad und hält eine Hand in die Höhe. »Sag einfach James. Und ruft mich, wenn ihr irgendwas braucht.« Er nimmt seinen Becher von der Arbeitsplatte und geht ins Wohnzimmer, wo er in seinen Lieblingssessel sinkt und seinen Laptop hervornimmt. Es ist unschwer zu erraten, was er sich ansieht – mehr malerische, nicht verhandelbare Sehenswürdigkeiten in Irland.

Kai setzt sich mir gegenüber an den Tisch und greift nach seinem Becher. Wir sind beide noch in die Decken gehüllt und schweigen eine Weile, während wir uns von der Wärme des Hauses, den Decken und der heißen Schokolade auftauen lassen. Beim Trinken lächeln wir uns immer wieder über die Becherränder hinweg zu. Es ist ein so schöner Moment, und uns beiden ist rundum wohl dabei, gemeinsam stumm zu sein.

»Ich kann endlich wieder meine Zehen fühlen«, sagt

Kai schließlich. Er trinkt den Rest seiner heißen Schokolade, schiebt den Becher weg und schlingt die Decke fester um sich. Er sieht so unglaublich süß aus, dass ich beim Anblick dieses Jungen mit der gespaltenen Augenbraue, dem blauen Auge und den geschwollenen Fingerknöcheln in Kennedys weißer Lieblingsdecke kichern muss.

»Und ich spüre mein Gesicht wieder«, sage ich und berühre meine Augen, um zu prüfen, ob keine Eiszapfen in meinen Wimpern hängen. Nie hätte ich mir erträumt, dass ich an einem Samstagabend in meiner Küche sitzen und heiße – von *Dad* gemachte – Schokolade mit Kai Washington trinken würde, dem rätselhaften Fremden, dem ich seinen Drink drübergeschüttet hatte.

Ich stehe auf, sammle unsere leeren Becher ein und stelle sie in die Spüle. Zum Abwaschen fehlt mir die Energie. Dann gehe ich zu Kai und lege von hinten die Arme um seine Schultern, sodass ich ihn praktisch mit in meine Decke hülle. Mein Kinn schmiege ich in seine Halsbeuge und inhaliere sein Eau de Cologne mit der leichten Moschusnote.

»Entschuldige, dass ich wütend auf dich gewesen bin«, flüstere ich. Ich hätte nicht so auf ihn losgehen dürfen. Er hat recht – ich habe mir Dinge eingeredet, die nicht stimmten, folglich war meine Wut absolut nicht gerechtfertigt.

»Und ich entschuldige mich dafür, dass ich gestern Abend so ein Vollidiot war«, sagt er und nimmt meine Hände. So bleiben wir ein wenig, und ich schließe die Augen.

Ist es das hier, was mir die ganze Zeit entgangen ist? Diese besonderen Momente, die entstehen, wenn man am wenigsten mit ihnen rechnet? Ist es das, was *mit je-*

mandem zusammen sein wirklich bedeutet? Sind es solche Momente, die den unvermeidlichen Schmerz am Ende einer Beziehung beinahe lohnend machen?

»Gehen wir nach oben«, sage ich und richte mich hinter Kai auf. Mir widerstrebt es, ihn loszulassen, trotzdem löse ich meine Arme von ihm, damit er aufstehen kann.

Als wir zwei weißen Marshmallows uns der Treppe nähern, bemerke ich, dass Dad uns von seinem Sessel aus beobachtet, nun allerdings übertrieben auf seine Uhr schaut. Stirnrunzelnd klappt er seinen Laptop zu.

»Es ist schon spät, Vanessa«, sagt er ein klein wenig angespannt. »Ich denke, dein Freund sollte sich auf den Heimweg machen.«

»Oh, ja, natürlich«, stottert Kai sofort. Für jemanden, der gewöhnlich so charmant ist, verhält er sich meinem Vater gegenüber auffallend unsicher.

Ich sehe meinen Vater fragend an. Kai war erst vor vier Tagen spätabends in meinem Zimmer, und da hat Dad nicht mal mit der Wimper gezuckt, aber jetzt soll er gehen? Was ist hier los? Ich will nicht, dass Kai geht, doch ich liebe es, dass Dad nicht bloß dasitzt und mich mit einem Jungen auf mein Zimmer gehen lässt. Auf *das hier* habe ich die ganze Zeit gewartet.

Auf einen richtigen Vater, der sich wie ein Vater verhält. Der mich daran erinnert, eine Jacke überzuziehen, der mir heiße Schokolade macht und der wenig subtil meinen Freund aus dem Haus scheucht, wenn es spät wird.

Es ist zu schön. Dad hat meine Worte ernst genommen. Auch wenn es noch ein wenig bemüht wirkt, bin ich ihm dankbar, dass er vierundzwanzig Stunden nach meinem Ausbruch versucht, sich zu bessern. Vielleicht war er bisher gar nicht so abweisend, weil er desinteressiert war, sondern gerade *weil* er sich interessiert. Wie er selbst gesagt hat – er hatte geglaubt, Kennedy und mir unseren Freiraum zu geben wäre das Richtige gewesen.

»Ist es in Ordnung, wenn ich noch fünf Minuten bleibe?«, fragt Kai. »Nur, bis meine Mom mich abholt?«

Ich lache. Als würde Dad ablehnen und Kai zurück in die Eiseskälte jagen! Sogar Dad lacht leise und sagt, das sei kein Problem. Dann klappt er seinen Laptop wieder auf.

Kai und ich hocken uns unten auf die Treppe. Er schreibt seiner Mutter meine Adresse, und sie antwortet umgehend, dass sie unterwegs ist. Bei dem tiefen Schnee heute Abend kann Kai unmöglich mit dem Rad fahren, und ich bezweifle, dass seine Vitalfunktionen einen weiteren Marsch in diesem Wetter überstehen würden.

»Sehen wir uns morgen?«, fragt er, als er sein Handy wegsteckt. Da ist ein amüsiertes Funkeln, gepaart mit Hoffnung in seinen Augen, genau wie auf der Party. Wartet er darauf, dass ich panisch werde und Nein sage?

Doch ich strahle. »Nessie würde dich sehr gern morgen sehen, Captain Washington.«

24

Am nächsten Morgen wache ich von Dads Hand an meiner Schulter auf. Er schüttelt mich behutsam. Ihn an einem Sonntagmorgen über mich gebeugt zu sehen, reicht aus, um mir einen entsetzlichen Schrecken einzujagen, und zunächst kann ich ihn bloß ängstlich anstarren. Dann stütze ich mich auf meine Ellbogen und reibe mir die Augen. Mir kommt es schrecklich früh vor. Außerdem kommt Dad nie in mein Zimmer, um mich zu wecken.

»Ich muss dich unten sprechen«, sagt Dad ernst, und mir wird speiübel. Sein Tonfall, der besorgte Blick und die gerunzelte Stirn lassen gar nichts Gutes erahnen. Noch dazu hat er sich zum ersten Mal seit Monaten rasiert, sodass ich ihn kaum wiedererkenne.

»Was ist denn?«, frage ich und setze mich kerzengerade auf.

»Wir müssen reden«, antwortet er und geht voraus aus dem Zimmer. Offensichtlich erwartet er, dass ich ihm folge. Und dass er so vage bleibt, beruhigt mich kein bisschen.

Ich schlage meine Decke zurück und steige aus dem Bett. Weil ich nur Shorts und ein Trägertop trage, schnappe ich mir einen Hoodie aus dem Schrank und ziehe ihn mir über. Dann sehe ich auf meinem Handy nach der Uhrzeit: Viertel nach neun. *Definitiv* zu früh für ein ernstes Gespräch mit Dad. Auf dem Weg nach unten sehe ich kurz in Kennedys Zimmer, doch sie schläft tief und fest und schnarcht leise im Einklang mit Theo, der nur ein Auge einen Spalt weit öffnet, um nachzusehen, wer stört. Es ist also keine Familienbesprechung. Dad will nur mit *mir* reden.

Rasch laufe ich nach unten, wo ich Dad in der Küche finde. Er macht zwei Becher Instant-Kaffee. Hätte er die letzten Jahre mehr auf mich geachtet, würde er wissen, dass ich keinen Kaffee trinke.

»Setz dich«, sagt er, als er mich kommen hört. Dann dreht er sich um, bringt die Becher zum Tisch und schiebt mir einen hin.

»Kannst du mir bitte verraten, was los ist?«, frage ich und kaue nervös auf der Innenseite meiner Wange, während ich mich steif auf die Kante eines Stuhls setze. Erst gestern Abend habe ich hier an diesem Tisch mit Kai heiße Schokolade getrunken. Jetzt bin ich mit Dad hier und muss abscheulichen Kaffee trinken.

Dad stützt eine Hand auf eine Stuhllehne, setzt sich aber nicht. Er blickt mich über den Tisch hinweg an. »Harrison Boyd.«

Meine Kehle wird eng. »Was?«

»Wie Kennedy mir erzählt hat, ist das der Junge, der dieses …« Er atmet tief durch und reibt sich mit Daumen und Zeigefinger die Nasenwurzel. »Dieses Video öffentlich gemacht hat«, beendet er den Satz, kann mich jedoch nicht ansehen. »War es Harrison Boyd?«

Jetzt kann ich mich also nicht mal mehr auf die Verschwiegenheit meiner eigenen Schwester verlassen. Ich bringe sie später um! Wie kann sie das unserem *Dad* erzählen? Ich vergrabe meine Hände in den Taschen des Hoodies, damit Dad nicht sieht, wie ich sie nervös ringe. Ich will hierüber nicht mit meinem Vater reden. Das Video ist so schon beschämend genug. »Ja … Was spielt das für eine Rolle? Das Video ist schon da draußen.«

Nun setzt Dad sich hin. »Weil wir Anzeige gegen den Jungen erstatten werden«, antwortet er.

Mit dieser Unterhaltung am frühen Sonntagmorgen hatte ich wahrlich nicht gerechnet. Ich habe keine Ahnung, woher sie kommen, aber auf einmal habe ich Kopfschmerzen. Sprachlos starre ich Dad an.

»Was er getan hat, ist eine Straftat«, fährt er fort und hebt seinen Becher an die Lippen. Langsam trinkt er einen Schluck und beobachtet mich dabei. Mir wird klar, dass sich seine Wut nicht gegen mich richtet, sondern gegen Harrison Boyd. Hier spricht Dad der Ex-Cop. »Du bist minderjährig, außerdem hat er das Video ohne deine Zustimmung verbreitet. Wir sehen diesen Boyd vor Gericht. Richard Boyd hat schon einen miesen Ruf in der Gegend, daher wundert es mich nicht, dass sein Sohn ebenfalls ein fieser Typ ist.«

Nun male ich es mir aus – Harrison und ich in einem Gerichtssaal, wo ich um Gerechtigkeit kämpfe – und selbst zur Angeklagten werde, weil ich Harrison die Reifen zerschlitzt, sein Eigentum gestohlen, in sein Haus eingestiegen bin und ihn schikaniert habe … Von der Verbreitung eindeutiger Bilder ganz zu schweigen. Harrison hat falsch gehandelt, ja, aber das habe ich auch.

»Dad …«, beginne ich angestrengt. »Wir können ihn nicht anzeigen.«

»Warum nicht? Weil du Angst vor seiner Reaktion hast?«

»Nein … weil …« Ich schäme mich so sehr, dass ich meine Kapuze aufsetze, um mich zu verstecken. »Weil sie mich dann auch anzeigen könnten.«

Er sieht verwirrt aus und betrachtet mich zunächst nachdenklich. Wahrscheinlich fragt er sich, was die Boyds denn gegen mich in der Hand haben könnten. »Wovon redest du, Vanessa?«

Leugnen kann ich nicht mehr. Ich muss zugeben, was ich getan habe, bevor Dad darauf besteht, die Boyds vor Gericht zu zerren. Also atme ich einmal tief durch, ziehe die Kapuze wieder ab und stütze die Ellbogen auf den Tisch. »Als dieses Video am Montag rauskam, war ich so wütend … da habe ich angefangen zurückzuschlagen.«

»Wie genau?«

»Ich habe die Reifen von Harrisons Truck aufgeschlitzt. Und ich habe sein Handy geklaut und es gehackt. Dann habe ich irgendwelche Fremden losgeschickt, um ihn im Bob Evans zu treffen. Und ich … ich bin in sein Haus eingebrochen«, zähle ich auf, wobei ich mich noch mehr schäme. Ich kann nicht mal das Foto von Harrison erwähnen, das ich an seinen Spind gepinnt habe, weil das selbst für mich so würdelos war.

Dad quellen fast die Augen aus dem Kopf. Falls er bisher geglaubt hat, dass er seine Tochter eigentlich nicht kennt, muss es sich für ihn jetzt mit Wucht bestätigen. »Oh verdammt, Vanessa … Was hast du dir dabei gedacht?«

»Versuch nur bitte nicht, sie anzuzeigen, denn dann stecke ich auch in ernsten Schwierigkeiten.«

Und Kai … Doch seinen Namen halte ich raus. Ich will ihn hier nicht mit reinziehen. Falls nötig, nehme ich die ganze Schuld auf mich.

Dad presst eine Faust auf seinen Mund, blickt zum Kühlschrank und denkt sichtlich angestrengt nach. Ich bin still, weil ich denke, dass ich genug gesagt habe. »Hast du das mit Harrison abgehakt, oder seid ihr noch im Clinch?«

»Noch im Clinch«, antworte ich.

»Dann zieh dich an.«

Dad und ich halten um zehn Uhr am Sonntagmorgen im grünen Rostmonster vor dem Boyd-Haus. Dad trägt eine gute Hose und ein hübsches Hemd, sogar Eau de Cologne, und er hat sein krauses Haar mit Gel gezähmt. Er sieht … jünger aus. Es ist, als wäre mein Vater wieder zum Leben erwacht. Nach wie vor ist er zu dünn, sodass seine Sachen an ihm schlackern, aber er wirkt mehr wie der Mann, der er war, als Mom noch lebte. Er gibt sich Mühe, was er seit zwei Jahren nicht mehr getan hat.

Und ich sehe heute Morgen auch nicht ganz wie ich selbst aus. Ich trage Sachen, die ich vor ein paar Jahren zur Kirche angezogen hatte, als Dad versuchte, Kennedy und mich wöchentlich zum Gottesdienst zu zerren, um unseren Frieden mit Gott zu machen – nach allem, was wir hinter uns hatten. Nach einem Monat gaben wir alle drei auf, und seitdem lagen dieser schwarze Bleistiftrock und die graue Bluse ganz hinten in meinem Schrank. Dad findet, wir müssen anständig aussehen, um ernst genommen zu werden. Und je überlegener wir wirken, umso eher werden sich die Boyds eingeschüchtert fühlen.

»Vielleicht hätte ich erwähnen sollen, dass Mr. Boyd eine Waffe besitzt«, sage ich in einem letzten Versuch, meinen Vater umzustimmen, damit er diese ganze Idee von Vergeltung und Vergebung aufgibt. »Und das weiß ich, weil er sie auf mich gerichtet hatte. Es ist also hochriskant für mich, da reinzugehen.«

Dad sieht mich an, als könnte ihn nichts, was ich sage, schocken, und steigt aus dem Wagen. Stöhnend steige ich ebenfalls aus und knalle die Wagentür zu. Die Straßen sind noch von Schnee bedeckt, der von Reifenspuren und Fußspuren verschmutzt ist.

Ich folge Dad den Weg hinauf zur Veranda. Harrisons Truck ist immer noch aufgebockt in der Einfahrt, also wurden die Reifen noch nicht ausgetauscht. Mir war nicht klar, dass er so lange unter der Aktion leiden müsste; ich hatte gedacht, er würde die Reifen direkt am nächsten Tag auswechseln lassen.

»Weißt du noch, was du sagen musst?«, fragt Dad mich, der schon die Hand zum Klingelknopf hebt. Ich nicke, und er klingelt.

Mein Magen fühlt sich an, als wäre er komplett verknotet, als wir eine gefühlte Ewigkeit warten, und ich ringe tatsächlich nach Luft. Noch dazu wird mir klar, dass es das erste Mal seit vielen Monaten ist, dass wir zusammen unterwegs sind. Was für ein Jammer, dass ausgerechnet dies hier unser erster Vater-Tochter-Ausflug seit Ewigkeiten ist. Mit in die Hüften gestemmten Händen gehe ich auf und ab und hole tief Luft.

Dann höre ich ein Klicken, als die Tür aufgeschlossen wird, und breche vor Angst fast zusammen.

Richard Boyd öffnet nur einen Spalt, um nachzusehen, wer so früh zu ihm kommt. Ein paar Fremde in Kirchenkleidung hat er vermutlich nicht erwartet. Überheblich mustert er uns von oben bis unten. »Arbeiten Sie für eine Wohltätigkeitsorganisation? Falls ja, kein Interesse.«

»Eigentlich«, sagt Dad und legt eine Hand an die Tür,

damit Richard sie nicht zuknallen kann, »ist meine Tochter kürzlich in Ihr Souterrain eingestiegen. Vielleicht erkennen Sie sie wieder.«

Nun öffnet Richard die Tür weit. Er tritt vor, verharrt auf der Schwelle und sieht mich verächtlich an. Klar sehe ich vollkommen anders aus als in der Nacht neulich – konservativ gekleidet, ungeschminkt, das Haar zurückgesteckt und schuldbewusst dreinblickend.

»Ja«, sagt Richard, »ich erkenne sie wieder. Warum sind Sie hier?«

»Wir würden gerne mit Ihnen sprechen«, antwortet Dad. »Und mit Ihrem Sohn.«

Richard wirkt wenig begeistert, doch mit einem abfälligen Schnauben bedeutet er uns, in sein prächtiges Haus zu kommen. Zum ersten Mal bin ich woanders als im Souterrain und blicke mich fasziniert um. Überall sind exotische und antike Möbel. Die Boyds scheinen echt im Geld zu schwimmen.

Wir werden ins Wohnzimmer geführt und gebeten, uns zu setzen. Dad wählt einen Sessel mit Knautschsamtbezug, und ich setze mich auf die Kante des passenden kleinen Sofas. Im Haus ist es still – keine Geräusche von einem Fernseher, keine Kochgeräusche aus der Küche, keine Stimmen. Als wäre es menschenleer.

»Warten Sie hier«, befiehlt Richard mit einem warnenden Blick, bevor er verschwindet, wahrscheinlich um Harrison zu holen. »Und fassen Sie nichts an.«

Dad und ich wechseln einen Blick, und wir beide wissen, dass wir dasselbe denken – was für ein widerlicher Snob! Wir sitzen stumm da, schauen uns in dem luxuriösen Haus um und atmen den Zitrusduft von Möbelpolitur ein. Das Warten ist anstrengend.

Endlich kehrt Richard mit einer Frau an seiner Seite zurück, und hinter ihnen ist Harrison, der seinen Kopf gesenkt hat. Ist das seine Mutter? Sie sieht umwerfend aus, hat schimmerndes, langes blondes Haar, das ihr um die Schultern wippt, und ihr Gang erinnert mich an Madison Romy. Sie trägt einen Seidenmorgenmantel, und ihre Wangen sind gerötet.

»Was ist hier los?«, fragt sie und verschränkt die spindeldürren Arme.

»Vielleicht sollte Ihr Sohn Ihnen das erzählen«, antwortet Dad cool. Er ist knallhart und lässt nicht zu, dass die Boyds uns wie Idioten dastehen lassen. Derweil kauere ich feige in der Ecke.

Mr. und Mrs. Boyd blicken sich zu ihrem Sohn um, der wie ein Hund mit eingekniffenem Schwanz hinter ihnen bleibt. Von gestern Abend hat er einen fetten Bluterguss am Kinn, und jetzt warten seine Eltern auf eine Erklärung, was hier los ist.

»Ich weiß nicht, wovon er redet«, lügt er. Er sieht ebenfalls angespannt aus, fast so nervös wie ich, und ich frage mich, ob er weiß, dass wir hier sind, um alles klarzustellen. Ich habe nichts mehr zu verbergen – mein Vater kennt die ganze Geschichte. Harrisons Eltern hingegen haben keine Ahnung, und anscheinend möchte er, dass es so bleibt.

»Bist du sicher?«, hakt Dad nach. Jetzt erinnert er mich sehr an den Mann, der er früher war. Stark, sicher, entschieden und überzeugend.

Richard und seine Frau setzen sich auf die andere Couch direkt mir gegenüber, sodass Harrison allein mitten im Zimmer steht und die Blicke aller auf ihm lasten. Auch wenn Mr. und Mrs. Boyd noch nicht wissen, was er denn gestehen soll. Sie warten bloß auf eine Erklärung.

Aber Harrison schweigt.

»Ihr Sohn«, sagt Dad, räuspert sich und dreht sich in dem Sessel zu den Boyds, »hatte etwas mit meiner Tochter.«

»Etwas?«, wiederholt Mrs. Boyd fragend. Sie sieht mich aus dem Augenwinkel an, als würde sie jetzt schon über mich urteilen und mich nicht mal in meinen blöden Kirchenklamotten gut genug für ihren Sohn finden.

»Ich glaube, dass sie Sex hatten.«

Ist das peinlich! Sogar Harrison fällt die Kinnlade ein wenig herunter, als könne er nicht fassen, dass mein Dad das ernsthaft bespricht. Noch dazu so sachlich. Ich weiß, dass es für Dad auch unangenehm ist, doch er befindet sich im Cop-Modus, und Cops dürfen weder beschämt noch verlegen sein. Sie gehen einfach mit der Situation um, die sie vorfinden. Während ich mir dringend wünsche, dass sich der Boden unter mir auftut und mich verschluckt.

»Okay«, sagt Mr. Boyd gelassen und verdreht die Augen. »High five, Harrison. Sonst noch etwas?« Seine Frau schnalzt missbilligend mit der Zunge und sieht ihn vorwurfsvoll an.

»Sie hatten Sex«, entgegnet Dad nach wie vor entschlossen, »und Ihr Sohn hat meine Tochter gefilmt. Nicht nur das, er hat die Aufnahme in der ganzen Schule verbreitet.«

»Harrison!«, ruft seine Mom entsetzt aus.

Richard gibt sein lässiges Desinteresse auf und presst die Lippen zusammen. »Hast du das getan, Harrison?«

»Nur, weil sie mich verarscht hat!«, verteidigt Harrison sich hörbar verzweifelt. Ohne Noah an seiner Seite ist er nicht mehr ganz so mutig. Jetzt sieht er eher wie ein kleiner Junge aus, der weiß, dass er in ernsten Schwierigkeiten steckt, und sich bereit macht, einen Trotzanfall zu kriegen, um da wieder rauszukommen.

»Nein«, sage ich. Es ist das erste Mal, dass ich den Mund aufmache, seit ich aus dem Wagen gestiegen bin. Ich möchte gern erhobenen Hauptes hier sitzen und mit fester Stimme reden, aber mein Kopf ist noch gesenkt, und ich klinge ziemlich schwach. »Es ist mein gutes Recht gewesen, die Sache zwischen uns zu beenden, als ich es so wollte. *Du* hattest kein Recht, das Video online zu stellen.«

»Dad«, sagt Harrison rasch und sieht Hilfe suchend zu seinem Vater. »Sie hat das mit meinem Truck gemacht! Sie terrorisiert mich schon die ganze Woche. Was glaubst du, warum sie unten im Souterrain war? Wahrscheinlich hat sie versucht, das Haus abzufackeln oder so.« Harrison will seine Fehler rechtfertigen, indem er meine betont, aber ich glaube nicht, dass seine Eltern auf seine Ablenkung reinfallen.

»Ja, und du hast mich in die Hausmeisterkammer gezerrt und mich bedroht«, erinnere ich ihn. Endlich wird meine Stimme kräftiger. Dad wirft mir einen Blick zu – diesen Teil hatte ich auch nicht erwähnt –, aber ich ignoriere ihn und sehe Harrison direkt an. »Wir stehen uns da in nichts nach, Harrison.«

»Setz dich hin«, befiehlt Richard, und Harrison sackt stöhnend in einen Sessel. »Ich fasse nicht, wie du so dumm sein kannst, Harrison. Wir haben dich besser erzogen.«

»Wie Sie sehen«, mischt sich Dad ein, »ist die Situation außer Kontrolle geraten. Die beiden bekriegen sich schon die ganze Woche, und ich denke, es ist an der Zeit, dass sie aufhören. Selbstverständlich bezahlen wir die neuen Reifen.« Dad sieht mich enttäuscht an, und ich blicke rasch zu dem Teppich. Jetzt muss Dad ein kleines Vermögen für meine Fehler zusammenkratzen.

»Es tut mir leid, dass ich in Ihr Souterrain eingebrochen bin«, entschuldige ich mich bei Richard. Wie konnte ich zulassen, dass es so übel wurde? »Und dass ich Ihr Essen bei Bob Evans verdorben habe.«

»Ach, keine Sorge deswegen. Ich bin eher wütend auf diesen Idioten«, erwidert Richard und sieht seinen Sohn an. Harrison rauft sich die Haare. Ihm ist bewusst, dass seine Eltern auf ihn losgehen werden, sobald Dad und ich aus der Tür sind.

»Darf ich kurz mit Harrison reden?«, frage ich, und alle sehen mich verwundert an. »Allein, wenn es geht?«

»Das ist eine gute Idee«, sagt Mrs. Boyd und nickt mir zu. Ihr Mann sieht besorgt aus, als würde er fürchten, dass ich seinen Sohn massakriere.

Mit wackligen Beinen stehe ich von dem kleinen Sofa auf und gehe aus dem Wohnzimmer. Harrison folgt mir. Ich habe keinen Schimmer, wohin ich gehe, aber ich laufe durch die Küche in ein kleines Arbeitszimmer hinten im Hause. Es ist weit genug weg, dass unsere Eltern im Wohnzimmer uns nicht hören können.

»Echt jetzt, Vanessa? Du kommst mit deinem Dad her?«, sagt Harrison, der sich immer noch die Haare rauft. Wenigstens wird er nicht aggressiv. Eher scheint er verlegen und ängstlich.

»Er hat mir keine Wahl gelassen«, sage ich. »Er wusste alles.«

Harrison läuft in dem Zimmer auf und ab. »Ach ja, und was? Du hast es nicht geschafft, mir mein Leben komplett zu ruinieren, und jetzt erwartest du, dass meine Eltern das für dich übernehmen? Denn die werden mir Hausarrest aufbrummen – und Schlimmeres – für immer.«

»Nein«, sage ich und seufze. Ich bin das alles so leid. »Harrison, können wir das bitte beenden? Ich höre auf, wenn du es auch tust. Wir müssen ja nicht befreundet sein oder so.«

»Und was ist mit deinem Freund Kai Washington?«, fragt er, und da ist so viel Hass in der Art, wie er Kais Namen ausspricht. »Soll ich etwa nach gestern Abend ruhig dasitzen und nichts tun?« Er zeigt auf den Bluterguss, den Kai ihm mit seinem Killer-Kinnhaken verpasst hat.

»Für Kai ist es auch zu Ende«, sage ich. »Du hast ihm die Freundin ausgespannt und ihn zusammengeschlagen, schon vergessen? Ich denke, ihr seid jetzt quitt.«

Schnaubend schüttelt Harrison den Kopf, zieht den Schreibtischsessel vor und sinkt hinein. »Und jetzt? Ignorieren wir einander einfach?«

»Ja. Das kriegen wir hin. Und dir ist nicht erlaubt, Noah die Drecksarbeit für dich erledigen zu lassen.«

Wir starren uns an, als Harrison über den Deal nachdenkt, den ich ihm anbiete.

Letztlich hat er nur dieses Video gegen mich in der Hand, das alle schon gesehen haben – und bald vergessen. Aber Kai und ich? Wir haben so viel mehr. Wir haben das Video von ihm und seinen Freunden, die auf der Tribüne kiffen. Wir wissen, dass er bei seinen Eignungstests fürs College geschummelt hat. Harrison hat am meisten zu verlieren, und das weiß er.

»Okay, Vanessa«, sagt er schließlich. »Haken wir das ab.«

»Hand drauf«, befehle ich. Er steht auf und sieht mich so fies wie möglich an, als er mir die Hand reicht. Wir schütteln uns die Hände, und dieser Kampf ist vorbei.

»Nur dass du es weißt«, sagt er und schluckt, als er mich ansieht. »Ich wollte wirklich nicht, dass es so ausgeht. Ich habe nie gewollt, dass sich dieses Video so verbreitet.«

»Und warum hast du es dann an alle geschickt?«

Er wendet das Gesicht ab. »Habe ich nicht.«

»Was?« Ich glaube nicht, was ich höre.

Harrison seufzt und kratzt sich am Kopf. Jetzt wirkt er verlegener denn je, und mein Herz verkrampft sich in meiner Brust. »Ich hatte es nur den Jungs geschickt. Klar war das total daneben, aber ich habe echt nicht gedacht, dass es danach derart außer Kontrolle gerät. Ehrlich, daran habe ich überhaupt nicht gedacht!«

Ich bin wie versteinert. »Und wer hat das Video dann überall rumgeschickt?«

Jetzt sieht er mich stumm flehend an.

»Du musst es mir sagen, Harrison! Und ich bleibe hier, bis du es mir gesagt hast.«

Nach einer längeren Pause antwortet er: »Noah.«

Ich sage gar nichts. Wer hätte es sonst sein sollen? Mich würde nicht mal wundern, wenn Noah immer noch sauer ist, weil ich das mit uns damals beendet habe. Es würde erklären, warum er etwas so Drastisches tut, um mich zu verletzen. Das Video zu verbreiten war ein Leichtes für ihn. Und sicher hat es ihm einen Kick verschafft, solche Macht über mich zu haben und mich so leiden zu lassen.

Harrison bleibt ein Idiot, weil er die Aufnahme an seine Freunde geschickt hat, aber wenigstens weiß ich jetzt, dass er sie nicht in der ganzen Schule verbreiten wollte – und im Rest der Welt. In gewisser Weise hat Noah uns beide verraten. Er hat das private Video von Harrison und mir öffentlich gemacht, ohne dass einer von uns dem zugestimmt hätte.

Und ich habe die ganze Woche lang Harrison die Hölle heißgemacht, dabei ist der eigentliche Feind Noah Diaz. Gegen ihn hätte sich mein Rachefeldzug richten sollen.

Aber ich habe meine Lektion gelernt. Rache bringt nichts, und es ist oft schwer, die Konsequenzen des eigenen Handelns abzuwägen. Ich fange keinen Krieg mit Noah an. Dieser Mist ist vorbei.

»Es tut mir ehrlich leid, Vanessa«, sagt Harrison, und diesmal sieht er mir in die Augen.

»Mir auch«, antworte ich.

Gemeinsam gehen wir zurück ins Wohnzimmer, wo Dad die Boyds warnt, dass er nicht vor einer Anzeige zurückschrecken würde, sollte Harrison mich nicht in Ruhe lassen; und die Boyds sagen, dass sie ebenso wenig Scheu hätten, das Gleiche zu tun, sollte ich weiterhin Straftaten begehen. Ich räuspere mich.

»Vanessa.« Dad springt auf und hat ein riesiges Fragezeichen im Gesicht.

»Harrison und ich haben unser Problem gelöst«, sage ich, und Harrison bestätigt es mit einem Nicken.

»Super! Dann kann er jetzt in sein Zimmer gehen und seine Xbox ausstöpseln«, meint Mr. Boyd trocken und wirft Harrison einen Blick zu, den ich nicht deuten kann. Harrison hingegen muss ihn verstehen, denn er murmelt etwas und verschwindet nach oben.

»Dann gehen wir mal«, sagt Dad und kommt zu mir. »Ich bin froh, dass das geklärt ist.«

Mr. und Mrs. Boyd entschuldigen sich für ihren Sohn,

wünschen uns einen schönen Sonntag und begleiten uns zur Haustür, die sie hinter uns zuknallen. Dad und ich steigen in das grüne Rostmonster, und während er den Motor anlässt, schaut Dad mich komisch an.

»Siehst du?«, sagt er ziemlich selbstgefällig. »Wenn alle sich wie Erwachsene benehmen, lassen sich Probleme viel schneller lösen.«

Ich verdrehe die Augen und lehne meinen Ellbogen ans Fenster. Mir ist eine große Last genommen, und ich fühle mich so viel leichter. Sogar die Farben draußen sehen leuchtender aus.

»Darf ich mich heute Abend mit Kai treffen?«, frage ich. »Du hast vielleicht schon mitbekommen, dass wir nicht nur Partner bei einem Schulprojekt sind.«

Dad dreht sich zu mir. »Auf keinen Fall«, sagt er und fährt los. »Du hast so was von Hausarrest.«

Es fühlt sich wie ein Feuerwerk in meiner Brust an, denn ich hatte noch nie Hausarrest. Dad hat sich nie genug für mich interessiert, um mich zu bestrafen, und ich habe so lange auf diesen Moment gewartet. Darauf, dass Dad mich aus den Gruben rettet, die ich mir selbst geschaufelt habe, dass er enttäuscht von mir ist und mir wie jeder normale Vater Hausarrest aufbrummt.

Deshalb grinse ich jetzt vor Erleichterung, beuge mich rüber und umarme ihn so fest, dass er beinahe das grüne Rostmonster zu Schrott fährt.

25

Anfangs hat es fast Spaß gemacht, Hausarrest zu haben.

Ich habe ein langes Bad mitsamt Regenbogen-Badebombe und Himbeerschaum genommen und bin in meinem flauschigen Bademantel und Hausschuhen herumgelaufen. Ich habe mir das Haar gemacht, eine neue Lockentechnik geübt und mir sogar meine Nägel dunkelrot lackiert, weil die Feiertage nahen. Zweimal habe ich *Cinderella Story* gesehen, einmal mit Kennedy und einmal alleine. Und ich habe mein Zimmer aufgeräumt, alle Klamotten weggepackt und den Müll aussortiert, der sich angesammelt hat. All das ist so therapeutisch, der ideale Chill-Sonntag. Doch als es später wird, setzt die Langeweile ein.

Ich habe einen Monat Hausarrest. *Einen Monat!*

Mir ist schleierhaft, wie ich das bis Weihnachten aushalten soll.

Mein Handy summt, und ich rolle mich übers Bett, um es von meinem Nachttisch zu nehmen. Gegenwärtig gibt es nur zwei Leute, mit denen ich schreibe, Chyna Tate und Kai Washington. Sie sind die einzigen Menschen, die ich jetzt gerade in meinem Leben brauche.

Es ist eine Nachricht von Kai:

Glaubst du, dein Dad lässt uns irgendwann zusammen abhängen, oder müssen wir bis nächstes Jahr warten, ehe wir mal allein sein können?

Ich schüttle meine Kissen auf und mache es mir gemütlich. Es ist erst kurz nach neun, und ich bin schon im Pyjama vor meinem Fernseher, obwohl ich gar nicht richtig darauf achte, was dort läuft. Dad ist mit Kennedy zum Essen gefahren, und ich bin nicht mal sauer, dass ich nicht mitkommen durfte, weil ich diese Strafe echt verdient habe. Die letzte Stunde habe ich mich durch die Social-Media-Seiten gescrollt und mir angesehen, worüber die Leute reden. Ein paar von ihnen haben Noah ein komplettes Arschloch genannt, und einige andere sprechen darüber, wie Harrison mit einem einzigen Schlag zu Boden gebracht wurde. Nirgends ist etwas über mich. Der Tratsch hat sich auf Neues verlegt, als hätte es das Video nie gegeben. Und ich bin endgültig durch mit Highschool-Dramen.

Grinsend tippe ich eine Antwort an Kai.

ICH: Wir sehen uns in der Schule, vorausgesetzt, du redest end ich in der Öffentlichkeit mit mir ;)
KAI WASHINGTON (PARTNER): Die Geheimmission ist vorbei, schon vergessen? Wir können jetzt Freunde sein. Ich setze mich sogar mittags an deinen Tisch.
ICH: Nur Freunde?
KAI WASHINGTON (PARTNER): Ja, du magst das Wort »fester« vor »Freund« nicht.
ICH: Dann ist das mit uns wohl nicht näher definiert.
KAI WASHINGTON (PARTNER): Für mich ist es gut, so, wie es ist. Dein Zimmer geht nach vorne raus, oder?

ICH: Ja???

KAI WASHINGTON (PARTNER): Cool. Gleich gibt's Steinschlag.

Im nächsten Moment schrecke ich von einem Prasseln hoch. Ich blicke zu meinem Fenster, als noch mehr kleine Steinchen gegen das Glas fliegen, bis ich aus meiner Schockstarre erwache und aus dem Bett krabble. Ich schirme mein Gesicht an der Scheibe ab, um in die Dunkelheit zu spähen.

Kai steht im Vorgarten, sein Rad neben sich im Schnee, und winkt mir zu.

Ich schiebe das Fenster auf und stecke den Kopf hinaus in die kalte Luft. »Du wirfst kleine Steine an mein Fenster? Das ist ja wohl total übertrieben«, rufe ich ihm zu. Sein Lachen hallt durch die Nacht.

»Genauso wie ein Spalier raufzuklettern, um zu einem Mädchen zu kommen«, entgegnet er. Ich sehe sogar sein Augenzwinkern, bevor ich fasziniert beobachte, wie Kai das Spalier an der Hausecke hinaufsteigt.

Es ist von lauter piksigen Sträuchern und Rosen bewachsen, aber Kai arbeitet sich vorsichtig und mit geschmeidigen Bewegungen nach oben. Dann ist er auf dem Verandadach, steht auf und balanciert zu meinem Fenster. Dort kniet er sich hin, sodass sein Kopf nur Zentimeter von meinem entfernt ist, und lächelt. »Hey, Nessie.«

»Du bist wahnsinnig, Captain Washington!«, sage ich, packe lachend seinen Arm und ziehe ihn herein. Er zwängt sich durch mein Fenster. Drinnen richtet er sich auf und klopft sich ab. »Du darfst nicht hier sein.«

»Und doch bin ich es«, erwidert er. Er hat Jeans und eine dicke Jacke an, allerdings auch Handschuhe; ausnahmsweise ist er gegen die Kälte draußen gewappnet. Nun streift er seine Handschuhe ab und steckt sie in die Tasche. »Ich wollte nicht mit der Gewohnheit brechen, dich täglich zu sehen. Und« – er schaut auf seine Uhr – »es sind nur noch rund drei Stunden, bis der Tag vorbei ist, deshalb bin ich hergerast, na ja, eher geschlittert und einmal sogar gestürzt, also könnte ich mir den Knöchel verstaucht haben. Alles, um dich zu sehen.«

Mir geht das Herz auf, und es erinnert mich daran, wie es sich gestern Abend anfühlte, als ich ihn am Küchentisch umarmte. Dieses Gefühl von Sicherheit. Diese Momente … Ich will die immer erleben. Also schlinge ich die Arme um Kai und lehne meinen Kopf an seine Brust. Seine Jacke ist kalt an meiner Wange.

»Du hast mir heute auch gefehlt«, sage ich leise. »Wie kann es sein, dass wir uns erst seit einer Woche kennen und ich dich schon vermisse, wenn wir nicht zusammen sind?«

»Weißt du, was das heißt?«

Ich neige den Kopf nach hinten, um ihn anzusehen. »Nein. Was?«

Er lächelt ein wenig und legt sanft seinen Daumen an mein Kinn, um meinen Kopf mit dem Zeigefinger leicht anzuheben. »Es heißt, dass du dich vielleicht auch in mich verliebst«, flüstert er.

»Könnte stimmen«, hauche ich, stelle mich auf die Zehenspitzen und küsse seine kühlen Lippen.

Der Kuss ist so fragil, so unschuldig und rein. Wir beide stehen regungslos da, und die Stille um uns herum pocht in meinen Ohren. Ich habe die Augen geschlossen und lege meine Hand auf Kais an meinem Kinn, als er den Kuss erwidert.

Für eine Sekunde unterbrechen wir, öffnen die Augen und sehen uns an. In Kais Augen nehme ich eine Wärme wahr, die ich nie zuvor gesehen habe.

»Kai …«, sage ich, atme aus und drücke seine Hand, worauf er mein Kinn noch weiter anhebt. Wir sind uns noch so nahe, und keiner will loslassen. »Ich bin immer noch nicht sicher, ob ich das mit einer Beziehung hinbekomme.«

»Aber wir sind nicht in einer *Beziehung,* Vanessa. Wir sind ein Team. Partner. Komplizen«, entgegnet er lächelnd. Wenn ich es so betrachte, scheint es mir plötzlich nicht mehr so Furcht einflößend. Kai und ich, das perfekte Team … *Was wir schon die ganze Zeit über sind*. Er streicht mit seiner Hand über meine Wange und vergräbt die Finger in meinem Haar, ehe er seine Lippen auf meinen Mund presst. Ich spüre, dass er grinst, und er murmelt: »Captain Washington und Nessie gegen die Welt.«

26

SECHS MONATE SPÄTER

Vanessa Murphy«, sagt Direktor Stone, und ich stehe von meinem Platz auf.

Meine Beine sind steif vom langen Sitzen, und ich bin ein wenig wacklig. Ich folge Bruce Munro durch die Reihe auf den Mittelgang. Um mich herum sind lauter Leute, aber die meisten sehen nicht zu mir. Inzwischen sind meine Mitschüler größtenteils gelangweilt; einige zupfen an ihren Fingernägeln, andere stützen den Kopf in die Hände. Ich kann es ihnen nicht verübeln, denn wir sind bereits seit über einer Stunde hier.

Ich gehe zur Bühne, steige nervös die Stufen hinauf und laufe an Direktor Stone vorbei, der weitere Namen vorliest. Seine kehlige Stimme hallt durch die Aula. Ich blicke zu den vielen leeren Stühlen und stelle mir vor, wie sie morgen Abend alle besetzt sind. Heute müssen wir Direktor Stone nicht die Hand schütteln, weil es nur die Probe ist. Die richtige Zeugnisverleihung ist morgen.

Brittany Nelson ist hinter mir, als ich am anderen Ende wieder von der Bühne steige und zurück zu meinem Platz gehe. Ich sehe Noah Diaz am Rand der zweiten Reihe, doch er bemerkt mich nicht, weil er zu sehr damit beschäftigt ist, sein Handy zu benutzen, ohne von den

Lehrern erwischt zu werden, die freiwillig bei der Probe Aufsicht führen. Es ist ein Wunder, dass Noah überhaupt hier sitzt, denn jeder weiß, dass er seinen Schulabschluss nur mit Ach und Krach geschafft hat. Vor wenigen Monaten wurde er suspendiert, weil man ihn – wenig verwunderlich – mit Gras auf dem Schulgelände erwischt hatte. Er hat sein tolles Football-Stipendium verloren und geht jetzt aufs Community College; falls er ganz viel Glück hat, darf er morgen bei der Zeremonie sogar auf die Bühne. Es ist eben blöd, er zu sein.

Ich folge Bruce Munro zurück in unsere Reihe, sacke auf meinen Stuhl und entspanne mich. Sofern wir die Probe nicht wiederholen müssen, ist mein Teil erledigt. Ich beobachte, wie alle anderen aufgerufen werden, und das Schlimmste an der alphabetischen Reihenfolge ist, dass Kai einer der Letzten sein wird. Ich blicke mich suchend nach ihm um, doch in meinem Jahrgang sind vierhundert Schüler. Da kann ich ihn nicht sehen, zumal er ganz hinten sitzen dürfte.

Madison Romy wird aufgerufen. Ich stöhne fast, als sie in der gegenüberliegenden Reihe aufspringt. Ihr Haar und Make-up sind bereits wie für die echte Verleihung gestylt. Sie lächelt perfekt bescheiden, als hätte sie sogar ihren Gesichtsausdruck für morgen geübt. Ihre Absätze klackern auf dem Boden, und ich muss schmunzeln, als sie auf der Bühne Direktor Stones Hand schüttelt, obwohl sie es gar nicht muss. Maddie muss einfach immer alles richtig machen. Ihre euphorische Art ist ansteckend, und auch wenn wir nie beste Freundinnen sein werden, denke ich, dass sie mir fehlen wird. Sie geht nach Stanford – natürlich. Manchmal ist sie mittags an unseren Tisch gekommen, jedoch nie lange geblieben, weil sie zu viele Freunde hat, mit denen sie plaudern muss. Einige Wochen lang hat sie Kai sogar Nachhilfe in englischer Literatur gegeben, und Miss Hillman hat nie herausbekommen, dass sie Kai und mich einmal aus sehr fragwürdigen Gründen ins Büro geschmuggelt hatte.

Auf dem Rückweg zu ihrem Platz blickt Maddie mich an. Ihr Lächeln wird ernster, bevor sie sich auf ihren Platz setzt und nicht mehr zu sehen ist.

Seltsam, wie sich die Dinge entwickeln.

Noah Diaz, unser Star-Quarterback, hält den Kopf gesenkt vor Scham.

Madison Romy, die Musterschülerin, ist bald in Stanford.

Chyna wird aufgerufen, und ich setze mich auf, damit sie mich sehen kann. Sie zieht ein Gesicht, das deutlich ihre Nervosität verrät – Chyna würde mit Freuden für immer in der Highschool bleiben –, und ich puste ihr einen aufmunternden Kuss zu. Sie fängt ihn ein und drückt ihn auf ihr Herz. Sie wird Informatik am Carnegie Mellon in Pittsburgh studieren und fürchtet sich bereits davor, den Bundesstaat zu wechseln, ganz gleich, wie oft ich ihr sage, dass Pittsburgh praktisch nebenan ist. Tatsächlich sind es von Columbus nach Pittsburgh gerade mal drei Stunden.

Als ich zuschaue, wie Chyna über die Bühne geht, bemerke ich Harrison in der Menge. Er sitzt weit vorn und war schon dran, und ich seufze so laut, dass Bruce und Brittany neben mir sich beide zu mir umdrehen. Ich kann nicht anders. Harrison war so betont lässig durch den Mittelgang geschlendert, hatte sogar seinen Kragen hochgeklappt und war im Moonwalk über die Bühne gegangen, um ein paar Lacher zu bekommen. Nach Noahs Suspendierung schien Harrison die Rolle des Klassenclowns übernommen zu haben, aber ich finde ihn nie witzig. Seit Thanksgiving haben wir kaum miteinander geredet, bis auf das eine Mal, als er sich in Bio einen Stift von mir geliehen hat. Er ist jetzt mit Sierra Jennings zusammen, und es scheint ernst zu sein. Ich schätze, dass ich ihm alles Gute wünsche. Mir tut es leid, was ich ihm angetan habe, und ich weiß, dass er sich mies fühlt, weil er das Video von uns an seine Kumpels geschickt hatte, aber die Geschichte lässt sich nicht ausradieren. Man kann keine Fehler machen und hinterher so tun, als wären sie nie passiert. Man muss aus ihnen lernen und nach vorn sehen. Zum Glück haben Harrison und ich genau das getan. Ich habe keine Ahnung, wohin er geht, aber ich weiß, dass er nicht in Ohio bleibt.

Als Anthony Vincent nach vorn gerufen wird, bin ich eigenartig … stolz. Kurz nachdem ich ihm im letzten Jahr gesagt hatte, er solle sich bessere Freunde suchen, hat er aufgehört, mit Noah und Harrison herumzuhängen. Ich war sowieso immer schon überzeugt, dass er die beiden nicht wirklich mochte, und er ist ein viel netterer Typ, seit er nicht mehr versucht, zu diesen Idioten zu gehören. In der Cafeteria hat er an einen anderen Tisch gewechselt und angefangen, öfter etwas mit dem Schwimmteam zu machen. Er geht noch nicht ans College, weil er erst mal ein Jahr mit dem Rucksack durch Europa reisen will, was mich unglaublich neidisch macht.

»Kai Washington«, sagt Direktor Stone, und sofort blicke ich von Anthony zu Kai, der aufsteht und ihm folgt.

Mein Herz schlägt ein wenig schneller, als ich Kai anschaue. Er läuft ruhig und sicher durch den Mittelgang, aber ich sehe, dass er suchend in die Reihen blickt. Ich weiß, wonach er sucht, und als er mich entdeckt, blitzen seine Augen auf, und er lächelt strahlend.

Kai hat Coach Mavericks Angebot nicht angenommen, für den Rest der Saison ins Footballteam zu kommen – stattdessen war er ins Basketballteam gegangen, und sie haben sagenhafte Siege eingestrichen. Seine Freunde sind größtenteils Jungs aus dem Team, aber er findet immer Zeit, mittags an unserem Tisch vorbeizukommen und zu sagen: *»Hey, Nessie und Chyna-nicht-wie-das-Land.«* Chyna verbindet eine Hassliebe mit ihm, und ich weiß, dass sie ihn tief im Innern *ein bisschen* witzig findet, auch wenn sie es nie zugeben würde. Er fährt nach wie vor überall mit dem Rad hin, und zu meinem Geburtstag im Januar hat er mir ein eigenes Rad geschenkt, damit ich mit ihm herumfahren kann. Es steht sogar mein Name drauf – oder vielmehr mein Spitzname. Meinem Dad zu erklären, warum mein Fahrrad nach dem Monster von Loch Ness benannt ist, war ziemlich kompliziert.

Kai marschiert lässig über die Bühne und salutiert Direktor Stone, was ein Kichern im Saal auslöst. Ich verdrehe die Augen und presse eine Hand auf mein Gesicht.

Kai geht an die Cleveland State. Und ich? Ich fange im Herbst an der Ohio State hier in Columbus an, denn meine Schwester braucht mich, mein Dad braucht mich, und selbst Theo braucht mich hin und wieder, damit ich ihn füttere. Es bedeutet, dass Chyna nur drei Stunden entfernt ist und Kai nur zwei. Jeder, der mir wichtig ist, ist also gut zu erreichen.

Vierzig Minuten später ist die Probe vorbei. Wir alle sind für morgen Abend vorbereitet – kennen die Reihenfolge der Reden, wissen, wo unsere Plätze sind und was wir zu tun haben, wenn wir aufgerufen werden. Als wir gehen dürfen, setzt die Nervosität richtig ein.

Morgen Abend haben wir unseren Abschluss. Wir werden die Westerville North hinter uns lassen und unterschiedliche Richtungen einschlagen, um unseren Weg im Leben zu gehen.

Die Aula füllt sich mit Lärm, als alle aufstehen. Stühle schaben über den Boden, und Stimmen hallen durch den Saal. Jeder will nach draußen in die Sonne, und wir alle sind aufgeregt, weil die erste Abschlussparty heute Abend ist – *nicht* von Maddie organisiert, sehr zu ihrem Elend. Aber an diesem Wochenende lässt sich keiner die Laune verderben, und ich freue mich ganz besonders.

Ich stürme aus der Aula und hinaus auf den Parkplatz, wo sich alle versammeln. Dort suche ich in der Menge, allerdings werde ich zuerst gefunden, denn plötzlich umschlingen mich feste Arme von hinten. Ich atme den Moschusduft seines Eau de Cologne ein, schließe lächelnd die Augen und greife nach Kais Händen, als er das Gesicht in meinem Hals vergräbt.

Was noch zu Kai zu sagen wäre? Wir sind seit sechs Monaten zusammen. Es ist, als hätte man einen Projektpartner fürs Leben anstatt für einen befristeten Auftrag. Eine Beziehung wirkt nicht mehr so beängstigend, wenn ich sie so sehe. Wir haben kein *offizielles* Etikett für unsere Beziehung, doch im Geiste ist er mein fester Freund.

Und jedes Mal, wenn mir der Ausdruck durch den Kopf geht, wird mir kribbelnd warm.

Ich drehe mich in Kais Armen um. Er lächelt mich an und hält mich weiter fest. Wir stehen noch inmitten der Leute, doch niemand beachtet uns. Meine Beziehung mit Kai ist seit Monaten allgemein bekannt.

»Wie wäre es«, fragt er, »wenn du mit zu mir kommst und mir beim Packen hilfst? Ich kann immer noch nicht so ganz einschätzen, wie das Wetter da drüben ist. Außerdem vermisst meine Mom dich.«

Ich nicke und muss grinsen.

Endlich trägt Dads ganze Planung und Recherche Früchte: Wir brechen nächste Woche zu dem lange überfälligen Familienurlaub nach Irland auf, um die Wurzeln unserer Vorfahren zu erforschen. Mom hat immer davon geredet, diese Reise zu machen, wenn Kennedy und ich größer sind, und jetzt unternehmen wir sie ihr zu Ehren. Und das Beste daran ist, dass Kai mitkommt.

Ich helfe ihm, billige Sachen in Wohlfahrtsläden zu finden, die sich gut bei eBay verkaufen lassen, und sie zu verschicken. Und ich hatte sogar einige Monate gekellnert, bis ich aufgab, weil der Manager mich dauernd wegen meiner Fingernägel angebrüllt hat. Aber immerhin brachte es genug Geld, dass Kai mit uns reisen kann.

»Ich habe einen Vorschlag, Kai«, sage ich.

Er zieht eine Augenbraue hoch – die einst einen Spalt hatte, aber inzwischen wieder zugewachsen ist. »Und der wäre, Nessie?«

»Mal sehen, wer schneller bei dir ist«, fordere ich ihn heraus, küsse ihn sanft und laufe los. Ich bahne mir meinen Weg zwischen den anderen hindurch, und als ich mich umblicke, ist Kai mir dicht auf den Fersen.

Unsere Räder sind vor der Aula angeschlossen. Im Laufen wühle ich in meiner Jeanstasche nach dem Schlüssel, damit ich mein Rad sofort aufschließen kann. Dann schwinge ich mich auf den Sattel, doch ehe ich losfahren kann, springt Kai vor mein Rad, packt den Lenker und drückt die Handbremsen.

»Ich gebe dir einen Vorsprung, da habe ich die bessere Aussicht«, sagt er, beugt sich vor und küsst mich, bevor wir im warmen Sonnenschein quer durch den Ort rasen. Unser Lachen ist alles, was ich höre.

Danksagung

Zuerst einmal danke ich meinen Lesern für ihre Unterstützung, ihre Leidenschaft und ihren Enthusiasmus. Ihr haltet mich in Schwung, und ich hoffe, ihr genießt die Geschichte von Vanessa und Kai.

Ein riesiges Dankeschön an das Team von Black & White Publishing. Es hat enormen Spaß gemacht, die letzten vier Jahre an sechs Büchern mit euch zu arbeiten. Danke an Campbell Brown und Ali McBride für euren Rat, und an meine Superstar-Lektorinnen Emma Hargrave und Janne Moller, dass ihr euren Zauber wirken habt lassen und dieses Buch genauso gemacht habt, wie ich es mir gewünscht habe. Danke an Alice Latchford und Kristen Susienka für eure unschätzbare Hilfe.

Ein besonderer Dank an Emma Ferrier, die mir eine fantastische Begleiterin beim Schreiben war. Entschuldige, dass ich so viel geredet habe, und tausend Dank, dass du dir meine Ideen angehört hast.

Mum und Dad, ihr seid die fantastischsten Eltern, die ich mir wünschen könnte. Danke, dass ihr mich durchgehend unterstützt und meinen Stress während der harten Schreibphasen ausgehalten habt. Danke auch an meine Großeltern, Fenella und George, dass ihr so voller Wärme und Liebe seid. Und schließlich wäre dieses Jahr nicht dasselbe gewesen ohne die Geburt meines hinreißenden Neffen Anders, der das Leben so besonders gemacht hat. Du zauberst mir jeden Tag ein Lächeln aufs Gesicht.